逆井卓馬 Author: TAKUMA SAKAI

[插畫] 遠坂あさぎ illustrator: ASAGI TOHSAKA

豬肝記得煮熟再吃

[NAME] 約書
profile
解放軍成員。
武器是搭配立斯塔
製成的十字弓，
個性冷靜的青年。
伊茲涅的弟弟。
[NAME] 伊茲涅
profile
解放軍成員。
武器是搭配立斯塔
製成的大斧，
豪邁的女性。約書的姊姊。

潔絲
&
[NAME]
我（豬）

（潔絲，妳該不會……胸部變大了……？）
……騙人。這種事……
……不應該發生的。
我喜歡的明明是那種

Heat the pig liver
the story of
a man turned into a pig.

奴莉絲
&
[NAME]
兼人（山豬）
三隻豬與美少女。
the story of a man turned into a pig.

瑟蕾絲
&
[NAME]
薩農（黑豬）

最自然真實的大小。

梅斯特利亞

Heat the pig liver / MAP

Kadokawa Fantastic Novels

the story of
a man turned into
a pig.

豬肝記得煮熟再吃（第5次）

逆井卓馬 Author: TAKUMA SAKAI

[插畫] 遠坂あさぎ illustrator: ASAGI TOHSAKA

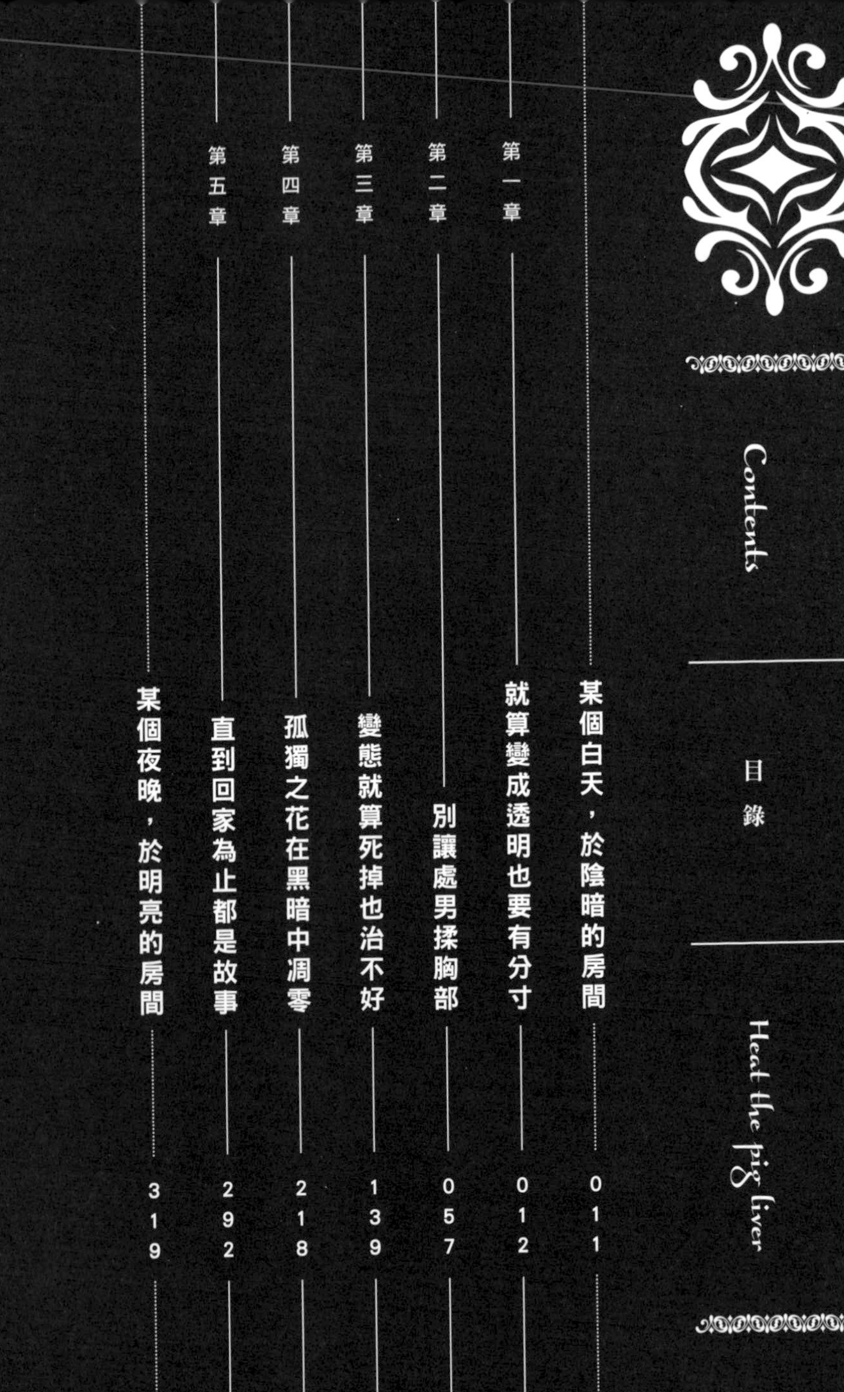

Contents

目錄

Heat the pig liver

某個白天，於陰暗的房間

最糟糕的狀況不是自己沒死成，而是害別人死掉了。

我總是不斷在逃避。

想逃離自己的人生，結果失敗了。

想逃離**她**的人生，結果也失敗了。

人類大概是因為軟弱才會逃避吧？然而正因為軟弱，所以無法徹底逃離，這世界就是這麼不講理。

我想忘掉一切。如果一切都是夢就好了；如果一直都是夢就好了。既然無法死掉，不要有想死的念頭就好了。要是那時不打算去死，照理說就不會與**她**相遇了；照理說也不會像這樣一直被罪惡感折磨。

連徹底逃離的力量都沒有的我，當然也沒有殘存足以戰鬥的堅強意志。

所以我將思念託付給了那三人。

託付給沒有逃避，而是選擇戰鬥的三名眼鏡勇者。

第一章　就算變成透明也要有分寸

男人應該都曾經想像過的幻想排行榜！——假設有這樣的東西，總之我能夠斷言變成透明人這件事肯定名列前茅。

雖然被清純美少女叫做豬這件事，就連是否能入圍前一百名都有些可疑，但不曾妄想過變成透明然後做這個做那個的少年，搞不好根本不存在吧。

就這層意義來說，我已經實現了所有男人的夢想。

只不過有一點小問題，首先我是豬。不是透明人，而是透明豬。別說名字了，甚至沒有實體，似乎是靈魂這種存在。

這種狀態除了所有男人都會羨慕的好處之外，還存在著很大的壞處。

首先，我能夠交流的對象，只有身為我飼主的清純金髮美少女，也就是潔絲而已。

然後，我到今天早上才知道，我似乎只有在潔絲醒著的時候才能活動，而且範圍限定在潔絲周遭。潔絲睡著的期間我也一定會進入夢鄉，如果我試圖遠離潔絲的周圍，就會被看不見的牆壁給阻擋。

換言之，儘管我具備透明這種壓倒性的優勢，想要躲過潔絲的監視來做這個做那個卻是難上

加難。

「那還真是遺憾呢。」

走在旁邊的潔絲冷淡地這麼說了。

飼主會讀心這件事也先補充到問題點清單中吧。

「您已經仔細鑑賞過瑟蕾絲小姐的裸體，應該不用奢求更多了吧？」

桃色臉頰不滿地鼓起。看來潔絲還在記恨我在浴室不小心凝視了瑟蕾絲的肢體這件事。

（那也沒辦法吧？畢竟是她逼近我眼前的。我無計可施啊。）

「您明明對上我就會立刻移開視線……」

潔絲一邊發著牢騷，一邊沿著狹窄的走廊前進。

今年首次的早晨光芒照亮她的側臉。沐浴著新鮮的朝陽，在右舷上飛濺的波浪宛如亮片一般閃耀發光。潔絲細緻的金髮柔順地隨著海風飄逸。

我們此刻位於船上。正以漂浮在北海上的絕壁孤島為目標在前進。

打開位於走廊盡頭的門扉，就能看見狹窄的倉庫。兩名少女抱著膝蓋坐在裡面。有兩隻獸類分別待在她們身旁——黑豬笨重地坐鎮在纖瘦的少女旁邊，小型山豬則乖巧地隨侍在將金色長髮綁成辮子的少女身旁。

這是一幕相當不可思議的光景，獸類與少女的比率為一比一。

「讓各位久等了。」

潔絲邊說邊關上了門。狹窄的倉庫瞬間變得陰暗起來。

潔絲背對著門坐下。那麼，我該置身何處呢？

我本想坐到纖瘦的少女——瑟蕾絲身旁，但我改變主意。在潔絲面前，一方面也是為了避免不必要的誤會，還是跟瑟蕾絲保持距離比較好吧。

所以我選了另一邊。雖然會碰到就在一旁的辮子少女——也就是奴莉絲的豐滿大腿，但這也是無可奈何。畢竟這是為了避開瑟蕾絲的結果嘛！

是因為潔絲冷眼看著我嗎？奴莉絲露出感到不可思議似的表情，將臉面向這邊。感覺純樸的雀斑少女的眼睛窺探著虛空，試圖觀察看不見的豬。

沒錯，再重複一次，我是透明的。

可以從奴莉絲毫無防備的胸前窺見瑟蕾絲和潔絲所沒有的乳溝。我聽說她是十五歲，比潔絲小一歲，但她個頭較高，胸部也頗具分量。搭配她修長的手腳以及橫跨鼻子的雀斑，給人的印象就彷彿在強烈的陽光中一口氣成長的鄉村女孩。

奴莉絲是原本在北部被迫強制勞動，但因為王朝的策略被放走，之後被解放軍帶回照顧的耶穌瑪。擔任幹部的姊弟很中意她，如今就像這樣成為我們旅行的同伴。

「哎呀，豬先生，您在這裡嗎～？」

奴莉絲張開細長的手指，將手伸向這邊想摸索我的蹤影。雖然場所符合，但我是附在潔絲身上的靈魂。奴莉絲無法碰觸到我。她的手穿過我的身體，她的胸部正好來到我的眼前。

因應姿勢變化搖動起來，感覺很柔軟的兩顆球體。這樣的相互作用讓人聯想到牛頓的搖籃，具備一種物理學之美，我不禁整個看入迷了。

……要是我想著這些事情，平常應該會被耶穌瑪少女或魔法使給看透。但我在這邊也發揮了靈魂的特權。

我不會被讀心。

所以就算我妄想這種事或那種事，也不用擔心會被奴莉絲或瑟蕾絲發現。

內心的自由實在太美好了！在這邊我的內心獨白要講什麼都不成問題。例如能夠在超近距離觀察到奴莉絲的胸——

——我全都聽得見喔……

潔絲用心電感應這麼勸誡我，我迅速地打消念頭。這真是盲點啊。

對純真的少女而言，要被迫一直聆聽這種變態的思考，肯定是相當痛苦的事情。

真是的，這樣的世界實在是個錯誤。

黑豬從鼻子發出哼聲，於是奴莉絲爬起身，轉向了那邊。

「我想坐下來好好談談關於今後的事情。」

瑟蕾絲的嘴這麼說了。

之所以說是「她的嘴」，是因為做出這番發言的並不是瑟蕾絲。身為發言者的黑豬就在瑟蕾絲身旁拍動著耳朵。黑豬的內在是薩農，一個年過三十的變態。

「我們這些豬是為了讓梅斯特利亞變成更好的地方，才一路奔波至此。然後目前正是最重要的局面這點，首先應該不會有錯吧？」

雖然是瑟蕾絲的聲音，不過這種緩慢的說話方式是薩農的特色。

即使潔絲她們能聽見黑豬與山豬的思考，身為靈魂的我卻無法聽見。很不方便的是，就憑目前的狀態，我似乎也無法請潔絲幫忙轉播思考。所以一旁的少女才會像這樣代替豬開口說話，以便讓我也能聽見。

我們不惜克服這種不便，也要找個地方開會討論是有理由的。目前正值梅斯特利亞的轉換期，這是為了讓變成獸類模樣的三人磨合今後的方針。也就是三豬會議。

薩農借用瑟蕾絲的嘴接著說道：

「梅斯特利亞目前正陷於混亂之中。最強的國王被暗中活躍的術師奪走身體，導致最凶殘的國王誕生了。假如無法擊斃最凶殘的國王，我們至今付出的所有努力將化為泡影。反過來說，倘若能葬送最凶殘的國王，就能開拓出相當光明的未來。」

現況就如同薩農所指謫的。

自稱是梅斯特利亞最強魔法使的國王馬奎斯，被理應已經封印住的暗中活躍的術師攻其不備，奪走了身體。也就是梅斯特利亞最強的魔力與梅斯特利亞的王朝同時落入了敵人的手中。

「在現階段好好地確認我們的目標吧。畢竟要是有誤會就傷腦筋了。」

這麼主張的薩農是個倘若為了達成目的，要欺騙我們也在所不惜的策士。

馬奎斯之前不改他輕視耶穌瑪權利的態度，於是諾特他們發動突襲，企圖謀殺那樣的馬奎斯時，為了擊斃抓狂起來就讓人束手無策的最強國王，薩農制定從我跟潔絲手上搶走破滅之矛的計畫——然後導致了一個男人的死亡。

隔著奴莉絲位於我對面的山豬，從鼻子發出哼嘶的聲音。

「我的最終目標（Goal）只有一個。從最初到最後（Zero Infinity）都不會改變。就是讓所有耶穌瑪（少女們）卸下項圈。」

奴莉絲用略微低沉的聲音幫兼人代言。

兼人是個男高中生，正式的網路暱稱叫做†飛舞於終焉的暗黑騎士†keNto。他是個認真且聰明的少年，但特徵就是有一點獨特的遣詞用字。

奴莉絲一邊用手指搔著山豬的下顎，同時看似開心地露出微笑。發黑的銀製項圈依舊沉重地套在她的脖子上。

耶穌瑪的項圈。會奪走魔力，壓抑住自私自利的奴隸的項圈。

藉由國王的鎖魔法被戴上的項圈，只能靠國王的鑰匙魔法卸下。然後那個國王目前正被最凶殘的魔法使奪走身體。

能夠破例把鎖魔法撬開的荷堤斯，也已經不在這世上。

潔絲是靠前任國王伊維斯的鑰匙魔法、瑟蕾絲則是靠最靈巧的魔法使荷堤斯的魔法卸下項圈，兩人因而成了魔法使，不再是耶穌瑪。不過，以奴莉絲為首，梅斯特利亞還殘留著好幾百名耶穌瑪少女依舊被套著項圈。

瑟蕾絲代替薩農說道：

「也就是說兼人小弟的目的始終是解放耶穌瑪呢。關於這點我也一樣。我想打造出至今被稱為耶穌瑪的女孩們與想要守護她們的人們能夠普通且幸福地生活的世界。這就是我的最終目標。」

用像是同意的語調稍微改變內容這點，很有薩農的風格。

「蘿莉波先生有何看法呢？」

黑豬閃閃發亮的眼眸看向潔絲。潔絲按照我所想的幫我代言。

「我也一樣。」

聽到我要說的話從潔絲嘴裡冒出來，果然還是有種不可思議的感覺。

「我想要打造出少女們不會只是因為流著魔法使的血統，就不講理地被剝奪自由，或是遭人殺害的世界。我追求的是她們的自由與這個世界的安寧——還有奴莉絲小姐的大腿吧。」

現場氣氛瞬間凍結。雖然我悄悄地把鼻子湊近了奴莉絲的大腿，但我當然沒有把最後那句話傳達出去。是潔絲擅自補充上去的。

（妳在說什麼啊，潔絲？這樣不是會惹人誤會嗎……！）

我這麼抗議的內心聲音，當然只有傳遞給潔絲。潔絲鬧彆扭似的噘起嘴唇，俯視著我。如果潔絲不幫忙傳達，就沒有任何人能聽見我的主張。

裙子的綠色布料輕飄飄地在我身旁翻動。

「哎呀，果然是在那裡呢。可以喔。如果您不介意是我的大腿。」

我抬頭一看，只見奴莉絲抓起裙襬，朝這邊露出微笑。

「咦咦咦？不行！絕對不行！」

幾乎就在同時，潔絲按住奴莉絲的手激烈抗議，山豬也發出齁咿齁咿的呼吸聲。

「哎呀……不行嗎……」

被兩旁的人與豬氣呼呼地抗議，奴莉絲看似有些遺憾地將裙襬放回原位。

坐在對面的瑟蕾絲看到這景象，一臉為難似的笑著。

黑豬從鼻子發出齁聲。

「這樣不好呢。縱然外貌並非紳士，也應該保持紳士之心喔。」

透過瑟蕾絲這麼傳達的薩農，悄悄地將身體依偎在瑟蕾絲折疊起來的腿上。

他哪來的臉講這種話啊……呃，雖然講的人是瑟蕾絲啦。

我請氣呼呼的潔絲幫我傳達話語。

「我無論何時都是紳士喔——雖然我不這麼認為——總之，言歸正傳吧。我們的目標是解放耶穌瑪，還有讓世界穩定下來。為此必須打倒暗中活躍的術師，這是不可避免的難關。」

雖然發言裡混入了潔絲的私訊，但這種程度就別計較了吧。

只見黑豬跟山豬也都點頭同意。

兼人透過奴莉絲說道：

「首先要從擊斃最凶殘的國王（暗中活躍的術師），收復王朝（梅斯特利亞）這件事做起。要是像這樣一直被追殺，我們也顧不得什麼項圈了呢。」

「對，所以無論如何都必須讓這次的作戰成功才行。一方面也是為了這個目標，蘿莉波先生，拜託你嘍。」

黑豬目不轉睛地注視著奴莉絲的大腿一帶。

潔絲的聲音將我的想法傳達給兩人。

「嗯。我已經做好賭上性命的覺悟了。兼人小弟和薩農先生也是，讓我們一起不會後悔地奮戰吧。為了少女們、為了這國家——還有也為了我的大腿。」

潔絲把話說出口後，才猛然驚覺地轉頭看向我。然後她慌張地解釋。

「——啊，不是的，剛才那句話不是我說的……豬先生真是的，請您不要做些引人誤會的事……！」

既然潔絲會擅自更改發言內容，應該也能反過來利用這點吧——假如試著藏進一些彷彿是潔絲自己主動說出來的難為情發言，會有什麼結果呢——我抱著輕鬆的心情試著這麼做了，於是潔絲完全中了我的圈套。

我有些後悔。都怪我變成了靈魂，才會在溝通交流這方面對潔絲和周圍的少女們造成不小的負擔。正因如此，潔絲才會中了我的詭計。

看到滿臉通紅的潔絲，兩名少女很開心似的笑了。黑豬看著瑟蕾絲，山豬看著奴莉絲。然後我則是看著潔絲。

我忽然這麼心想。

雖然看來像是磨合了意見、達成了共識，但我們三隻豬其實不過是確認了最大公約數。即使朝著同樣的方向，待在身旁的人也各自不同。

我們想保護的對象一定不一樣。

兼人想卸下奴莉絲的項圈。薩農想達成解放軍的目標。

然後我則是……雖然很像傻瓜，但我只是想跟潔絲待在一起。

我昨晚才得知自己已經變成沒有實體的不穩定存在。那時潔絲對我說，她想跟我在一起、她只有我而已。

也因此我才總算能察覺到自己的心意。

想要在一起。想跟潔絲一起踏上沒有終點的旅程。

然而為了達成這個願望，首先我們必須從最凶殘的國王手中收復梅斯特利亞才行。

不只是我們。這艘船上還載著被王朝追殺的王子，和為了改變世界在燃燒生命的解放軍幹部們。

所有人應當都是懷抱著某些願望或希望，朝著北方在前進。

位於我們視線前方的是絕壁孤島——盡頭島。

理應在這座盡頭島上、可以拯救生命的祕寶，還有能夠從盡頭島前往的未知世界正是我們的戰鬥中十分重要的王牌。

然後也是我跟潔絲為了找回原本日常的重要王牌。

外面似乎吵鬧了起來，我們來到甲板上。

在耀眼的朝陽中，約書從船桅的瞭望台上探出身體，大聲吶喊：

「快把船藏起來！你辦得到吧，就像荷堤斯那樣！」

高個子且體格結實的少年快步通過我們面前。是修拉維斯王子。

「是怎麼了呢？」

潔絲不安似的將手貼在胸前。看來是發生什麼緊急狀況沒錯。

「有煙……！從那邊升起。」

奴莉絲指向船的後方，奔跑起來。我原本也想追上去，但在那個瞬間，綠色填滿了我的視野。正確來說，是綠色跟兩隻腳，還有在中央閃過的白──沒事。

奴莉絲的身體橫躺在我的眼前。彷彿會發出「撲通」的聲響一般，她華麗地在原地跌倒了。是她無法控制修長的手腳嗎？好痛呀──她一邊這麼低喃，一邊緩緩地爬起身。

「不用在意我……倒是城鎮……」

雖然奴莉絲凌亂不堪的裙子讓人十分掛心，但我只有稍微往旁邊看一下，便急忙趕向船隻後方。修拉維斯正朝著船隻的出發地點——也就是穆斯基爾張開手心，打算使出某種魔法的樣子。

我看向他的視線前方，不禁啞口無言。

只見穆斯基爾——我們在日出的同時離開的那座港都正冒出黑煙，起火燃燒著。

從遠方海上也能用肉眼確認到的大型黑色怪物，在港都上空散播著火焰。是馬奎斯國王創造出來的龍。王朝的所有物正在燃燒理應要慶祝新年的城鎮。我陷入一種不可能聽見的慘叫哀號聲彷彿伴隨著濃煙的搖擺傳遞到這邊的錯覺。

「我們的所在處已經洩漏了嗎？比想像中還快呢。」

背著大斧的伊茲涅追上了我們。

我們用跑的前往船尾，正好看見景色在修拉維斯的正面開始扭曲起來的一刻。

「我彎曲光線，把船藏起來了。雖然技術不如叔父大人那般高明，但在這種空無一物的海上，應該還是能多少派上用場，延遲對方發現我們的時間吧。」

修拉維斯讓金色捲髮隨風飄揚，冷靜地這麼說了。雖然他說得好像很簡單，但要在空無一物的空中彎曲光線，應該是相當高難度的技術才對。

王朝的——也就是暗中活躍的術師之目的不是別人，正是這位修拉維斯王子。那傢伙奪走馬奎斯國王的身體，光是霸占王權還不夠，他甚至把維絲王妃當成人質，企圖剷除流著王家血統的最後一人，也就是身為王子的修拉維斯。

「無辜的民眾被……」

修拉維斯本人看來慚愧至極似的咬了咬嘴唇。

「無法拯救他們實在很遺憾。假如我有父親大人——或者至少有叔父大人那般強大的魔力就好了。」

沒有人能對他說什麼。伊茲涅拍了拍他的肩膀。

「走吧。只能邊逃邊前進了。就快要到目的地了。」

船隻靠魔法隱藏蹤影，同時沿著大海北上，逐漸接近有著奇妙形狀的島嶼。

梅斯特利亞最北端的孤島，盡頭島。

陡立在眼前的白色岩石表面，以高度來說將近一百公尺。是一座彷彿把圓柱撲通地扎在大海裡面一般、周圍被斷崖包圍的島嶼。外海的洶湧波濤都在撞上斷崖後碎裂。在能見的範圍裡，完全找不到感覺能讓船隻停靠的地方。

「這樣要登陸是不可能的。怎麼辦啊，王子大人？」

一邊讓外套隨著海風搖擺，同時走向這邊的是在腰部佩帶著雙劍的解放軍英雄——諾特。另一方面，為了使用隱藏船隻的魔法，修拉維斯依舊雙眼看著後方，就這樣開口回答：

「我到上面去看看情況吧。可以請你們先把船藏到島嶼北邊嗎？」

諾特只回了一聲「好」，便回到船舵那邊。

沒過多久船隻便轉換方向，開始沿著包圍島嶼的斷崖移動。從船尾看不見穆斯基爾後，修拉維斯嘆了長長一口氣。

「看來暫且沒有被發現，但還是不能大意。立刻去觀察島嶼上方吧。潔絲也願意一起來嗎？」

潔絲在我身旁感到驚訝似的回問：

「我嗎？」

「……應該說我想帶豬一起去。尋找入口需要解謎。」

潔絲答應他的請求，修拉維斯披上可以彈開攻擊的黑色長袍。

目標是斷崖上方。那高度即使是人類，要抬頭仰望也會看到脖子痛。

「我負責讓自己跟潔絲的身體飛起來。為了保險起見，可以請潔絲持續提供浮力給我嗎？發生狀況時由我來應付。潔絲的魔法是用來保障我在碰到那種狀況時不會掉落下去。」

修拉維斯一邊這麼說，一邊若無其事地將粗獷的手繞到潔絲的腰上。

「呃……」

粗魯的處男不帶感情地看著耳朵發紅的潔絲。

「怎麼了？把手搭到我的肩膀上吧。潔絲應該沒有受過讓自己飛起來的訓練吧？我想避免萬一我解除魔法的時候，只有潔絲掉落下去的狀況。」

「原來如此。說……說得也是呢。」

就是說喔。

潔絲將手搭到修拉維斯的肩膀上。看到潔絲的頭比想像中還要靠近，修拉維斯似乎才總算察覺到，他稍微將臉撇向了旁邊。

「走吧。」

修拉維斯只說了這麼一句，便輕輕彎曲膝蓋，一蹬甲板。瞬間潔絲與修拉維斯便靠魔法開始急速上升，我的豬腳也跟著他們離開了船隻甲板。這是因為附屬於潔絲的我也配合潔絲的飄浮在移動。直到剛才還在搭乘的船隻在腳下逐漸遠離。外海的強風吹過豬腳下方。感覺豬胃好像猛然緊縮起來。

另一方面，潔絲則是徹底抱住了修拉維斯的脖子。處男王子的臉整個通紅起來。他應該沒有被女孩子抱住身體的經驗吧？真是可憐！

僅僅十幾秒，我們便到達了斷崖上方。

島上就跟我們假想的一樣非常平坦。根本沒有四處散落著奇妙雕像的狀況，完全是一片空地。白色岩盤上四處可見貧瘠的土壤，還長著矮小的雜草。

雙腳踏上地面後，潔絲鬆了口氣似的放開修拉維斯。

「抱……抱歉……因為比想像中還高，我不禁害怕起來……」

修拉維斯也笨拙地向鬆手並移開視線的潔絲搭話。

「不會，我才是考慮得不夠周到，抱歉……豬沒有說什麼嗎？」

啥？？？我什麼都沒說啊？？？

「他沒說什麼……」

「是嗎？那就好。」

修拉維斯謹慎地環顧周圍，觀察島嶼。平坦的地面宛如寬敞的圓形舞台一般，倘若不考慮周邊是一百公尺等級的斷崖絕壁，這地方會讓人不禁想玩球。

找不到任何一個我們在追求的線索。

（潔絲，路塔之眼怎麼樣了？來調查救濟之盃所在的方向吧。）

我這麼詢問，於是潔絲從包包裡拿出了「眼」。飄浮在施加著黃金裝飾的玻璃球裡，看起來像是從人臉上挖出來的逼真眼球。這是宛如指南針一般的魔法道具，會指示出叫做契約之楔的太古至寶位於何處。

這次我們在尋找的是使用了那個契約之楔，一般認為是拜提絲創造出來的**救濟之盃**——也就是據說僅限一次，可以拯救任何生命的梅斯特利亞的至寶。

眼球朝向下方。正確來說，是稍微斜下方嗎？

「原來如此。」

修拉維斯靠近這邊，從底下窺探著路塔之眼。他的頸部可以看見大型燒傷痕跡，還殘留著裂開的焦痂。

「眼球似乎是朝向島嶼中央。我們稍微移動吧。」

我們在岩地上走了起來。稍微面向旁邊，就能看見穆斯基爾燃燒的漆黑濃煙不斷竄向天空。之前落腳的城鎮被燒毀，恐怕有許多人因此喪命。要直視這幕光景，對心理健康實在不太好。

因為潔絲跟我造訪那座城鎮，然後修拉維斯追著我們過來的關係，那座城鎮才會遭遇到不講理的襲擊。回想起之前那美麗的跨年情景，內心不禁沉痛起來。

只看著前方邁進。我們別無他法。

走在前頭的是王子與他的未婚妻。他們兩人都是年輕優秀的魔法使，而且是堂兄妹。

只不過修拉維斯並不曉得潔絲是流有王家血統的他堂妹。荷堤斯只告訴了我們的「梅斯特利亞王家最重大的祕密」，目前還是只屬於潔絲跟我的祕密。

「……像這樣再次跟潔絲兩人一起走著，感覺有一點不可思議。」

這時突然聽見修拉維斯講出好像戀愛喜劇女主角會說的話。

「咦？呃，說得也是呢……」

聽到潔絲僵硬的回答，王子開口解釋。

「抱歉……我沒有什麼奇怪的意思。我是回想起以前在王都的日子。我說得不夠清楚。」

兩雙腳快步調地不斷往前進。

我跟在稍微後面的地方，決定默默地聆聽兩人的對話。

「我好一陣子沒跟母親大人和父親大人見面了。一直過著被王朝軍和惡棍們追殺的生活。該怎麼說呢，潔絲身上散發出一種王都的香氣……讓我懷念起來。」

我心想他真是個坦率的男人。他並沒有特別掩飾什麼，只是率直地說出自己的感受吧。但是突然講起這種私人的事情，感覺也有一點不像修拉維斯的作風。發生了什麼事嗎？發生了什麼讓他懷念起王都的事情嗎？

看到修拉維斯似乎有些寂寞的側臉，潔絲輕輕地將手貼在胸前。

「離開您的身旁，真的十分抱歉。我明明原本是修拉維斯先生的未婚妻。」

修拉維斯緩緩搖了搖頭。

「別放在心上。我只是在說很高興能再見到妳。我遲早會取消我們的婚約。畢竟國家都變成這樣了，婚姻關係根本一點意義都沒有。」

是這樣啊。

「原來是這樣呀……」

潔絲是為了避免被讀心嗎？她按住胸口努力忍耐著。神之系譜不允許有旁系。至少馬奎斯國王是這麼認為的。倘若潔絲是荷堤斯之子一事被揭穿，潔絲將會失去立場。假如又沒有未婚妻這個身分，就更不用說了。

王子一邊邁步前進，一邊談起心事。

「……解放軍的成員是些很好的人。無論是伊茲涅、約書還是諾特，他們知道我的出身，仍然願意把我當成同志對等地看待。也答應會保護我的生命。」

「嗯，他們是很好的人。」

與潔絲的附和形成對比，稍微面向下方的王子臉部蒙上一層陰影。

「但假如有必要犧牲我，說不定他們總有一天也會拋棄我。他們具備那種不在乎過去、會精打細算，憑藉熱忱團結起來的氛圍。」

「是這樣……嗎？」

修拉維斯突然變低沉的語調，讓潔絲看來有些困惑的樣子。

「我想了很多。在母親大人被奪走的現今，會無條件站在我這邊的是誰？當我變成孤單一人，尋求幫助的時候，真的存在不會對我見死不救的人嗎？」

王子的視線看向起火燃燒的穆斯基爾，還有感到困惑的潔絲。

「我心裡明白。流著神之血的我不該期待那種事。但我還是忍不住會想。是不是只有潔絲跟豬，說不定在沒有義務要幫我的時候，也會趕過來幫助我呢？」

他的聲音冷靜且低沉。但他的話語中滲透著悲痛的孤獨。

「當然會。我會馬上趕過去的。」

感覺潔絲幾乎是反射性地這麼回答。

「……豬先生也一樣對吧？」

（是啊，我會去幫忙的。因為修拉維斯是朋友嘛。）

「——他這麼表示喔。」

潔絲將我的話傳達出去後，修拉維斯帶有傷痕的臉頰忽然露出微笑。

「朋友嗎？這話真讓人高興啊。」

潔絲小聲地「啊」了一聲，高舉路塔之眼。

「修拉維斯先生！這個……現在正好指著正下方。」

「是嗎，果然……」

我們就站在圓形島嶼的正中央。但地面上什麼也沒有。

修拉維斯蹲下來觀察長著雜草的腳邊，同時開口說道：

「這座盡頭島上據說有通往**深世界**的入口，也存在著救濟之盃。這麼小的島嶼，這些事並非碰巧才對。拜提絲大人應該是因為某些理由，才把救濟之盃放在深世界的入口吧？」

（換句話說，要前往深世界，只要追蹤救濟之盃即可對吧？）

我這麼傳達，於是潔絲看向自己的腳邊。

「也就是說，在這裡的正下方……」

「有我們應該前往的目的地。妳稍微離我遠一點。」

修拉維斯迅速地站起身，將右手比向地面。他的手前方出現明顯隱藏著強大能量、彷彿太陽一般的光球。被耀眼光芒照亮臉龐的王子不帶感情地將那顆光球拋向地面。

彷彿丟了手榴彈一般的爆炸聲與閃光。飛揚的塵土消散後，地面上冒出大洞——並沒有。只見雜草與泥土消滅，平坦的白色岩石露出圓弧曲線。

島嶼受到強力的魔法守護。

「看來不是挖開就好啊。果然得動腦思考，而不是靠蠻力解決呢。」

修拉維斯在原地盤腿而坐，像變魔術一樣從根本沒鼓起的懷裡拿出書本。

紅色封面。是王朝之祖拜提絲著作的《靈術開發記》——那本書記載著關於靈術這個領域的研究，靈術在魔法當中也是充滿未知與危險，且被視為禁忌的領域。

即使潔絲在他對面坐下，修拉維斯依舊將手放在封面上，動也不動。

「……你們真的有潛入深世界的覺悟吧？」

聽到他這麼問，潔絲立刻點頭。

「當然了。」

修拉維斯在猶豫什麼呢？敵人的魔掌正在逼近。就如同伊茲涅所說的，我們只能向前邁進而已。停下腳步意味著死亡。

「我不想失去你們。」

修拉維斯用認真的眼神看向潔絲。

「假設梅斯特利亞是個巨大的生物，深世界就類似它的內臟——這本書上是這麼寫的。那裡原本是人類不可能前往、也不可能窺探的場所——那是由在這個國家生活的人類之願望構築而成的反面世界。」

「我也看過那段內容……這一切都是有所覺悟的行動。」

潔絲用散發著凜然光芒的眼眸回看修拉維斯。另一方面，修拉維斯則是顯得更不安似的接著說道：

「深世界洋溢著就連魔法使都無法控制的靈力，據說肉體與靈魂、生與死在那裡毫無區別。

是就憑這邊的理論無法理解的危險場所。」

「……是的，我明白。」

我一邊聽著兩人的對話，同時回想起昨天潔絲從修拉維斯那裡聽來的說明。

——變成灰燼的暗中活躍的術師，彷彿寄生蟲般鑽入父親大人的身體，讓他毀滅了。現在支配王都的人雖然有著父親大人的外貌，且使用著父親大人的魔法，但已經不是父親大人。而是在模仿父親大人模樣的暗中活躍的術師。

——咦咦咦？那麼，這表示令尊已經過世了嗎……？

——不，不是那樣的。所謂的魔法如果沒有作為主體的心靈，就無法發動。暗中活躍的術師使用的是父親大人的魔力，也就是梅斯特利亞最強的魔力。換言之，這表示父親大人雖然失去了身體，但他的靈魂確實還殘留著，只是被囚禁在暗中活躍的術師裡面。

——就跟豬先生的靈魂存在於我的內心一樣呢。

——沒錯。暗中活躍的術師獲得了最強的魔力，不是我們從正面挑戰能打贏的對手。但是，以剛才說明的內容為前提，有一個方法可以獲勝。

——是什麼方法呢？

——根據《靈術開發記》的內容，所謂的深世界據說是充斥著靈力、就連靈魂都能獲得實體的地方。只要潛入深世界，就能引導被囚禁在人內心的靈魂，讓靈魂「越獄」。

——越獄是嗎？

——沒錯。只要讓父親大人的靈魂越獄，把他從暗中活躍的術師內心分離出來，在那個瞬間，暗中活躍的術師會失去魔力來源，變成只是在模仿父親大人模樣的存在。也就是說即使不從正面去對抗，也能夠弱化暗中活躍的術師。

——所以才要以深世界為目標呢。

——沒錯。不，不只是那樣。倘若父親大人的靈魂能夠順利越獄，就能在深世界獲得自由。若是能成功返回原本的世界，父親大人和豬大概都……

為了擊斃暗中活躍的術師，必須有人潛入深世界——潛入那個藉由人類的願望所形成的另一個梅斯特利亞才行。那是未知的世界，有很大的風險。

我跟潔絲聽完修拉維斯所說的話後，主動接下了這個任務。

修拉維斯嘆了口氣，打開書本。

「好。豬也看一下吧，就是這一頁。拜提絲大人用彷彿謎題般的詞句記載著到達深世界入口的方法。」

將身體託付給祈禱之唇。

於子宮的深處探索願望。

少女的軌跡會指示道路。

在泛黃的頁面正中央，可以看到血一般鮮紅的墨水文字。工整的筆跡只有寫下這樣的內容。《靈術開發記》與其說是用來閱讀的書，不如說原本似乎是當成記錄用的記事本。不僅如此，因為裡面的記述就彷彿暗號一般，對讀者來說是很不親切的內容。

（首先以前提來說，目的地不是這座島上，而是這座島裡面——也就是目的地應該在地下這點沒錯吧？）

潔絲這麼傳達我的話後，修拉維斯點了點頭。

「路塔之眼指示出這點。應該只能從某處進入這座島裡面吧。」

（「子宮的深處」應該就是那個意思吧？也就是島嶼的子宮深處。因為是把盡頭島擬人化，可以推測「祈禱之唇」應該也是象徵著島嶼某處。）

潔絲替我這麼代言後，靈光一閃似的雙手合十。

「……既然如此，說不定可以搜尋北邊。」

「為什麼？」

「祈願星位於北方天空。所以獻上祈禱時會看向北方天空。倘若對著北方天空祈禱，嘴唇就會朝向北邊。」

她是喜歡猜謎的血統，還是跟喜歡解謎的我一起旅行而受到了影響呢？潔絲在不知不覺間變得對這種問題腦筋動得特別快。

修拉維斯也感到佩服似的點著頭。

「原來如此，也就是說通往島嶼的入口位於祈願星的方向嗎……不過，將身體託付給嘴唇，具體而言是指怎樣的狀況呢？」

「說得也是呢，給嘴唇……」

不知是想了些什麼，潔絲的臉頰稍微泛紅了。

「……妳為何在回想官能小說？」

修拉維斯這麼詢問了——他非常認真的表情中透露著些許疑問。

雖然我不會知道潔絲的腦內想法，但身為魔法使的修拉維斯能夠在某種程度上看透潔絲的思考。根據純粹遲鈍且不夠機靈細心的王子所言，看來潔絲剛才似乎在回想官能小說。

（妳為什麼在回想官能小說啊？）

從兩旁被這麼詢問，潔絲滿臉通紅地用力搖了搖頭。

「有什麼關係呢……！請不要在意我的內心獨白！好啦，我們去看北邊的懸崖吧！」

潔絲氣呼呼地鼓起臉頰，先行離開了。

倘若我有實體，一定正跟修拉維斯面面相覷吧。修拉維斯一邊走在潔絲後面，同時感到困惑似的低喃：「內心獨白……？」

我們又走了一陣子後，到達島嶼的最北端。一望無際的水平線。藍色天空與藏青色海洋用層次分明的雙色將景色分成兩半。

修拉維斯大動作地揮了一下手，便有巨大的鏡子出現在空中。平坦的四方形鏡子上部慢慢地朝這邊傾斜，鏡面映照出斷崖絕壁的下方。可以看見我們直到剛才還在搭乘的船隻按照修拉維斯的指示繞著島嶼行駛過來，在海上待機。

我們目不轉睛地注視著鏡子。

只見在北邊懸崖有一道從上到下的縱向龜裂——正好就像是閉上的嘴唇。

一邊仔細注意潔絲的裙子一邊降落的我們，操縱船隻接近龜裂。

「這太瘋狂了，這種大小連海豚都進不去吧？」

看到船頭駛向的前方，諾特發出抗議。

在斷崖上冒出的龜裂寬度，較寬的部分僅有三十公分。人類要用游的進去應該也相當困難，更何況是船隻，那實在不是船隻能通過的寬度。

但修拉維斯掌著船舵，只看著前方。

「既然都在猶豫，總之應該先嘗試看看。假如我們的想法是錯的，船隻因為衝撞而損壞，我會負起責任用魔法修好。」

「就算你這麼說……這怎麼看都不像是入口啊。」

「要是過於寬廣，說不定會有人覺得好像能進入，就不小心誤闖了吧。所謂的魔法入口大多是這種設計。」

修拉維斯冷靜地改變航向，讓船隻前進。懸崖逐步靠近。船隻是木造的。倘若有高大的波浪來襲，從船頭衝撞上懸崖，甚至可能會如同字面一般徹底粉碎。船員們來到甲板上，一邊握住欄杆和柱子，一邊目不轉睛地注視懸崖的龜裂。我黏在潔絲的腳邊，將身體固定住。

——我覺得豬先生靠在我腳上應該也沒什麼意義……

不用管這種小細節吧？現在應該專心尋找前往深世界的入口。

「麻煩你們準備承受衝擊。」

修拉維斯的聲音銳利地響起，我們將身體固定在附近的支柱上。船頭筆直地駛向岩石的裂縫。距離懸崖還剩三十公尺、二十公尺、十公尺——

視野一聲不響地突然產生了變化。回過神時，我們已經在充滿淡青色光芒的洞窟裡。洞窟被勾勒出巨大拱形的白色岩壁夾在中間，底下充斥閃爍著青色光芒的海水。高度大約是船隻可以順利通過的程度，寬度也足以讓兩艘船綽綽有餘地擦肩而過。我們的船隻在神祕的地下世界中，劃破平穩的海面前進著。

我轉頭一看，只見後方有能看見藍天的龜裂。看來似乎跟推測的一樣，那個龜裂其實是魔法的入口。從龜裂照射進來的外頭光芒在海中反射好幾次，帶著海洋的青色照亮整個洞窟。

「看來這裡果然就是島嶼的入口呢。」

修拉維斯一臉滿足似的轉頭看向潔絲。

「將身體託付給嘴唇，原來是指要不顧危險，朝龜裂前進的意思嗎？」

「是呀。」

潔絲不知為何有些冷淡的回答，讓修拉維斯疑惑了好一陣子。

我從旁邊對噘起嘴唇的飼主說道：

（潔絲，路塔之眼朝向哪邊？）

潔絲將她一直緊握著的玻璃球高舉到眼睛的高度。飄浮在裡面的眼球彷彿發瘋了一般，不停朝各個方向轉動。

「它的方向搖擺不定。跟之前在邂逅瀑布那邊進入有契約之楔的空間時一樣呢。」

那時好像是有個全裸的中年男性在那裡等著我們吧。

潔絲將眼球拿給修拉維斯看，修拉維斯於是看著潔絲露出微笑。

「充滿著強大的魔力。應該就是這個地方沒錯吧？」

我們在洞窟內前進一陣子後，外面的陽光開始變弱，周遭逐漸變暗了起來。修拉維斯變出彷彿螢火蟲一般四處飛舞的光球，照亮周圍。岩石表面呈現皺褶狀，簡直就像在內臟裡頭前進一般。

寬闊洞窟的盡頭有個似乎能讓船隻停靠的淺灘，裡面有個小洞穴張著大口。是人類能夠通過的大小。是否有道路延續著呢？

於子宮的深處探索願望——我們決定探索更深處的地方。

所有人都下了船，讓修拉維斯帶頭，排成一排前進。彷彿坑道一般狹窄的通道是上坡。為了避免走散，我一直注視著以危險的步伐走在前面的奴莉絲的腳。

「潔絲，可以打擾妳一下嗎？」

視野被深褐色外套給填滿了。真礙眼——是諾特過來了。

「怎麼了嗎？」

「有件事讓我有些在意。」

道路慢慢地寬廣起來，上坡突然變陡峭了。眾人各自協助位於自己前後的同伴，逐步往上爬。諾特輕鬆地爬上宛如懸崖一般的斜坡後，從上面抓住潔絲的手臂，將她拉了上去。

「王子大人說過在深世界可能會有死人變鬼跑出來對吧？妳覺得那種事情真的會發生嗎？」

潔絲攀登上岩石，向諾特道謝後，她曖昧地搖晃著頭。

「因為是未知的世界，我無法給出明確的答案……但我認為也有那種可能性。畢竟那裡據說是與人類靈魂和生死有密切關連的世界。」

「這樣啊。」

原本是在期待著什麼呢？諾特在這之後就沒有開口說話了。

我挑選踏腳處，跟在潔絲後面，瑟蕾絲與黑豬從底下注視著爬上斜坡的我們。不妙。我沒有實體，因此無法挺身防止潔絲的小褲褲走光。必須設法保護潔絲不被變態豬騷擾。

不過，定睛細看後，我想到根本不需要擔心這點。潔絲的飄浮光球照亮著周圍的白色岩石，也因此讓裙子底下相對地變得十分陰暗。就算有人努力想看清楚，也無法辨別出存在於那裡的純白薄布。

——可以不用辨別出來喔……？

（不是的，我是想保護潔絲……）

潔絲甚至已經懶得反駁。她目不轉睛地看向這邊，讓我閉上了嘴。

坡道突然到了終點，轉變成寬廣平坦的地面。實在無法想像剛才那段狹窄通道的前方，居然有這麼大的、幾乎是半圓形的廣場。天花板也是高高的圓頂狀。照理說明明在地底下，海浪聲卻不絕於耳，蘊含著潮水味的濕氣充滿周圍。

那股氣味的真面目，就在忽然筆直中斷的地面前方。

「好厲害！師父，這邊是懸崖耶！」

天真無邪的少年在廣場另一頭窺探著底下。他是被解放軍的幹部看上，作為打雜小弟與我們同行的巴特。所謂的師父是指在北部將他撿回來的諾特。

「這樣很危險，再退後點。摔下去就死定嘍。」

被呼喚的諾特抓住巴特的衣領，將他拉離開懸崖邊。

（過去看看吧。）

「好。」

我跟潔絲也戰戰兢兢地邁步走到諾特身旁。我們窺探底下，只見在數十公尺下方——相隔的距離等於我們爬上來的高度之處，可以看到有黑色波浪起伏的海面。

跟圍住島嶼的絕壁一樣，偏白的岩石表面垂直陡立著。

「被懸崖包圍的島嶼裡頭，又是懸崖……」

聽到潔絲喃喃自語，修拉維斯從後方說道：

「找不到其他道路。這裡就是我們的目的地嗎？」

諾特環顧廣場。

「沒什麼值得注意的東西啊。要說的話，頂多就這塊岩石嗎？」

他指著位於懸崖邊的岩石。那塊岩石彷彿桌子一般，上方似乎是平坦的。奴莉絲將手放到那上面，天真無邪地想窺探懸崖下方。山豬咬著她的裙襬拉住她。要是她不小心從懸崖上摔下去，就傷腦筋了吧。

我們靠近岩石觀察。是一塊白色岩石固體。潔絲環顧周圍。

「沒有其他岩石。這又剛好放在正中央，不覺得像是某種記號嗎？」

（妳是說救濟之盃就在這裡？）

「是的，我這麼認為。這形狀很適合擺放物品。」

潔絲不經意地將手放在岩石上。那個瞬間，響起了岩石抖動的嘰哩聲響。岩石抖動了一陣子，然後跟開頭一樣突然停止了抖動。

「這什麼玩意啊？」

諾特盯著岩石上方看。潔絲與修拉維斯也用驚訝的表情注視著岩石上方。很遺憾的，就憑豬的視角無法得知上面有什麼。

我看向潔絲，只見她的表情稍微顯露出「搞砸了」的神色。

「這是……」

修拉維斯將岩石上的「某物」拿起來。

那是個盃。是個杯腳細長且杯口寬廣的白磁高腳杯。被奢華至極的五彩寶石裝飾著。

「你們看一下它的中央。」

修拉維斯將盃翻倒過來，把內部秀給我跟潔絲這邊看。在它的正中央可以看見有尖銳的透明結晶前端從杯腳部分探出頭來。

「可以感受到高密度的太古魔法。契約之楔就嵌在這裡面。」

「這也就是說……」

「這個就是拜提絲大人從契約之楔創造出來的救濟之盃，不會錯吧——是跟奪走叔父大人性命的破滅之矛成對的存在。」

潔絲的喉嚨緊張地嚥下了口水。

「不過為什麼會在這個瞬間出現啊？」

從說出疑問的修拉維斯與潔絲看向那邊的表情，我察覺到潔絲的失算。不巧在這時諾特又指向了潔絲。

「不就是因為這傢伙摸了岩石嗎？岩石就是從那時開始抖動的。」

諾特從岩石上面拿起彷彿血一般鮮紅的大塊布。這塊布似乎是包著盃跟它同時出現的。

修拉維斯察覺到什麼，他觀察著岩石上部。

「盃之形的刻印——跟拜提絲大人的棺材蓋上的刻印是一樣的東西。」

肯定是那樣沒錯。

到目前為止，梅斯特利亞三大至寶的隱藏地點都有以細小的線條刻劃出來的圖案。隱藏著破滅之矛的拜提絲的石棺上有矛的記號；隱藏著契約之楔的洞窟，則是在堵住洞窟的牆壁上有楔子的記號。然後無論哪個都是由王朝的正統繼承人——也就是由潔絲親手解除了封印。洞窟那邊的楔子記號，因為荷堤斯提議分頭尋找，所以修拉維斯沒有看到。但——

「這麼說來，去尋找契約之楔的那個瀑布後頭的洞窟裡，也有這種圖案啊。」

諾特說了多餘的話。修拉維斯對此事很感興趣。

「是這樣嗎？」

「對，就在堵住道路的牆壁上。只有潔絲跟豬穿過了那牆壁，我被丟在原地。」

我心想這下不妙。線索在修拉維斯面前全部湊齊了。

破滅之矛會被王朝的正統繼承人——流著拜提絲血統的最年輕者取出的傳說。

不只是破滅之矛，甚至能拿到契約之楔的潔絲。

然後從那個潔絲摸過的岩石中冒出來的救濟之盃。

倘若有修拉維斯的智商，肯定能輕易地從這些情報推論出唯一的真相。

潔絲流著王家血統的真相。

還有潔絲正是荷堤斯的私生子——也就是修拉維斯的堂妹這個真相。

潔絲謹慎地，稍微將視線往上移地看向修拉維斯。修拉維斯看來掩飾不住動搖似的注視著潔絲。看樣子是被發現了啊——雖然我這麼心想，但結果修拉維斯並沒有特別提及這個真相。

一方面也是因為周圍聚集的人愈來愈多了吧，恐怕他是不曉得該說什麼才好。

「總……總之先別管細節了。」

修拉維斯咳了兩聲清喉嚨，這麼說道：

「問題在於要如何使用這個救濟之盃。根據拜提絲大人的記述，救濟之盃是僅限一次、能夠拯救任何生命的至寶。另一方面，嵌在這裡面的契約之楔則隱藏著能夠讓不死魔法暫時無力化的力量。」

修拉維斯想表達的意思很明確。

潔絲是賭上說不定能拯救我的可能性，才踏上尋求這個至寶的旅程。不過這個至寶是使用可以引發脫魔法的契約之楔創造而成的。

所謂的脫魔法是一種現象，被稱為魔法使的蛻皮。魔法使一旦引發脫魔法，無論是守護或詛咒，**所有魔法都會從身上消滅**。甚至可以消除詛咒的這種力量，能夠成為讓不死的魔法使無力化，永遠葬送他的手段。

為了消除瑟蕾絲承擔的死亡詛咒，我們早已經消耗掉一個契約之楔。雖然破滅之矛也有使用契約之楔，但那個也奪走荷堤斯的生命並消滅了。要徹底殺掉暗中活躍的術師，嵌在救濟之盃裡的契約之楔恐怕是僅剩的唯一手段。

然而另一方面，倘若取出契約之楔，當然救濟之盃就會遭到破壞，喪失它原本可以拯救生命的力量。潔絲相信能夠讓我復原才旅行至今的至寶會化為烏有。

（……潔絲，妳明白吧？）

我這麼確認，只見潔絲迷惘了一會兒後，點了點頭。

我回想昨天晚上從修拉維斯那裡聽說讓馬奎斯越獄的計畫後，與潔絲兩人一邊閱讀《靈術開發記》，一邊談論的內容。

——豬先生，果然是這樣！拜提絲大人藉由**前往深世界**，讓她變成跟現在的豬先生一樣狀態的丈夫路塔先生恢復原狀了！這裡很清楚地寫出了這件事！

——救濟之盃呢？不是要用那個讓我恢復原狀嗎？

——關於這點……創造了救濟之盃的拜提絲小姐本身，要讓路塔先生從靈魂恢復原狀時，好像沒有使用救濟之盃……假如有效，您不認為她應該會首先拿來使用才對嗎？

——說得也是。如果要給靈魂身體，可能必須從更根本的地方著手，而不是用拯救生命的魔法道具吧。

——那就是潛入深世界……能夠看見希望了呢！

潔絲告訴其他同伴。

「救濟之盃請用來擊斃暗中活躍的術師先生。」

過了一陣子後，修拉維斯開口回問：

「……不試著用在豬身上看看沒關係嗎？」

「嗯。畢竟這個道具也不曉得是否能用在已經變成靈魂的豬先生身上……而且只要潛入深世界，就能讓豬先生恢復原狀。」

「只要潛入深世界，就能讓豬恢復原狀？」

諾特像鸚鵡一樣重複潔絲的話回問。潔絲點頭表示肯定。

「離開深世界的出口聽說位於送行島。根據拜提絲大人的紀錄，據說在深世界獲得實體的靈魂從那個出口返回現世時，能夠以保有身體的狀態出現在這邊的世界。」

雖然這種做法像是在鑽世界的系統漏洞，但拜提絲之夫路塔似乎用這種方法確實地恢復成生前的狀態了。

我們該做的事情就是潛入深世界，然後回來。

是偶然或必然呢？為了讓馬奎斯越獄作戰成功，以便能擊斃暗中活躍的術師，有必要潛入深世界。因此我跟潔絲便接下了在發現通往深世界的入口時，負責讓馬奎斯越獄的任務。

「所以妳才說要去深世界也可以嗎？」

諾特看來是能信服了的樣子。修拉維斯思考了一會兒後，謹慎地說道：

「既然能讓豬恢復原狀，處於相同狀態的父親大人一定也能回到這邊來才對。父親大人目前被囚禁在暗中活躍的術師內心，倘若不只是能幫父親大人越獄，使術師無力化，還能讓父親大人生還，就能一舉獲得統治所需要的父親大人之力，還有解放耶穌瑪需要的鑰匙魔法。」

對於修拉維斯這番話，解放軍成員沒有什麼好反應。說得直接點，馬奎斯是個糟糕透頂的傢伙。他是對耶穌瑪這種制度沒有任何疑問，沒有試圖理解諾特他們，就想動手殺人，在大鬧一番之後因為親生弟弟的自我犧牲，才總算改變想法的男人。

「……讓父親大人生還，或許不是大家的初衷吧。」

修拉維斯的深綠色眼眸感到迷惘似的動了動。

「不，沒那回事……」

雖然潔絲從旁想幫忙說話，但修拉維斯伸手制止了她。

「不用顧慮我。父親大人的本性，我是最清楚不過的。他連我這個獨生子都沒好好照顧過，才以為他想關心我，結果都是要我修練，而且每次修練那男人都會痛扁我一頓，還一副愉快的樣子。」

修拉維斯的手幾乎是無意識地搓揉自己的脖子。

「但是，沒有那種力量，王政就維持不下去；而且要是沒有父親大人所知的鑰匙魔法，也無法替耶穌瑪卸下項圈。還請你們明白這點。」

眾人感覺很勉強無奈地點了點頭。

現場飄散著尷尬的沉默氛圍，打破這陣沉默的是瑟蕾絲的聲音。

「那個……聽說薩農先生有個計畫。」

薩農借用瑟蕾絲的嘴傳達計畫。其名為「夾擊作戰」。

計畫是這樣的——

我跟潔絲按照預定，從深世界以暗中活躍的術師內心為目標，去救出馬奎斯的靈魂。只不過不光是這樣，修拉維斯等人也會在同時從通常世界以攻略王都為目標。

也就是從梅斯特利亞與深世界的兩邊夾擊。倘若我們成功救出馬奎斯，最凶殘的國王會失去魔力，產生破綻。修拉維斯等人就可以趁他露出破綻時使用契約之楔進行攻略。

深世界與契約之楔。這個計畫就是打算一次使用兩張王牌，來擊斃最凶殘的國王。

「重要的是時機。」

薩農用瑟蕾絲的聲音述說。

「要是潔絲小姐他們動作太快，可能會讓暗中活躍的術師重振旗鼓；當然就另一方面來說，要是我們動作太快，就無法避免我們因為最凶殘的國王使用壓倒性的魔力而玉碎的狀況。不能太快也不能太慢。我們想瞄準的是國王弱化的那一瞬間。」

潔絲點了點頭，開口說道：

「《靈術開發記》裡寫著深世界的地理和時間的流動方式都跟梅斯特利亞一樣。我們和各位的目的地都是暗中活躍的術師先生的住處，也就是王都。」

據說暗中活躍的術師假裝成馬奎斯，在王都光明正大地施行政治。根據拜提絲的研究，在深世界裡面，內心的所在處位於平常生活的中心。以暗中活躍的術師目前的情況來說，那也就意味著王都。

修拉維斯將手貼在下顎，看著潔絲。

「不能使用龍的話，從這裡到王都最快要兩天多一點……今天是一日，如果使用以魔法為動力的交通工具，算起來在三日的白天會到達王都。」

這麼說是沒錯，但前提是一切都順利進行的話吧。

（可是修拉維斯正遭到敵人追殺，我們也不清楚深世界的狀況。如果是以最快到達的時間為前提，感覺計畫會失敗。）

潔絲傳達我的見解後，諾特突然開口斷言：

「那就四日早上。」

該說是決斷力嗎？他的行事作風還是一樣乾脆。

「潔絲跟豬在四日早上讓混帳傢伙的靈魂還是什麼的越獄，這邊則是在四日當中殺掉暗中活躍的術師。兩支部隊都以王都為目標全速前進，無論發生什麼事都要調整在三日晚上內到達。假如好像會來不及，就犧牲睡眠去趕上。無論哪邊可都有魔法使大人在啊，這點小事總有辦法解決的吧？」

這也太粗暴了吧——雖然我這麼心想，但伊茲涅和約書，還有修拉維斯似乎都沒有異議。身為參謀的黑豬看來也能接受的樣子。

我跟潔絲互相對望，彼此點了點頭。潔絲傳達出我們兩人的意見。

「那麼，就訂在四日早上吧。只不過，還是無法排除我們可能因為意外而來不及的狀況。請各位確實地確認過王都的情況後才進行作戰。」

修拉維斯露出微笑。

「不要緊的。有什麼萬一時，王都還有祕密通道。我們可以躲藏在那裡，最糟的情況，應該也能逃離現場吧。」

諾特啪一聲地拍了一下手。

「就這麼決定。薩農，這樣就行了吧？」

黑豬從鼻子發出齁聲表示同意。

諾特一邊用手把玩紅布，一邊說道：

「這麼一來，剩下的問題就只有一個。」

他看向潔絲。

「就是妳要怎麼前往深世界。妳找到入口了嗎？」

我環顧周圍。這個空間沒有疑似入口的東西。只有異常寬廣的空間與原本封印著救濟之盃的岩石，以及落入海中的斷崖絕壁。

但我已經知道入口的真面目了。「少女的軌跡會指示道路」——救濟之盃會用紅布包著是有其意義的。

提示就是流傳在最北邊的城鎮，名叫阿妮菈與瑪爾塔的兩名少女的故事。

遭到病魔侵襲的瑪爾塔，與一直祈禱她能康復的阿妮菈的悲劇。在祈禱許久之後，阿妮菈得到能夠獲得永恆生命的魔法祈願星，但為時已晚，瑪爾塔已經斷氣了。結果阿妮菈也追在摯友後面跳崖自殺。傳說那顆「祈願星」如今也沉眠在最北邊的城鎮穆斯基爾。

在阿妮菈與瑪爾塔的故事中，祈願星被包在紅布裡藏起來。據說正因如此，如今也在北方天空閃耀的祈願星才會是紅色。

拜提絲將那個故事重疊在這個場所上。

所謂少女的軌跡，指的就是跟在跳崖自殺的阿妮菈後面。

沒時間猶豫。被暗中活躍的術師霸占的王朝魔掌，已經伸到很靠近盡頭島的穆斯基爾。我跟潔絲並肩站在懸崖邊緣。

潔絲看來沒有一絲迷惘。是因為從懸崖上跳下去，還有潛入未知世界的行動，都跟拯救我有關連嗎？少女抱持著這般堅定的覺悟，我用四隻腳穩穩地站在她的身旁。

這場戰爭是從最凶殘的國王手中收復王朝的戰鬥，同時也是我跟潔絲為了找回日常的戰鬥。我們必須堅持到最後。無論有怎樣的危險。

（準備好了嗎？）

「當然。」

我跟潔絲互相對視。願意為了我從懸崖跳下去的少女。跟我約好要一直在一起的少女。要是不正視她的裸體，就會生氣的少女。

——最後那個沒有關係吧……

潔絲的嘴稍微笑了。是她今年第一次笑。自從邁入新年後，是因為不滿或不安呢？她一直不太會對我露出笑容。我心想這真是個好兆頭啊。

潔絲從修拉維斯手中接過黑色長袍，並穿在身上。只要有這個，萬一無法如願前往深世界，結果只是摔落到海面上的時候，據說前任國王伊維斯的魔法也會保護潔絲。

修拉維斯表示他還有一件所以不要緊，伊茲涅露出疑惑的表情看向他。

「這是最後一次確認。」

修拉維斯看著每一個人這麼說道。他散發出十分可靠的王子風格。

「作戰的目的是打倒奪走父親大人身體的暗中活躍的術師。潔絲跟豬從深世界，我們則是從梅斯特利亞以王都為目標全速前進。然後在三天後執行夾擊作戰。」

潔絲看向修拉維斯的雙眼。

「我們會在四日早上讓馬奎斯大人從暗中活躍的術師先生內心越獄。」

聽到這番話，修拉維斯深深點頭。

「這麼一來，在王都的術師就會變回只是有著父親大人外貌、原本的那個虛弱魔法使。」

伊茲涅在一旁撫摸大斧的握柄。

「然後，我們會瞄準那個時機，從這邊用契約之楔殺掉他。」

雖然是前所未聞的作戰，但像這樣聽他們一說，不知為何感覺好像能辦到。

潔絲背對著懸崖，看向同伴們。

「等一切順利結束後，我們預計會經由送行島，帶馬奎斯大人返回這邊。」

「好。這邊也會確實擊斃暗中活躍的術師，一定會去迎接潔絲。」

修拉維斯這麼說，用他粗獷的手與潔絲握手。

「……我打從心底祈禱你們平安。」

其他同伴也接在修拉維斯後面各自向潔絲道別。

只有諾特一人不知在想什麼，他一直雙手交叉環胸，只是默默地站在潔絲附近。雖然我覺得都這種時候，他明明可以講點什麼，但這樣也可以說很像諾特的作風吧。

「各位，請一定要平安無事。」

潔絲深深地鞠躬回禮。

沒有時間拖拖拉拉了。我靠近潔絲的腳邊，抬頭仰望她的臉。

（潔絲，我們走吧。）

「是的。」

在潔絲回應的同時，可以聽見諾特在附近迅速地說著什麼。

下個瞬間，我跟潔絲一同從陰暗的懸崖落下。自由落體的飄浮感讓豬內臟都嚇得縮成一團。潔絲不要緊嗎？我看向她那邊，只見有件深褐色外套與潔絲的黑色長袍一起隨風飄揚。該不會……

還無暇思考，便被冰冷的水給吞沒──我一聲不響地沉入一片漆黑的海中。

「你要睡到什麼時候，臭豬仔？」

有種五花肉被用力拍打的感觸，我醒了過來。是傍晚時分嗎？天空像在燃燒一般赤紅。

我躺在散落著無數白色石頭的海岸上。冰冷的風從大海那邊吹來，但不知為何空氣有些悶熱。周圍異常安靜，只有波浪聲迴盪著。

然後全身濕透的諾特就在眼前。

（諾特，你果然……）

我話說到一半，便閉上了嘴。諾特也一臉意外似的瞠大眼睛。

咿咦咦咦咦啊啊啊啊啊我說話啦——！

雖然我的身體好像還是維持豬的模樣，但不知為何能開口說話了。不是嚄嚄還是齁的叫聲，而是我的聲帶在振動，舌頭在動作，有完整的話語從嘴裡冒出來。

身為一直在腦內進行對話的人，這是一種非常奇妙的感覺。是深世界的影響嗎？

我轉了轉頭，環顧周圍。潔絲也在附近緩緩地爬起身。

太好了，她沒事。

總之，假如這不是作夢，表示我們已經突破第一道關卡。

我們目前應該位於深世界。

（潔絲，妳還好嗎？）

聽到我這麼詢問，潔絲迅速地靠近這邊，有些遲疑不決地伸出手。

她戰戰兢兢地伸出的手，輕輕碰觸了我的臉頰肉。

「哇啊，摸得到！」

下個瞬間，潔絲用非常驚人的力量緊抱住我。前腳碰到某種柔軟的東西。

「豬先生……！您的身體復原了呢。」

潔絲暫且放開了我，淚眼汪汪地看向我之後，又再一次把我當布偶似的緊抱住。雖然一開始因為海水而十分冰冷，但維持這種狀態一陣子後，開始能確實感受到潔絲的體溫。

（好像復原了啊。真的太好了。）

我一邊感受著異常有包容力的少女體溫，同時細細體會能夠再次與潔絲互相碰觸的喜悅。我稍微將臉頰湊近，於是潔絲也將頭側向這邊。

從後面傳來咳嗽聲，緊接著潔絲的手從我身上移開。

「諾特先生……？」

感覺有些意外的聲色。她似乎現在才認知到諾特的存在。

照理說不會前來的劍士。原本打算只有潔絲跟我前來深世界，但不知為何諾特也一起從懸崖跳下來了。

「這是不容許失敗的重要任務。只有你們實在讓人很不安啊。我就像以前那樣擔任你們的護衛吧。」

被潔絲目不轉睛地回看後，諾特移開視線，看向天空。

「話說回來，這地方是怎麼回事啊？」

我們位於沿著白色懸崖底下伸展的細長海岸上。以梅斯特利亞來說，這裡應該是相當於穆斯基爾的地方沒錯吧。在遠方海洋可以看見盡頭島的四方形輪廓。

而且這裡應該是以前我跟潔絲兩人一起解謎時曾經來過的地方。關於這個場所我並沒有什麼不協調感。

要說是哪裡奇怪，就是天空。能見的所有範圍都是彷彿火焰在燃燒般的赤紅色。還有耀眼的太陽不是在西邊也不是在東邊，而是位於懸崖上方，也就是南邊天空。

（太陽的位置明明是中午，天空卻很紅啊。）

「奇怪，豬先生……您剛才說話了……？」

潔絲似乎現在才發現。

（或許是深世界的影響吧？能說話也比較方便，真是謝天謝地。）

「您的聲音跟我在腦海中聽見的一樣呢。」

充滿磁性對吧？

身為豬的我可以說話，縱然不借用潔絲的力量，也能跟諾特溝通交流。如果說梅斯特利亞是劍與魔法的國度，這個深世界就是不可思議的國度。說不定哪天就會看到貓開始笑。

會說話的豬、明明是中午卻赤紅的天空。已經有兩個奇妙的點。

根據《靈術開發記》的內容，據說深世界是由居住在梅斯特利亞的人類願望所形成「另一個梅斯特利亞」。奇怪的現象肯定是因為這個緣故。

除此之外還有什麼異常的地方嗎？

我感覺像在玩大家來找碴似的觀察周圍，然後發現了另一個異常。

我的臉色瞬間蒼白起來。

絕對不該發生的異常。

那實在過於令人絕望，是我能想像到的範圍內最為嚴重的狀況。

（潔絲，妳該不會……）

我看向她被海水弄濕、衣服緊貼在身上的身體。

（胸部變大了……？）

諾特似乎也是聽到我這麼說才發現，他看向潔絲的胸部。只見那裡有著豐滿的胸部，甚至不會輸給以前曾經一同短暫旅行過的布蕾絲。

「什——」

喜歡巨乳的純真少年說不出話，彷彿著魔似的輪流看向潔絲的臉與胸部。雖然在赤紅天空底下很難看出來，但他的臉頰一定漲紅到不會輸給天空吧。

潔絲本人看來也難以置信的樣子，她將雙手貼在巨乳底下，彷彿在確認其重量似的緩緩搓揉。兩顆球體柔軟地搖晃起來。

騙人。

這種事不應該發生的。

我喜歡的明明是那種最自然真實的大小。

諾特總算移開視線，他咳了好幾聲後，才開口說道：

「妳……真的是潔絲嗎？」

這種說法也未免太沒禮貌了吧？

「我是潔絲沒錯……但為什麼會這樣……」

深世界是由願望所形成的地方。換個說法，不就是願望會化為現實的地方嗎？

假設是這樣，潔絲的胸部之所以會變大，是因為某人這麼盼望的關係嗎？

誠如諸位所知，不可能是我希望潔絲巨乳化的。這是當然的。雖然我並不討厭大咪咪，但潔絲那甚至讓人覺得是神之黃金比例的胸部突然變豐滿這種事，我不可能會贊同。

這麼一來，犯人恐怕是潔絲本人或諾特，又或者是除此之外的——

「我……我……我從未有過希望胸部可以變大的想法喔……！」

潔絲慌張地這麼說了。看來她還是一樣能看透我的內心獨白。

（可是，如果是那樣，就很奇怪呢。那不就表示比起我希望潔絲的胸部能維持最自然真實的大小，有某人更強烈地希望潔絲可以變成巨乳嗎？）

「會是那樣子嗎……」

我不是很清楚這方面的原理。倘若扣除《靈術開發記》的記述，深世界是個幾乎未知的世界。應該說其實我們也沒看到什麼「歡迎來到梅斯特利亞的深世界！」之類的告示牌，假使要追根究柢，正確來說，我們甚至不清楚這裡是否為深世界。

不過，就算這樣，也不該對世界的法則漠不關心。

我跟巨乳潔絲互相對視一陣子後，同時轉頭看向諾特。

「怎樣啦？」

諾特蹙起眉頭。但他想掩飾害羞的行動失敗了。

（記得你喜歡巨乳對吧？）

「啥？你說誰？」

諾特假裝漠不關心地移開了視線。不過，不知潔絲是否很中意感觸，她一直搓揉著自己的胸部，因此諾特的雙眼總是會感覺身不由己似的看向那邊。

（你也太好懂了吧……你處男嗎？）

「笨……我對潔絲還是大奶都沒什麼興趣啦。」

被潔絲目不轉睛地注視，諾特咳了好幾次清喉嚨。

「沒興趣就是沒興趣。好啦，我們快點出發吧。」

諾特背對這邊，就這樣讓海水滴答滴答地滴落，邁出了步伐。

潔絲不知是在想什麼，她暫時注視著諾特的背影，但突然發出「哎呀」一聲。

我轉頭一看，只見潔絲的胸部以現在進行式逐漸萎縮起來。

彷彿氣球消氣一般，轉眼間就恢復原狀。潔絲的胸部找回了由神的算式描繪出來的曲線。

「已經恢復原狀……還真是快呢……」

（妳講得好像很遺憾啊。）

我試探似的看向潔絲。

（……妳果然還是希望可以變大的吧？）

潔絲用力搖了搖頭，否定我的說法。

「不……不是的！我只是覺得那種感觸好像很有趣……」

（是這樣嗎？）

「嗯。彈力和重量完全不同……畢竟機會難得，如果在縮小之前也請豬先生摸摸看就好了。」

裝腔作勢地走在前頭的諾特，踢到石頭差點跌倒。

（呃，隨便讓別人摸胸部不太好吧……？）

尤其在對方是處男的情況。

「說……說得也是呢……因為感覺不像是自己的東西，不小心就……那個，請您忘了吧……」

「別講那些愚蠢的話題了。總之先前往穆斯基爾的城鎮。這樣就行了吧？」

諾特在有些距離的地方停下腳步，看著這邊。他手指的前方有爬上懸崖離開海岸的道路。

不過，有件事讓我很擔憂。我跟潔絲一起前往諾特那邊，同時開口說道：

（穆斯基爾不是正遭到王朝的軍隊襲擊嗎？）

「在現實的梅斯特利亞是那樣。但你仔細聽聽看。」

諾特、潔絲，還有我。在綿延不斷的白色懸崖底下，我們三人一邊沐浴著赤紅的白日光芒，同時試著側耳傾聽。完全沒聽見戰鬥的聲響。應該說簡直就像沒有其他人在一般。只有波浪聲迴盪著，感覺就像來到了無人島的私人海灘。

「看來這邊情況好像不一樣啊。當然還是小心為上，但總之先過去看看吧。」

諾特一邊說，一邊俐落地拔出雙劍。雙劍的刀身閃爍著耀眼的火焰。

勾勒出簡單曲線的金銀裝飾包圍著泛黃骨頭的握柄。那是由名叫伊絲的少女骨頭所製成、獨一無二且是諾特專用的雙劍。

「嗯……？」

諾特似乎感到有哪裡不對勁，他朝著遠方懸崖揮動其中一把劍。

被揮舞的閃耀利刃勾勒出新月形狀的火焰，宛如疾風一般飛向前方。火焰撞上懸崖並炸裂，將強烈的斬擊傳遞到白色的岩石表面上。

懸崖的一部分彷彿豆腐一般被輕易劈開。轟隆轟隆的危險聲響撼動周圍，巨大的岩塊一邊碎裂一邊落入海中。

「威力莫名地強啊。我應該沒用多少魔力才對。」

潔絲靠近諾特，很感興趣似的進行立斯塔觸診。

「真的呢……立斯塔的魔力好像完全沒有減少。」

「妳知道剩餘量嗎？」

「嗯，只要經過訓練就能測量，還能補充魔力喔。最近我好像也變得能分辨魔力的強弱等。」

潔絲一邊看似自豪地說道，同時比較著雙劍的立斯塔與崩塌的懸崖。

「諾特先生剛才的斬擊，就算把伊絲小姐的骨頭和王朝的技術也算進去，我想也無法說明為何會有那般強大的威力。」

耶穌瑪——也就是魔法使的骨頭，在親近的人手中會將蘊含在立斯塔裡的魔力發揮出最大效率以上的威力。這就是諾特的雙劍強大之處。不僅如此，在襲擊馬奎斯時遭到破壞的諾特、伊茲涅、約書的武器，作為和平的證明，使用王朝的技術進行了修理，還順便加以強化。

扣除掉王族的所有物，他們三人的武器可以說是梅斯特利亞裡最強的武器。既然威力還比這個更強，能想到的原因應該是環境的變化吧。

（說不定是這類魔法在深世界會被強化啊。）

「原來如此……魔法與願望有密切的關連。在這個以願望形成的世界裡，說不定是有可能的呢。」

潔絲一邊說，一邊在手上變出明亮燃燒著的火焰球。她拋出火焰球，讓它撞上有些距離的懸崖，只見火焰球宛如手榴彈一般爆炸，再次發生了大規模的懸崖崩塌。

「的確，感覺好像比較容易發揮威力。」

你們也太喜歡破壞地形了吧？

潔絲咚一聲地敲了一下手，從長袍內側拿出某樣東西。

「對了！我也帶了腳環給豬先生！」

潔絲拿給我看的是小巧的銀製腳環。她立刻幫我裝備在兩隻前腳上。附帶紅、黃、藍三色的魔法道具。是以前攻略送行島時曾戴上的道具。

裝上腳環後，我試著靠近海洋讓海水凍結，發現凍結速度超快，實在很有意思。以前裝上腳環時感覺像是「在操縱魔法道具」，但在這裡可以說感覺像是「在操縱魔法」吧。

假設潔絲的胸部會變大是因為諾——是因為某人的願望帶來的影響，不僅限於立斯塔和魔法的強化，這個世界應該有某種機關才對。魔法之所以會被增強，簡單來說也能解釋成是因為願望變得容易被反映出來。

如果這麼假設，倘若我一直盼望著某件事，那件事也有可能真的會實現不是嗎？既然如此……

「豬先生，您在思考著什麼下流的事情對吧……？」

被潔絲從旁這麼指謫，我用嚴肅的表情否定。

（怎麼可能？我們正在執行很正經的使命喔。）

比方說，如果潔絲長出馬耳朵和馬尾巴，那簡直棒透了不是嗎？

「不會長出來喔？」

要是她說話時耳朵和尾巴也會跟著不停搖擺，一定很可愛才對。

「沒在聽我說呢……」

我滿懷期待地試著看向潔絲，但她沒有要長出馬耳朵和尾巴的樣子。假設願望會實現，發動條件是什麼呢？關於這點應該繼續深入研究。

雖然之前聽說深世界是個危險的場所，但說不定意外地是個有趣的地方。

我們三人用潔絲的火焰烘乾衣服，沿著諾特發現的道路前進，以懸崖上方為目標。

爬上陡峭的坡道後，只見前方是一片稀疏的樹林。赤紅陽光從樹葉已經掉落的樹木間照射到泥土上，讓地面浮現出彷彿黑與紅的剪紙一般的圖案。

風搖晃著樹木，樹林發出聽起來也像是耳語的沙沙聲。

「感覺沒人在。找找看建築物吧。」

諾特就這樣將手貼在雙劍握柄上，觀察著周圍。

潔絲跟拿出腳環時一樣，從長袍內側拿出《靈術開發記》。直到剛才我甚至不曉得那本書就放在那裡，而且從書完全沒弄濕這點來看，伊維斯製作的這件長袍好像有類似四次元口袋的空間。

「即使閱讀《靈術開發記》，也很少看到深世界有人在的記述。大多是記錄發生了什麼奇妙的事情……但那些幾乎都是非人者的故事。說不定深世界並沒有其他人在呢。」

（那樣說不定比較輕鬆呢。不會遇到什麼麻煩事。）

「是那樣的嗎……」

潔絲靠她驚人的閱讀速度，一晚就看完昨天跟修拉維斯借來的下卷。那樣的潔絲看似不安地這麼回答，因此我也跟著不安起來。

（會有什麼麻煩事嗎？）

「這就難說了……該說內容異想天開，還是雜亂無章呢？即使忽略記述斷斷續續這點，也淨是一些離奇的怪事……」

（比方說……？）

「例如一直沿著上坡往下走，或是熊熊燃燒的水……我想應該是比喻或修辭法，但或許還是別認為什麼都不會發生比較好。」

（畢竟潔絲的胸部也變大過了嘛……）

「豬先生也很普通地在說話……」

「雖然我不知道那本艱深的書寫了啥，但老實地相信書上寫的所有事情，說不定對我們比較好啊。」

諾特停下腳步，用手制止了我們。

腳步聲停住，可以聽見遠方的波浪聲與樹木宛如在耳語般的風聲。

……嗯？

樹木隨風搖動，發出沙沙的摩擦聲響。可以聽見好像有人的聲音摻雜在這當中。說不定是錯覺，但還有一種彷彿有視線從某處目不轉睛地看向這邊的感覺。

這時，好像聽見了什麼。

——噫噫噫。噫噫噫。噫——

豬背脂肪毛骨悚然地顫抖起來。

彷彿空氣從喉嚨中洩出，又像是讓薄紙震動一般的不協和音多重奏。

諾特的雙手貼在雙劍握柄上，以便能隨時拔劍。樹木宛如在耳語般的聲音，就如同字面一樣是在耳語著什麼的聲音。

——噫噫噫痛噫噫痛……吧。

雖然不成話語，但顯然並非大自然聲響的聲音。可以聽見從各個方向傳來耳語聲——不，反倒該形容成呻吟聲比較貼切的合唱。感覺實在不像是在歡迎我們。

——噫噫痛啊啊啊吧。

潔絲悄悄地將手貼在我的梅花肉上。聲音甚至不給我們做好準備的時間，逐漸變化成大聲且能清楚聽懂的話語。

——噫噫噫噫痛吧。

——噫很痛……吧。

——**一定很痛吧**。

可以明確地聽見從我們正後方傳來這樣的聲音。

我們轉過頭看，幾乎就在同時，纏繞著火焰的斬擊砍碎正後方的樹木。諾特早已經拔出雙劍。

「你們退下。」

他犀利地說道，將我們擋在身後保護我們。

（聲音……不是就從附近傳來的嗎？）

「對。」

「但看來沒有任何人在……」

眼前只有一棵巨大的老樹聳立著。古老且粗糙的樹皮有一部分被大大地劈開，張著大口。是諾特的攻擊命中的地方。甚至感覺有些甜的樹木燒焦味從那裡強烈地飄散出來。

然後，那張嘴大大地打開了。

——樣喔。噫——

宛如小嬰兒說夢話般的聲音。不構成意義。樹木的切口彷彿嘴巴一般，配合那聲音在動著。龜裂的樹皮嘴唇與活生生的黃土色口腔。難以分辨是水或樹液的透明液體從那張嘴裡滴滴答答地流落下來。

「這下感覺很不妙啊。」

諾特將雙劍分別架在上段與下段。利刃赤熱起來，準備展開攻擊。

在我們慢慢往後退的期間，照理說很堅硬的樹皮也無視物理法則，像在咀嚼似的動著嘴。透明液體彷彿口水一般從裂縫溢出。

那張嘴突然大大地張開，倘若有下巴一定都掉下來了吧。

——嗚嗚嗚嗚嗚喔噫噫喔噫噫噫噫——

尖銳的聲音與粗野的聲音重疊起來、讓人難以想像是這世上會有的怒吼聲。我們從正面承受到大樹的尖叫，用跑的逃離了現場。

是不小心刺激到它們了嗎？圍住我們的樹木搖晃著樹幹，扭轉樹枝，從明明沒有砍卻冒出來的樹幹裂縫潑灑出微溫的水，開始大嚷大叫。

——一定很痛痛吧。

樹林突然喧囂起來，開始詭異的大合唱。無論哪個都像是威嚇的吶喊聲，但語調又簡直宛如年幼的孩子一般，然後說不定是錯覺，內容聽起來卻也像是在鼓勵某人的話語。

——不要要緊喔。

我們一邊承受著大量的樹木唾液，同時一個勁兒地飛奔穿過樹林。

——我們都一樣喔。

彎曲到不合常理的樹枝宛如鞭子一般飛來。扭轉身子的樹木好幾次堵住我們的去路。但從諾特的雙劍冒出的火焰精準地砍掉這一切阻擾。

我們穿過樹叢，來到井然有序的草地廣場上。我氣喘吁吁地轉頭看向後方，只見樹木至今仍彷彿海藻一般搖晃著那身軀，異口同聲地在吶喊著什麼，但沒有追趕到這邊來的樣子。我有生以來第一次這麼慶幸樹木會生根。

我們在充分遠離樹林後，停下腳步調整呼吸。

「混帳，那是什麼玩意啊？」

諾特收起雙劍，將手扠在腰上，大大地吸了口氣。在還沒有完全烘乾的海水上面又淋到了樹木吐出的液體，衣服沉重地垂落下來。

我擺動身體甩掉那些水。

（看了還不知道嗎？那是會動會說話的樹木。）

「你說得沒錯。」

天空依然是彷彿正燃燒般的赤紅。我們位於宛若融入血液似的陽光之中。

要是不開個玩笑讓心情平靜一點，感覺這種異常事態好像會讓腦袋變不對勁。

潔絲一邊大口喘著氣，同時低頭擰乾頭髮。

「總覺得這實在……」

感覺她的聲音微微在顫抖著。

（很可怕對吧？）

但她接下來的話語並不是我料想的內容。

「不，這實在……這實在太有趣了呢！」

妳說什麼？

潔絲將頭髮擰乾後，猛然抬起頭來。她在小巧的胸前興奮期待地握住拳頭。

「您覺得為什麼樹木會動起來呢！為什麼會說話呢？是某人那麼盼望了嗎？假如是某人的願望，會是誰呢？」

潔絲毫不在乎水從衣服上滴落，氣勢十足地這麼詢問。

這明明完全是恐怖片的發展，但好奇心旺盛的少女徹底破壞了這種氛圍。潔絲的腳蠢蠢欲動，彷彿想要回到樹林裡面一樣。

（別回去喔……？）

「我不會回去的……但一想到接下來不知有什麼在等候著我們，便讓人不禁興奮期待起來呢！」

（我不期待耶……）

潔絲東張西望地環顧周圍。

「我們原本打算住宿的旅館，應當就在這前方喔。要不要確認看看有沒有哪位在呢？」

雖然潔絲高亢的情緒讓全身濕透的諾特蹙起眉頭，但沒多久後他微微點頭。

「確認有沒有其他人是最優先事項。有人在或沒人在會讓我們的行動方式跟著改變。」

潔絲在後方燃燒火焰，讓風從那邊吹過來，藉此讓我們能吹到暖風。樹木吐出的液體似乎只是單純的水，反倒正好可以沖掉海水的鹽分。

只是走了幾分鐘，便到達似曾相識的門扉。縱然不是豬，也高到得抬頭仰望的鐵欄杆大門。門的另一頭排列著井然有序的庭園樹木，穿過那些樹木之間的筆直道路前方，坐落著窮極奢華的巨大宅邸。

是我在浴場變成火腿三明治的旅館。

我一邊承受著潔絲冷淡的視線，同時開口指謫：

（沒有半個人在啊。這間旅館應該有守門人才對。）

「但沒有人類的話，是誰在修剪這些庭園樹木的？」

諾特從鐵柵欄的縫隙間窺探裡面。

樹木的說話聲也變得很難聽清楚，現在只有風吹聲靜靜地包覆住我們。宅邸鴉雀無聲，完全感受不到有人的氣息。

「門上鎖了。能用魔法打開嗎？」

諾特讓潔絲看繫著鏈子的鎖。鏈子纏繞在門上，拒絕外來者進入。

「嗯，大概可以……請稍微退後一點。」

為何非得退後才行？諾特無法理解似的往後退。潔絲確認我們拉開充分的距離後，自己也退後幾步，將雙手比向門鎖。

隨後，彷彿發射了大砲一般的爆炸聲響徹周圍，鐵柵欄的門扉宛如捏糖一般軟塌塌地彎曲起來。在我跟諾特感到畏懼的時候，潔絲又轟出第二發。柵欄像是遭象群輾過一般，被壓扁倒下，失去了原形。

「我說妳啊……不能再靈活一點地開門嗎？」

「十分抱歉……比較細膩的魔法技術我還不太熟練……」

「要是有屋主出現，你們要負責賠償喔。」

（萬一有屋主的話啦。）

潔絲會採取破壞行動，也是因為她推測裡面沒有任何人在吧？這裡是深世界。是豬會說話樹木會吵鬧，潔絲甚至變成巨乳，徹底非現實的世界。

我們跨越大門，邁步前進。

但就在那一瞬間，**鐵柵欄氣勢洶洶地站了起來**。

「呀啊！」

傳來潔絲驚訝的聲音，裙子在旁邊翻動起來。我的身體則是被狠狠地勒緊。

簡直就是形狀記憶合金。被潔絲破壞的鐵柵欄在一瞬間恢復成原本的形狀。將腳伸進鐵棒之間前進的我，整個身體都被捲進去，就這樣被夾在恢復成直線的鐵棒縫隙間。

五花肉被固定在細小的縫隙間，金屬那毫不留情的堅硬度緊勒著內臟。鐵柵欄的間隔當然是設計成人類無法通過的寬度，因此對圓滾滾的豬身來說實在緊得很難受。我的身體被抬起來，前腳飄浮在半空中，後腳勉強能搆到地面而已。豬骨說不定斷了幾根。血流似乎停止了，後腳的感覺已經快消失無蹤。

「痛死了……」

諾特是以敏捷的動作避開了襲擊嗎？他沒有被鐵柵欄夾住，而是按住肩膀跌落在草地上。

（潔絲……妳在哪？妳沒事吧？）

她應該不是運動神經有多發達的女孩。她剛才就待在我身旁，所以很難想像她能避開這場意外。我扭動脖子尋找潔絲。沒聽見聲音。該不會……

在抬起頭看的瞬間，我心想這是騙人的。

令人難以置信的光景。過於震撼的狀況讓我的視線僵住。

擺在眼前的那個讓我的思考短路。

潔絲就在我旁邊。彷彿Y字平衡一般以驚人的角度張開的雙腳，被夾在鐵棒與鐵棒之間，牢牢固定住。

我稍微扭動脖子，鼻頭就這樣輕輕碰上了潔絲。

「咦咦咦咦！等一下，豬先生……？您在摸哪裡呀！」

雖然看不見潔絲的臉，但她似乎很有精神的聲音讓我放心下來。我面向上方的視野幾乎都被潔絲張開一百八十度的雙腳，與垂落在雙腳周圍的裙子內裡給填滿了。然後我的鼻子被壓在位於那中央的薄薄布料上。

（妳沒受傷吧？）

我用豬舌說話，於是鼻頭摩擦到潔絲。

「嗯……那個，請您現在先不要說話喔……？」

十分抱歉。都是柵欄害的……

我面向下方，看向潔絲被赤紅陽光剪下來的影子。她被鐵柵欄夾住，一隻腳宛如花式滑冰選手一般筆直地往上抬。她的胯下以奇蹟般的角度對準我的顏面。

（被夾住的方式還真像是戴比路克星的王女啊……妳沒受傷吧？）

「不，我沒事……豬先生您……」

諾特的腳走向這邊的模樣映入視野。從他的影子可以看出他正架著雙劍。他用甚至不會留下殘像的速度迅速地揮動雙劍，鐵柵欄伴隨著嘎叩嘎叩嘎叩的聲響被砍斷了。我跟潔絲獲得解放，倒落到諾特那邊。

「豬先生，您沒受傷吧？」

翻倒在地的潔絲將手放到我的背脂上，立刻擔心起我的情況。疼痛已經消失，感覺也恢復正常了。我試著活動一下身體，沒有什麼不協調感。

（看來是沒事……諾特，你幫了大忙。）

我站起來並這麼說道，潔絲也在旁邊禮貌地點頭鞠躬。

「用不著道謝。我只是做了應該做的事情。你們能反過來在我快死掉的時候救我一命就行了。」

甚至能劈開鋼鐵的雙劍卡嚓一聲地被收納到鞘裡。

我們轉頭看向後方。被諾特砍斷而躺在草地上的鐵棒，正彷彿磁鐵一般回到原本的場所。詭異的低沉金屬聲響安靜下來後，跟原本一樣毫髮無傷的門扉就站在那裡。

（看起來我們好像不太受歡迎啊……）

「說得也是呢，只要往下走到港口那邊，就知道有沒有人在了吧。」

「那就到那邊看看吧。時間寶貴。」

我們放棄入侵豪宅，以港口為目標在草地上前進。觀察門扉內側時應當什麼也沒有才對，但一試著轉向後方，就有一種好像有什麼東西從建築物那邊在看著我們的感覺。不過，即使轉過頭看，那裡也沒有任何人的氣息。

只有感覺到視線，彷彿第六感一般的詭異感讓我的後腿肉發癢。

我抬頭仰望走在旁邊的潔絲。真棒的景色。

（潔絲，妳有沒有好像被什麼盯著看的感覺？）

「嗯，我有一種被某人盯著裙子裡面看的感覺……」

（居然有那種傢伙嗎？）

即使環顧周圍，也看不到疑似犯人的身影。那應該是潔絲的錯覺吧？

（我不是說裙子裡面，而是來自背後的視線。）

「來自背後……嗯，聽您這麼一說，確實……？」

諾特轉頭看向後方。

「是錯覺吧。我當獵人時也有過好幾次類似的經驗。可能被當成狙擊目標的不安，會讓人擅自感覺到視線。」

原來如此。說到底，所謂的視線是指視覺情報。屁股會感覺到視線實在是很奇怪的事。所以說，即使我像這樣緊盯著潔絲的小褲褲看，潔絲也不可能察覺到我的視線。

「不，我可以聽見您內心的聲音……」

話雖如此，但事到如今還在意這些也無可奈何，因此潔絲就那樣繼續向前走。

走了一會兒後，可以看見理應是白色的街道。之所以說「理應」，是因為被紅色陽光從上方照耀的緣故，街道看起來都染成一片紅色。我們沿著用石板鋪設的下坡，朝著港口那邊往下走。

在紅色天空下林立的房屋之中，看不見任何一盞燈光。陰暗的漆黑從窗戶裡頭窺探著這邊。就好像恐怖遊戲一樣的世界。

「沒看到人呢……」

（不過在梅斯特利亞那邊也一樣，這裡是否有生存者令人存疑就是了。）

「現在王朝軍和北部的惡棍們應該正四處搜索街上，想找出王子大人吧。就算沒有居民，那些傢伙應該也在吧？」

聽到諾特這番話，我稍微思考起來。

（……假如是這樣，那存在於這個深世界的果然只有我們嗎？）

「畢竟《靈術開發記》裡記載的內容，也只有提到與靈魂的交流呢……」

「這樣啊。那我們的目標應該是──怎麼回事？」

諾特話說到一半，忽然看向上方。

（怎麼了？）

「是水。」

哪裡有水──根本用不著這麼詢問。大約小水球一般大的水塊從附近的房子屋頂上掉落下來，直接命中我的顏面。

我搖了搖頭，把水甩開後看向上方。只見房子的屋頂在眼前──

（這怎麼回事啊……？）

我原本以為自己已經逐漸見怪不怪了，但看來似乎也並非如此。就連要形容也覺得荒謬的狀況。有房子在我們附近燃燒著。只不過那個火焰並非會發光的高熱粒子，而是模仿著火焰形狀在搖晃的透明的水。

房子被火焰形狀的水包圍並燃燒著。

我將視線看向前方，可以發現有許多被這種水焰包圍的房子以港口為中心蔓延開來。

「熊熊燃燒的水……」

潔絲這麼喃喃自語。異常的現實就在那裡。

「這……究竟是怎樣的構造呢！實在令人深感興趣呢！」

我連忙挽留試圖前去觸摸的潔絲。

（說不定很危險。還是別亂碰吧。）

潔絲看來有些遺憾似的咬了咬嘴唇，打消了去一探究竟的念頭。

沒有任何人能向我們說明這個世界。能依靠的只有《靈術開發記》的曖昧記述。剛才那些會尖叫的樹木也是，老實說，我根本不懂那是怎麼回事。

正因為完全不懂是怎麼回事，才覺得十分可怕。

這種狀況究竟為什麼有可能發生呢？

既然深世界是藉由願望所形成的世界，那是某人期望著這種狀況嗎？即使我希望潔絲長出馬耳朵和馬尾巴，這個願望也不會實現，樹木卻會擅自吶喊起來。

不可能變那樣吧——雖然我這麼想，但也不能否定在眼前發生的事情。

（這是常識不管用的世界。倘若沒有必要，還是別待太久比較好啊。）

諾特依舊面向前方，點頭同意。

「不曉得有怎樣的危險在等著啊。趕緊把事情辦完吧。」

諾特這麼說道後，轉頭看向我們這邊。

「這麼說來，我想問一下當作參考……」

他欲言又止了一下後，開口說道：

「……所謂的深世界是願望的世界對吧？在這裡死掉的話，我們會變怎樣？」

潔絲輕輕地將手貼在自己的胸前。

「雖說是以願望形成的世界，但我們是連身體一起進入了這裡……就像以魔法創造出來的物質跟在梅斯特利亞原本的物質沒有任何變化一樣，這邊的世界終歸也是實際存在的世界。我想在這裡的死亡應該跟真正的死亡無異。」

諾特沉默了一陣子。

我明白他的心情。吶喊的樹木會襲擊人類、破壞的鐵柵欄會突然恢復原狀、水會熊熊燃燒的世界。感覺只是被王朝軍追殺的狀況好像還比較容易生存。

「算啦，只要不死掉就行了。只要去王都讓混帳傢伙越獄就行了吧。把你們的計畫告訴我吧，接下來要怎麼行動？」

諾特這麼說道後，立刻邁步沿著往港口的石板道路向下走。我們也跟在他後面。港口有各種大小的船浮在水面上。只要使用其中一艘船沿著河川移動，前往王都的路途會變得輕鬆不少吧。

我邊走邊向諾特說明。

（要救出馬奎斯，需要踏入暗中活躍的術師的領域。）

「踏入領域？」

「是的。拜提絲大人不只寫下如何給予附在自己身上的靈魂實體，也寫到如何讓被他人囚禁的靈魂從深世界這邊分離——也就是越獄的方法。」

潔絲這麼說，背誦出《靈術開發記》的內容。

隱藏於住處的心之迷宮。

門被不眨眼的容器守護。

囚犯沉眠於城堡最深處。

「那個叫拜提絲的女人為什麼老愛用這種咬文嚼字的寫法？」

（應該是因為這樣比較有氣氛吧？）

我的話讓潔絲露出苦笑。

「拜提絲大人似乎是位有許多祕密的人物。儘管她身為王朝的始祖，又留下各式各樣的書籍，卻是一位連如何過世都籠罩在謎團之中的人物。」

（是這樣嗎？我第一次聽說啊。）

諾特從一旁催促，潔絲言歸正傳。

「……關於救出靈魂的方法，雖然我不是很明白剛才那段內容，但可以從那段內容前面的記述弄清楚一些事。」

潔絲豎起兩根手指，比出V字手勢。

「要找到靈魂，必須靠近身上寄宿著那靈魂之人的所在處。還有要救出靈魂，必須深入那個人物的領域。」

（換句話說，就是要前往暗中活躍的術師當作住處的王都，讓待在暗中活躍的術師的「心之迷宮」什麼的「城堡最深處」的馬奎斯越獄。）

可以看見諾特的眉毛感到懷疑似的動起來。

「真的能辦到那種事嗎？」

我一開始也那麼認為。在這種莫名其妙的世界，突然就要進入暗中活躍的術師的領域，對我們來說很不利吧。

（所以我想在途中稍微繞路，先預演一次看看。）

潔絲點頭同意我的話。

「我們先找一艘船，以妖精沼澤為目標吧。」

瑟蕾妹咩花了好一段時間才終於停止哭泣。

雖然她哭泣的模樣也宛如小鹿般惹人憐愛，讓人忍不住想抱緊她，但我是一隻豬，因此我決定要反過來貫徹被抱住那方的職責。在背上感受到少女嗚咽的同時，察覺到她緊抓著我的纖細手臂有多麼柔弱，該怎麼說呢，我不禁湧現一種類似父性本能的心情。

阿諾跟潔絲小姐一同從懸崖掉落下去——不，應該說是跳下去之後，被留下的我們目瞪口呆了一陣子。即使從懸崖窺探底下，也只看見海面安穩地掀著波浪。絲毫沒有兩人的氣息。一般來說，有人跳下去的地方應該能看見泡沫才對，所以那兩人——還有蘿莉波先生恐怕是藉由超越物理法則的某種現象前往到那邊的世界了——這麼想是很自然的。

從我們的視角無法看見蘿莉波先生的身影。所以對瑟蕾妹咩而言，看起來就像是阿諾跟潔絲小姐兩人一起消失無蹤了。

即使是年屆三三戀愛經驗仍未滿零的我，也不難想像那種打擊一定很大吧。

——薩農先生，不是的，我……那個，並不是對潔絲小姐有那種……

瑟蕾妹咩一邊抽泣，一邊用念這麼向我傳達。

這是當然的吧。瑟蕾妹咩還太過年輕，無法自覺到戀愛的嫉妒。

茲涅妹咩與約書小弟正在離我們稍遠的地方，一臉為難地向王子搭話。突然改變計畫要說很像阿諾的作風倒也沒錯，但他居然會在重要計畫的開頭就做出這種事，老實說讓我很意外。

接著是巴特小弟向三人搭話。看來阿諾似乎在最後留了口信給他。據說是……

——這邊的事情就交給你們了。

我們正面對要收復這個國家的壯大計畫，他何出此言？他甚至沒有解釋這點，便啟程前往危險的世界了。

只要待在這個世界，無論哪次離別都是這麼回事，但目前正處於動輒可能從此永別的重大分歧點。我心想至少在這種時候，他要是能好好地說明理由就好了。少女曾經抱著捨棄性命的覺悟替他承擔了詛咒，至少可以摸一下她的頭再走吧。

但不會這麼做的正是不屈的英雄，諾特。

請奴莉絲妹妹安慰之後，瑟蕾絲妹咩似乎稍微打起了精神。解除了抱枕職務的我，與兼人小弟一起前往王子的身邊。

那麼，該開始作戰會議了。

（我們盡快離開這座島吧。要是在海上被包圍就沒戲唱了。）

王子用認真的眼神俯視從鼻子發出鼽嘎聲響的我。

「說得也是。這邊就按照計畫，以最快路徑去攻略王都吧。」

茲涅妹咩跟我稍微拉開距離後，開口發言：

「因為有王朝軍跟赫庫力彭在，想避開陸路呢。現在靠近穆斯基爾也很危險。」

她還在記恨我以前曾經聞過她內衣的事情。另一方面，她的弟弟約書小弟則是一邊撫摸來到身旁的山豬背後，一邊豎起另一隻手的食指。

「也就是要走海路嗎？如果要說該西迴或東迴，應該走東迴比較好吧？從尼亞貝爾出發的話離王都也很近，而且那邊也還有很多同伴。」

因為王朝**轉換方針**，解放軍被迫解體，雖然目前藏身於各地，但能夠信賴的戰友們還是會協助我們。畢竟我們現在幾乎是孤立無援，沒道理不去依靠戰友吧？

王子似乎可以理解的樣子。

「好吧。如果是位於尼亞貝爾的王朝軍設施，我也因緣際會地知道詳情。應該會對攻略有幫助。兼人也沒有異議吧？」

山豬緩緩地點頭。

——對方不是能靠兵力（力量）匹敵的對手。以隱密（安全）第一為原則吧。

因為這樣，我們回到了船上。我們搭乘過來的中型船跟最後看見時一樣停泊在狹窄道路的出口處。我們毫不懈怠地確認安全無虞後才搭上船。

王子很謹慎地拿著據說僅限一次、能夠拯救任何生命的至寶——救濟之盃。

我們的使命就是利用這個擊斃國王，而非拯救生命。

搭上船的我們在洞窟內朝著光芒航行，前往出口。離開的道路只有一條，跟進來時的道路一樣。從成為出入口的細小裂縫能夠看見北邊的大海。我爬到裝載在船上的緊急用小型艇上，窺探外面的情況。雖然只能看見狹隘的範圍，但沒有任何敵人的氣息。畢竟這座島位於國家的最北端，敵軍沒有在更北邊布下船艦，可說是理所當然的吧。

比起這座島，更應該警戒南邊的海洋。

從照理說船隻不可能通過的裂縫順利來到外面的我們，藉由王子類似海市蜃樓的魔法彎曲光線，偵察南邊——也就是穆斯基爾那邊。

「哎啊，有船出來嘍。」

約書小弟從瞭望台這麼傳達。雖然只是一點，但我也能看見。似乎有好幾艘武裝過的帆船從冒出黑煙的穆斯基爾朝這邊的海洋散開。

看那紅色的旗幟，應該是王朝軍的船吧？受過訓練的軍隊變成最凶殘的國王的傀儡，拚命在尋找王子的行蹤。

雖然是意料之中的事情，但我們必須躲過這些監視，前往更南邊的海洋才行。

（有一個辦法。）

我向掌舵的王子這麼傳達。目前因為在島嶼陰影處，從對面看不見我們的船，但縱然有隱蔽魔法，要航行到東邊仍然伴隨著危險。

在那之前先想好對策肯定比較妥當。

然後，遠超過預料的危機襲向了我們。

是龍。

感覺只要甩一下尾巴，無論怎樣的船都能一擊粉碎的巨大的龍，藉由讓腹部發光的反照明偽裝躲藏在藍天裡面。是我們沒成功殺死的最強國王以前親自創造出來的王家之怪物。現在則是對最凶殘的國王百依百順。

發現船的龍用比自由落體更快的速度俯衝而下。

我們無計可施。

我們搭乘的中型船在一瞬間就輕易地粉碎了。

◎◎◎

因為機會難得，我們從繫在港口的小型艇裡選了條件最好的一艘。所謂的條件就是指速度、堅固度，還有搭乘起來的舒適感。

被選中的是感覺將機能美登峰造極的時髦船隻。宛如刀劍一般銳利的輪廓，以及彷彿蛇昂首般的船頭。吃水很淺，能夠用潔絲的魔力整齊地划動從左右舷朝水面突出的五對槳。

我們準備前往的妖精沼澤位於沿著運河與大河南下後，再從那邊進入支流的地方。那段路途在我跟潔絲搭船旅行時花了一天與一晚，但據諾特所說，只要持續使用潔絲的魔法，應該可以在日落時到達吧。潔絲與諾特坐在甲板上搭的板子上，我則坐在那兩人的腳邊，眺望著以神速流向後方的景色。

僅限於船上的話，世界相當平穩，扣除掉陽光是紅色的與豬在說話這兩點，並沒有確認到什麼超自然的現象。河邊的街道上不時可以看見像是遊戲的程式錯誤一樣的景色，例如從地面浮起幾十公尺的聖堂，或高到能穿過平流層的尖銳山丘等，但我跟諾特決定當作沒看到，以便保持精神安定。

另一方面，潔絲則是從船上探出上半身，彷彿來到菜單上有大家來找碴的義大利菜餐廳的小孩一般，找到有哪裡不對就開心不已。

「啊，豬先生！那座城堡沒有東邊的牆壁喔！很奇怪呢。」

「明明是冬天，一串紅卻盛開！」

「請您看那邊，旗子飄動的方向都不一樣。風好像不是只朝一個方向吹喔。」

「豬先生，您知道那個建築物的尖塔哪裡不對嗎？豬先生，您在聽嗎！」

怎麼天真無邪成這樣？太可愛了吧。

老實說一直看不可能出現的風景對心臟實在很不好，但陪看來很開心的潔絲一起玩倒還不壞。我一邊看向出題的潔絲手指的尖塔，同時思考起來。

（唔嗯……沒看到什麼奇怪的地方呢。）

「不，那座尖塔明明是哥索爾風格，屋頂卻是金色的！」

（…………？）

「哥索爾建築的特徵是只在形狀上發掘形式美並活用樸素的石材顏色所以用金鋪設屋頂是違反作風的實在很難想像能夠建造出那般美麗尖塔的人物會像那樣做出不合理的設計。」

是這樣喔。

（妳還真清楚呢。）

「因為我跟豬先生一樣是阿宅呀。」

我一邊側眼看著很開心似的又望向船外的潔絲，同時面向諾特那邊。看不見的划船者以超出常人的速度划動船槳，用極速驅動船隻。從正面沐浴著風的型男是不想看見多餘的事物嗎？雖然警戒著周圍，但他一直瞇細雙眼。

我有一件雖然沒必要詢問，但很想問問看的事情。

（噯，諾特。）

「什麼事，下流豬？」

（你跟瑟蕾絲怎麼樣了啊？）

諾特瞬間猛烈地咳嗽了起來。

「啊？」

（呃，我想問的是……）

「我們沒怎麼樣啦。」

可以發現潔絲停止眺望外面，若無其事地關注這邊。諾特還是一樣看著前方。

突然改變想法，與我們一道踏上旅程的諾特。他已經幫了我們好幾次，反倒可以說有他陪同只覺得可靠，但有一件事讓我很在意。

就是瑟蕾絲。

在達成第二次轉移時，我從瑟蕾絲那裡聽說了她的心意。

剛來村莊時遭到欺負的瑟蕾絲，愛上了成為村莊英雄的諾特。那之後儘管瑟蕾絲明白諾特的眼中並沒有自己，仍然一直盼望能與諾特同生共死，只求能待在他身邊，幫上他的忙就好。

明明如此，諾特卻完全沒先說一聲，就啟程到我們前往的深世界，而不是瑟蕾絲所在的梅斯特利亞。在兩邊都可能有生命危險的狀況下——

受到專情的少女愛慕，好幾次被她告白心意，甚至讓她賭上生命保護自己，卻沒有好好說明就跳崖消失這種不誠實的態度，我可不能視若無睹。諸位一定也這麼認為。

是發現潔絲一直盯著自己看嗎？諾特稍微扭動脖子，開口解釋。

「瑟蕾絲她——」

他話說到一半，又感到迷惘。

「那傢伙別再繼續接近我比較好。只會追逐亡靈的我，一輩子都無法讓那傢伙獲得幸福的。」

所謂的亡靈，是指他已故的心上人伊絲吧。伊絲是潔絲的姊姊，荷堤斯的女兒。是現任國王馬奎斯放火燒掉修道院時被人帶走，不幸喪命的耶穌瑪。

「只要您在她身邊平安無事，我想瑟蕾絲小姐就覺得很幸福嘍。」

是沒辦法無視美少女說的話嗎？諾特瞥了潔絲一眼。

「就是辦不到那種事，我才放棄的。瑟蕾絲是魔法使。已經不用我陪在她身邊。因為她能靠自己的力量去掌握其他的幸福。」

這發言還真像是某個混帳處男的翻版啊……

（我很感謝你陪我們同行，反倒該說沒諾特在的話，說不定我們的旅程早在穆斯基爾就結束了。關於這點我不會說什麼，但只有一件事讓我講一下吧。）

雖然被他用銳利的眼神瞪著看，但我毫不畏懼地說道：

（對瑟蕾絲而言是否有必要，是由瑟蕾絲決定的。回去之後你要好好道歉，對她溫柔一點啊。）

沉默一陣子之後，諾特有些諷刺似的揚起嘴角。

「……能平安回去的話。」

拜託別隨便立旗啦。

「請您一定要平安回去，然後緊緊抱住瑟蕾絲小姐。」

諾特蹙起眉頭，這次無視了潔絲所說的話。哎，我可以明白他的心情。瑟蕾絲的確很可愛，又很專情，雖然從旁人眼裡看來跟諾特很相配，但假如諾特並不喜歡瑟蕾絲，強迫他做出那種愛情表現實在很殘酷吧。倘若以前的心上人還依舊活在諾特心裡，那更是……

（諾特不喜歡瑟蕾絲嗎？）

話語從兩個方向拋來，諾特有些不自在似的在座面上移動了一下屁股。

「瑟蕾絲就像妹妹一樣。不是什麼喜歡或討厭的問題。」

我是渣男警察！把愛慕自己的女性當成妹妹看待，不跟她交往卻當成備胎是犯罪行為！給我舉起雙手跪下！

（你說像妹妹一樣……她不是你妹妹吧。你是嫌瑟蕾絲的胸部不夠大嗎？）

這句話似乎比預料中還有效，諾特語無倫次地反駁。

「什……………別說蠢話了，下流臭豬仔。你不也一樣嗎？你一直把這傢伙當成妹妹對吧？」

諾特的拇指隔著肩膀指向潔絲。

被攻其不備，我暫時說不出話來。我發現潔絲在看著我，於是開口解釋：

（……就算是妹妹我也喜歡，所以沒問題。）

「你在說什麼啊？很噁心喔。」

雖然直率的說話方式是諾特的魅力，唯獨這次我也不禁感到受傷。在日本也曾屢次遭受到同樣的指摘，但我實在不懂喜歡上妹妹到底有哪裡不行。

「像妹妹一樣真是對不起呢，哥哥。」

潔絲雙手交叉環胸，哼一聲地將臉撇向旁邊。

雖然她應該在鬧彆扭，但老實說我不禁覺得她這樣好萌。

即使太陽是紅色，但晚霞並沒有變得比太陽更紅。

一直將天空照亮成紅色的太陽沒有絲毫眷戀地落入地平線，原本赤紅到讓人厭倦的天空也輕易地轉變成黑色的夜空。

只不過那片夜空也並非普通的星空。就彷彿打翻了鹽罐一般，被數量多到近乎瘋狂的星星給填滿了。無數流星彷彿槍擊戰一般飛舞交錯，讓人不禁擔心會不會在途中撞上其他星星。

在喧囂的星空底下，我們搭乘的船靜靜地滑過小河平穩的水面，前往妖精沼澤。雖然比白天陰暗，但繁星實在過於耀眼，因此不需要燈光。

傳聞說有妖精棲息在我們的目的地——妖精沼澤。這是因為明明沒看到管理的人，蘋果卻會結果，然後那些蘋果會消失到某處。

但我們知道其實蘋果園是由一個叫做阿爾的孤獨老人在照顧的。縱然因為溺水意外痛失妻女，阿爾仍為了她們兩人在培育蘋果。然後他會將收穫的蘋果拋入兩人身亡的河川放水流。

我跟潔絲在前往北方的旅途中，見過那個名叫阿爾的老人一次。然後我也見到了他的妻子菲琳。見到那個因為溺水意外，與女兒一同喪命的女性——

「也就是說叫做菲琳的女人靈魂，附身在那個叫阿爾的老人身上是吧？」

諾特一邊輕輕點頭，一邊聆聽我們的說明。

「是的。就跟以前的我與豬先生，還有目前的馬奎斯大人與暗中活躍的術師先生是相當類似的狀況。」

（所以要在讓馬奎斯越獄前，在這裡預演與靈魂的接觸。）

這時諾特疑惑地歪頭。

「雖然我不是很懂……但那個叫阿爾的是魔法使嗎？要讓靈魂附身，必須會使用靈術才行吧？」

的確。

我看向潔絲，只見她有些尷尬似的移開視線。

「不……阿爾先生當然並非魔法使……但所謂的靈術似乎是比魔法更加原始的行為……即使只是發動幾個接近一般視為正統靈術的條件，似乎也能夠實現近乎靈術的結果。」

「嗯？條件是指什麼？」

諾特純粹的疑問讓潔絲有些吞吞吐吐。

「那個，該怎麼說呢，就是將身體的一部分或血液——不，果然還是沒什麼。」

是有什麼難為情的地方嗎？低著頭的潔絲從脖子以上都羞得發紅。

要將身體的一部分或血液怎麼樣啊……？

潔絲將我的靈魂留在這個世界，從潔絲本人的靈魂分離出來，讓我的靈魂獨立了。但我在那段期間沒有意識，所以我其實並不曉得潔絲做了什麼。因為她當成祕密，所以說不定是讓她相當內疚的事情。

她沒有把我煮熟就吃掉了嗎？

潔絲面向下方，緊握雙拳。我無法聽見她內心的聲音。但總覺得她很可憐，因此我決定不深入追究。

（算啦，總之我想在妖精沼澤尋找阿爾的領域，確認與菲琳的靈魂接觸的方法。畢竟只靠拜提絲那曖昧的記述，總覺得有點不安嘛。）

諾特將視線從潔絲身上移開，面向前方。

「畢竟是在這種意義不明的世界裡面，能先有個準備是最好。」

沿著小河前進的船放慢速度，靠潔絲的魔力划動的船槳也為了盡量避免發出水聲，轉換成平穩的動作。是個寧靜的夜晚。躡手躡腳地流過陰暗森林裡的河川，彷彿鏡子一般映照著在樹林對面耀眼發亮的高密度繁星們。

偶爾會從森林裡面響起意義不明的喃喃自語聲和呻吟聲，還有某種不曾聽過的聲響。我們小心謹慎地警戒著周圍。

「啊，豬先生，那個——」

潔絲像要壓低聲音似的耳語，溫暖的手輕輕放到我的梅花肉上。

潔絲指著河岸。只見有白色的石造墓碑孤伶伶地豎立在那裡。在數量異常誇張的繁星照耀下，墓碑本身看起來甚至像在閃耀著銀白色光芒。

（是菲琳的墳墓。把船停靠在這邊吧。）

船槳悄悄地停止動作，然後稍微朝反方向划動，讓船停止下來。

「河川很淺啊。只能用走的到岸邊了嗎？」

諾特這麼說道，吐出白色的氣息。在穆斯基爾還算微暖的空氣，現在也已經變得冷颼颼。如果是豬也就罷了，但穿著鞋子的兩人要是弄濕腳，並非上策吧。

「我要凍結嘍。」

根本用不著反問是要凍結什麼，只見潔絲將身體探出船，輕輕將手貼在河面上。潔絲看來一點也不覺得冷的樣子，河川的水就這樣以她的手為中心凍結成白色。冰之花接連地綻放開來，架起了能夠從船上走到墳墓附近的橋樑。

（謝天謝地。）

「要下船嘍。」

諾特打頭陣，我們下了船。潔絲將繫著船隻的繩索綁在河岸的柳樹上。諾特一直將手貼在雙劍的握柄上。

「這就是墳墓嗎？」

我們三人站在墳墓前。我們以前看見的時候，四方形的白色墳墓應該風化得相當嚴重才對，在這裡卻簡直像才剛蓋好一樣完整。

——菲琳　波米

那裡的確有兩個名字。是在這條河溺水的母女之名。

然後墳墓上只擺著一顆鮮紅的蘋果。

（只要從這裡走向上游那邊，就可以看到我跟菲琳碰面的木屋。說到阿爾的住處，應該就是那裡才對。首先去木屋看看吧。）

在這麼說的同時，我又強烈地有一種被人從某處盯著看的感覺。

諾特不經意地將手伸向放在墳墓上的蘋果。我看向那邊，察覺到了。

雖然察覺到是很好，但那過於詭異的狀況讓我頓時說不出話，無法立刻向諾特提出警告。

是蘋果在看著這邊。

在鮮紅的果皮正中央，有一隻人類的眼睛。眼睛將眼皮大大張開，在我看過去的瞬間，瞳孔凶猛地轉動，看向諾特那邊。

（別碰！）

我這麼吶喊跟諾特的指尖碰觸到蘋果，幾乎是同時發生的事。

剎那間，我的視野彷彿從瀑布上摔落後被水流衝撞一般，攪亂成一團旋轉起來。可以感受到潔絲伸手環住我的腹部。我喪失平衡感，甚至分不清哪邊才是上面。

能看見的景色猛烈地搖晃並捲成漩渦，同時從被星光照亮的夜晚黑暗，逐漸變化成微暗的綠色空間——

回過神時，只見我躺在蘋果樹井然有序地並排著的果園裡。甘甜到過於濃密的芳香填滿了豬的嗅上皮。香氣的真面目是蘋果花。放眼望去，所有樹木都綻放著彷彿櫻花一般的白色花朵，驚人的是那密度大約是盛開狀態的十倍以上。

「好漂亮……」

潔絲在我旁邊站起來的同時這麼喃喃自語。超越生態學的常識開花過剩的蘋果樹們，彷彿披著雪一般美麗。樹木在陰暗的果園中沐浴著月光，隱約發亮著。

「這是怎麼回事？天空……」

諾特的聲音讓我跟著看向上方，只見直到剛才為止多得可以填滿天空的星星數量，恢復到常識的範圍內。我思考起來。

（有可能是星星突然減少，或是我們不小心來到不同的天空底下……看來那個奇怪的蘋果就是開端，應該不會錯吧。）

「你說的奇怪是指什麼啊？」

（你沒看見嗎？蘋果上有一隻眼睛啊。）

「眼睛？」

諾特看來難以理解的樣子，但他聳了聳肩，沒多說什麼。在這個世界裡，要是因為蘋果有眼睛就感到驚訝，心臟應該撐不住吧？

「豬先生，這個！」

聽到潔絲這麼說，我看向附近的樹木。只見紅色的蘋果果實從燦爛盛開的白色蘋果花底下露出。仔細一看，無論哪棵樹都結了許多果實，只是被花給覆蓋隱藏起來了。

「呃……蘋果花跟果實會同時出現嗎……？」

（不，不會呢。蘋果花會在同個時期一起綻放。花開數個月後果實才會成熟。）

雖然會說話的豬這樣講大概也沒什麼說服力，但同一枝幹同時開花結果這種事，是絕對不可能發生的事情。

從四處傳來彷彿蜜蜂振翅聲的嗡嗡聲響。那些聲響奇妙地整齊，就好像在進行室內樂的調弦一般。

「讓人毛骨悚然啊。要回去原本的地方嗎？」

諾特看向了我。

（先回到有河川的那邊吧。我們要離開果園，前往森林那邊。）

我們被彷彿會嗆到的芳香包圍著，在陰暗的蘋果園中徘徊前進。一整片白花在月光照耀下，看起來閃爍著銀白色光芒。

雖然我說要以河川為目標，但我根本不曉得要前往哪邊才好。

在走著的同時，我察覺到一件事。

（阿爾曾對潔絲說過「在這裡打造果園是菲琳的夙願」。還說了他女兒波米喜歡吃蘋果啊。不覺得可以從這個地方感受到他們一家人的願望嗎？）

「嗯，是非常美麗的地方……」

確實很美麗。這種超越自然法則的美麗反倒令人毛骨悚然。

雖然不知道發生什麼事，但可以從這裡強烈地感受到阿爾的願望。按照拜提絲的記述來想，這裡應該就是「阿爾的領域」吧。

我們逐漸接近目的地。在感受到這種希望的同時，我們像無頭蒼蠅一樣尋找著河邊的小路。然後我們穿過蘋果園進入森林，來到開闊的場所。似曾相識的光景。

可以看見裡頭有跟以前造訪時一模一樣的木屋。是阿爾居住的家。看來我們似乎很幸運地在尋求退路的時候，已經接近目的地了。

問題在於——有個不曾見過的巨大生物擋在那前面。

「你們退下。」

諾特用只發出氣息的聲音命令我們。

察覺到我們的存在，將好比起重機的頭抬起來的是——

全身被白色鱗片所覆蓋的一頭美麗的龍。

每一枚鱗片都立體隆起的模樣，看起來也像是蘋果花在體表上燦爛盛開。大大的眼睛是讓人聯想到白化症的紅色，長長的脖子彷彿有無數骨頭一般滑溜地動著。形狀接近蝙蝠翅膀的前臂上有感覺能在一瞬間砍倒大樹的白色利爪，長長的尾巴彷彿銼刀一般長著細刺。要是被用那個摩擦，我應該會在轉眼間變成絞肉吧。

龍的體長足足有幾十公尺。甚至搞不懂為什麼之前會漏看。說不定是突然在這個廣場冒出來的。

龍在慢慢撤退的我們面前突然張開了嘴。

豔麗的粉紅色口腔朝向這邊，傳來尖銳刺耳的鳴叫聲。下個瞬間，我還搞不清楚是怎麼回事的時候，便被冰冷的水包覆住全身。

（…………？）

被宛如激流的水壓推擠，我跟潔絲一起被撞飛。

我們兩人像被推回去似的跌落在樹林裡。我抬起頭一看，只見諾特一邊讓兩把雙劍閃耀著赤紅光芒，同時跳到了龍的頭上。

紅色劍影在空中閃爍，劍士的身體彷彿子彈一般衝向龍的額頭。那對雙劍靠著衝擊波的反作用力，讓使用者能夠在空中移動。是因為有深世界補正嗎？諾特的動作變得比以前看見時更加快速且犀利。

我就這樣全身濕透地趴下，與潔絲一起在旁關注諾特。

諾特藉由更強烈的火焰加速的第一刀，直接命中龍的額頭。靠著反作用力讓諾特的身體更進一步地加速。諾特一邊讓身體橫向旋轉，同時朝龍的脖子施加第二擊。藉由火焰強化的追擊之反作用力讓諾特又一次加速，給脖子第三擊。他宛如纏繞著火焰的車輪一般在龍的背上翻滾，給龍帶來數不清的斬擊。彷彿士官長一般俐落的動作。最後他從尾巴前端高高跳起，迅速地離開了龍的攻擊範圍。

「好厲害……！」

可以看見潔絲在旁邊讚嘆地倒抽了一口氣。

在不到十秒的時間內被施加了無數攻擊，那白色鱗片卻只有留下些微的燒焦痕跡而已。令人難以置信。那明明是可以弄塌懸崖、就連鐵柵欄都當成麩菓子在砍的劍。

「豬先生，我們快逃吧！」

聽到潔絲這麼說，我跑向森林深處。我們立刻跟諾特會合了。

我轉頭從樹木縫隙間看向後方，只見龍讓紅色雙眼炯炯發亮，輕易折斷粗壯的樹幹，朝這邊猛衝過來。豬肝嚇得縮緊發冷。感覺就像躺在特急電車逼近的軌道上。

潔絲將手比向龍，放出巨大的爆炎。揮發性調整成恰到好處的油纏繞在樹林上，在一瞬間化為刺眼的火焰牆。

「先躲起來吧。」

我們聽到諾特這麼說而拔腿就跑時，傳來尖銳的鳴叫聲。隨後，氣勢猛烈到像在開玩笑似的放水穿過火焰牆，直接命中就在附近的地面。泥巴與泥水狂暴地揚起。

龍輕而易舉地跨越火焰牆，朝這邊衝刺過來。猛獸的攻勢所向披靡。感受到潔絲的生命危險，我的脊背發涼起來。

我想起潔絲幫我在豬腳上裝了腳環的事情。她把我當成依靠。不能老是把戰鬥都交給諾特。我也是個男人。必須挺身戰鬥。

我停下腳步迅速地面向後方，集中精神在兩隻前腳上。雖然火焰似乎沒用，但我想如果是不同屬性，說不定會有效果。

滿是水坑的地面。我一邊想像從地底刺向地上的模樣，一邊操縱著水。

我朝腳上使力。巨大的冰刃穿破地表，在逼近過來的龍的眼前接連地衝上天。就類似搭起柵欄那種印象。因為尖銳的冰塊前端朝著龍那邊，縱然無法傷害到龍，應該也能暫時擋住牠吧。

「豬先生，快點！」

潔絲從後面呼喚著我。雖然我打算保護她，但看來反倒讓她停下腳步了。

但我還有一些該做的事情。

（我馬上追上去！妳先走吧。）

雖然龍暫且停下腳步，但牠抬起宛如重機械一般的上半身，不費吹灰之力地粉碎了冰之柵欄。我沒有放過那個瞬間，啟動真正想使用的機關。

龍的周圍配置著沾滿泥巴的冰。我從腳下朝那邊盡可能地施加高電壓。

彷彿會灼燒雙眼的銀白閃光纏繞在龍的身體上。龍反射性地往後退，發出尖銳刺耳的宏亮咆哮聲。即使傷害不大，也能讓牠停下腳步一瞬間——就在我這麼心想時，紅色瞳孔立刻瞪著這邊看。不妙。

讓人頭暈目眩的爆炎就在我的眼前炸裂。才心想是怎麼回事，只見潔絲來到了我旁邊。

「我們快逃吧。」

結果還是被潔絲的魔法救了。雖然火焰與煙霧擋在我們與龍之間，但這也只是時間的問題吧。我跟潔絲一起跑向諾特在等待著的方向。

（電擊好像稍微有效。能像修拉維斯那樣用電攻擊那傢伙嗎？）

我邊跑邊這麼詢問，只見潔絲一臉過意不去似的蹙起眉頭。

「抱歉，電流的魔法比較高難度，我還無法……」

「我試試看吧。」

跟我們會合的諾特用熟練的動作交換了雙劍的立斯塔。火焰的亮光讓人可以看見其中一把雙劍裝上了黃色立斯塔。

再次響起尖銳的聲音。宛如瀑布一般的放水從火焰牆的對面傾瀉到完全錯誤的場所。因為我們在諾特的誘導下改變了跑走的方向。

諾特在放水的同時利用斬擊的反作用力高高跳起，讓劍的位置精準地貼上龍穿過火焰牆而來的顏面。

銀白色閃光在龍細長的鼻頭炸裂。諾特彷彿在跳舞一般揮動雙劍，並利用揮劍的反作用力回到我們這邊。氣勢猛烈地著地。

「雖然沒命中眼睛，但好像比剛才有效啊。」

雖然龍沒有醒目的外傷，但牠很明顯一臉畏懼似的搖著頭。我們趁這個空隙躲到森林的黑暗中。

（牠回去嘍。）

龍沒有對我們窮追不捨，好像返回原本所在的地方了。

「是諾特先生的電擊發揮效用，牠逃走了嗎……」

「怎麼辦，要追擊殺掉牠嗎？」

（不，沒必要殺掉牠。你們看。）

我們從火焰縫隙間轉頭看向木屋那邊。可以看到龍又回到最初所在的廣場，一邊緩緩擺動脖子，同時像在探查似的看著火焰牆。

（那傢伙不是企圖攻擊我們，而是在守護那間木屋。）

「但你們不是想去那間木屋嗎？」

我點了點頭。

（可以信任諾特的本領嗎？沒有必要從正面跟那傢伙戰鬥。）

諾特看向我的眼睛，露出牙齒笑了笑。

「別小看我。你以為我是誰？」

應該是有型的金髮處男吧。

「咦，請問……兩位打算怎麼做呢？」

全身濕透的潔絲輪流看著我們。諾特簡潔地說明我的意圖。

「我們要兵分兩路。我當誘餌幫你們爭取時間。你們先走。」

諾特毫不猶豫地朝龍發動突擊，故意攻擊龍的顏面，吸引牠的注意。諾特一邊輕鬆避開沉重的攻擊，同時巧妙地誘導龍的注意。他穩定地將龍的巨體從木屋旁逐步拉開。那俐落的本領著實讓我佩服不已。

另一方面，我跟潔絲則是在森林中繞遠路，從後面繞到木屋所在處。我們站在玄關前的時候，龍跟諾特已經移動到遠方的蘋果園那邊了。

（諾特的體力正逐漸減弱。我們觀察一下情況，如果好像什麼都沒有，就立刻撤退吧。假如能跟菲琳接觸，只求獲得感覺對救出馬奎斯有幫助的情報。）

「好的。」

潔絲緊張地吞了吞口水。

潔絲下定決心似的敲了敲玄關的門。雖然等了一下，但毫無回應。

她稍微瞥向我這邊後，毫不猶豫地伸手握住門把。

嘰——

門扉一邊嘎吱作響，一邊緩緩地開啟。

似曾相識的室內十分陰暗。月光從窗戶照射進來，將房間的一部分剪成白色。

然後有一名女性坐在那片月光之中。

她面向這邊，簡直就像一直在等候我們一樣。

「哎呀，原來是你們呀。」

將黑髮留長、有著溫柔眼神，年近四十歲的女性。是菲琳。

找到了。在理應沒有任何人的深世界中，我們曾經見過的人。

「那個……您好。」

潔絲禮貌地鞠了個躬，因此我也低頭致意。

菲琳也坐在窗邊靜靜地點頭。

「好久沒跟人說話了。希望我沒忘記言語。」

她在陰暗房間裡溫和地說話的模樣，給人一種遠離世俗的印象。

（您一個人待在這裡……？阿爾先生呢？）

「外子應該很快就會入睡了吧。畢竟夜也深了。」

看到她對我招手，我前往菲琳的腳邊。她纖細的手指輕輕撫摸我的頭。不滿地將手扠在腰上的潔絲映入豬寬廣的視野角落。

「原來阿爾先生也在這裡呀？」

對於潔絲稍微蘊含著嫉妒聲色的提問，菲琳緩緩搖了搖頭。

「**這裡就是外子**。」

出乎預料的回答讓我跟潔絲暫時思索起該怎麼回應。

（……這話是什麼意思呢？）

我一邊被撫摸著下顎，同時抬頭仰望菲琳。

時間有限。必須在有限的時間裡盡可能地獲得用來救出馬奎斯的線索。

「這個地方是外子的心靈本身——可以說是一直捕捉著我的鳥籠。」

我花了一點時間去理解這番話。

阿爾的心靈本身？

——隱藏於住處的心之迷宮。

我在腦海一角回想起拜提絲記下的話語。這裡是「心之迷宮」嗎？

我跟潔絲面面相覷。潔絲慎重地開口說道：

「……這裡是深世界之中對吧？」

「深世界……？」

菲琳疑惑地歪頭。

「我不懂太艱深的事情。雖然不曉得兩位是為了什麼目的而來，但我想兩位最好在外子傷害你們之前趕緊逃離。」

（逃離……這是怎麼回事呢？）

「因為人會試圖保護自己的心靈。」

對於一堆問題的我們，菲琳始終溫柔以待。

「我不認為外子的心靈會歡迎來到了這裡、說得直接點就是異物的你們。你們一定會吃到不少苦頭吧。」

總覺得我們這一路上已經吃了不少苦頭，但先別提這些。

（菲琳小姐，只要您願意幫忙向阿爾先生說一聲……）

「這裡是外子的心靈本身。」

菲琳左右搖了搖頭，重複這句話。

「人的內心是無可奈何的喲。」

在靜寂之中，從外面傳來彷彿尖銳哀號的巨獸鳴叫聲。沒時間了。

（抱歉，我們突然上門打擾還這麼說實在很過意不去……但希望您可以在知道的範圍內告訴我們幾件事。）

聽到我這番話，菲琳露出微笑，點了點頭。

「當然可以。我一直想要替兩位加油呢。」

恭敬不如從命，我開門見山地詢問：

（那麼……假設這裡是阿爾先生的內心，即使像現在的我們一樣入侵進來，阿爾先生本身也看不見我們——這樣的認知是對的嗎？）

菲琳曖昧地擺了擺頭。

「看不見喔。你應該不曾窺探過自己的內心吧。」

——假設梅斯特利亞是個巨大的生物，深世界就類似它的內臟——這本書上是這麼寫的。那裡原本是人類不可能前往、也不可能窺探的場所——那是由在這個國家生活的人類之願望構築而成的反面世界。

我想起修拉維斯所說的話。即使是從深世界能夠看見的內心，但對那些位於現實的梅斯特利亞的人來說，從他們的角度無法看見是理所當然的。

「只不過……」

菲琳用帶著擔憂的眼眸看向窗外。

「由於你們前來而造成的內心騷動，外子應該也會感受到吧。」

原來如此。倘若有龍在內心大鬧，他說不定會有什麼不好的預感。這也就是說，即使與馬奎斯的接觸能夠避免與暗中活躍的術師對峙，但還是必須儘速完成任務，以免被本人察覺嗎？

感覺窗外的聲響慢慢地靠近過來。

在我整理思緒的期間，潔絲提出疑問。

「那個……這單純只是假設……請問我們有可能把菲琳小姐從這裡帶出去嗎？」

菲琳緩緩地吐了口氣。

「原來這裡也有外面呢。」

這番發言暗示著菲琳長久以來一次也不曾到外面過的事實。

「是的。我們是在叫做深世界的地方旅行，然後來到這裡的。」

潔絲的說明讓菲琳再次看向窗外。

「原來是這樣嗎……既然你們能來到這裡，一定也能把我帶出去吧。因為我只是被可怕的怪物阻擋，無法從這座蘋果園脫身而已。」

我想起那條白龍，那是阿爾內心的怪物吧。然後那條龍不只是保護心靈不受我們這樣的入侵者傷害，同時也在監視菲琳，以免她逃出內心。

潔絲受到打擊似的將手貼在胸前。

「怎麼會……那樣簡直就像菲琳小姐是被強迫囚禁在這裡一樣不是嗎？」

菲琳依舊面帶微笑地點了點頭。

「我是被囚禁在此的。一直被囚禁在外子的夢想與後悔之中。」

——囚犯沉眠於城堡最深處。

我想起在拜提絲的《靈術開發記》裡曾使用囚犯這個詞。所謂的城堡是防衛來自外面攻擊的場所。被囚禁在阿爾內心最深處的菲琳，非常貼切地符合這段記述。

說到底，我們原本就是要去讓馬奎斯「越獄」。菲琳自然也不例外吧。搞不好我也——

潔絲著急地詢問：

「菲琳小姐，您向阿爾先生傳達過這件事嗎？就是菲琳小姐被囚禁在這裡，即使想出去也出不去這件事。」

在陰暗的房間與銀白色月光之中，她的臉上浮現出放棄的色彩。

「請仔細想想。」

菲琳纖細白皙的手輕輕地比向潔絲。

「你們對自己的悲傷也是無能為力吧？同樣地，這裡並不是向外子提出意見就能擺平的地方喲。我不曉得訴說過多少次我想離開這個地方、希望他讓我到女兒身邊……」

我一邊聽著她說的話，同時浮現出無法理解的疑點。是最根本的問題。這裡似乎是阿爾的內心。既然如此，我在妖精沼澤看見的菲琳究竟是何方神聖呢？既然阿爾不在這裡，她是怎麼向阿爾傳達自己的想法呢？

（不好意思。我們以前造訪妖精沼澤時，您跟阿爾先生待在一起對吧？那個時候，您不是待在這裡——不是待在阿爾先生的內心嗎？）

「對。派烤好時我會被外子叫出去。明明我沒辦法吃……」

被叫出去……？

我思考起來。菲琳的靈魂似乎不是一直待在這個內心。這表示我在梅斯特利亞接觸過的菲琳，並不是被囚禁在這個地方的狀態嗎？

（也就是說我們來到的這個地方跟阿爾先生所在的地方，對菲琳小姐而言，也是完全不同的場所嗎……？）

點頭肯定的菲琳讓我越來越混亂了。

我以靈魂的狀態在梅斯特利亞旅行時，從來沒有像現在的菲琳一樣看過深世界。也絲毫沒有「被叫出去」的感覺。

因為我一直有種跟潔絲一起待在梅斯特利亞的錯覺。

這個差別究竟是怎麼回事呢？

我在思考糾結成一團的狀態下，繼續提出疑問。

（那麼，菲琳小姐一直往返於這兩個地方嗎……？）

菲琳沒有回答我的問題，急忙從椅子上站了起來。

因為房間開始嘎達嘎達地振動。

「請馬上逃走吧。外子似乎很焦躁。」

隨後，窗戶化為粉碎，將身體蜷縮起來的人類闖了進來。

那傢伙在地板上翻滾幾圈後，迅速地站起並看向我們。

「抱歉。時間到了。」

是諾特。他的衣服四處可見破洞，還有鮮血從他臉上的切割傷流出。

緊接著是宛如哀號的聲音響徹周圍，分量驚人的水從窗戶流入。我跟潔絲還來不及做好準備就被洪水給吞沒了。那水就彷彿把冰直接融化成液體一般，非常冰冷。

我們沒有方法能抵抗激流。響起牆壁裂開的啪嘰啪嘰聲，我們在不知不覺間被摔到小屋外面的木柴放置處。

「豬先生……！您沒事吧！」

（沒事。潔絲妳呢……諾特你呢？）

「我沒有問題。」

「我還能動。我們快逃吧。」

木屋崩塌得無影無蹤，四處不見菲琳的身影。

我站起來後察覺到了。一雙鮮紅的眼眸正凶狠地瞪著這邊看。

不只是眼眸。那條龍原本雪白得十分美麗的鱗片轉變成濃豔刺眼的紅色，牠伸出前臂，眼看就要將我們撕裂。高高揮起的鉤爪讓人聯想到死神巨大的鐮刀。

豬肉被冰冷的水冷卻，身體無法隨心所欲地行動。不妙。

「要飛了！」

潔絲這麼大喊，用力地緊抱住我。雖然感受到柔軟的胸部隔著濕漉漉的衣服壓在我身上，但現在可不是說這些的時候。地面爆炸開來，強烈的加速度從上面掩蓋掉所有感覺。我們三人描繪出拋物線，高高飛上天——不，是被丟了出去。甚至有一種把內臟都遺忘在地表的感覺。

我感覺到身體停止上升，轉為下降。火焰在附近閃爍，可以知道諾特正重新站穩。另一方面，我跟潔絲則是一邊迴旋而下，一邊靠潔絲的飄浮魔法慢慢減速。潔絲的魔法雖然強力，但技術沒有好到可以在空中邊旋轉邊落下的時候，還能精準地操控物體。

結果我們衝撞上一棵蘋果樹，捲起了大量花瓣與幾顆果實，掉落到地面上。我躺在地面上四腳朝天，有什麼溫暖的東西夾住我的臉。

不需要花費任何時間，我就發現那是潔絲的大腿。

「對……對不起……失禮了。」

潔絲跌跌撞撞地離開我身上，將裙子弄整齊。有無數白色花瓣黏貼在她濕透的全身上。自從來到深世界後，這種事件好像變多了，是我的錯覺嗎？

（不要緊。因為變成美少女的椅子是我從小就有的夢想。）

雖然潔絲好像想要反駁，但她看到在一旁亮起火焰與電擊的雙劍，擺出備戰姿勢。諾特搖搖晃晃地站起身並對峙的對手，是我們剛才逃離的龍。

被紅色鱗片覆蓋的龍扭動巨體，鑽過蘋果樹的縫隙之間奔向這邊。

只有幾秒也好，必須絆住那條龍，掩護諾特才行。我集中精神在腳環上，再次從地面鍊成冰之防護牆。但是水量不夠嗎？冰劍只有薄薄一層，甚至能透過冰劍看到鮮紅的龍就在對面。

龍用震耳欲聾的聲音發出咆哮，同時從嘴裡噴出大量的水。單薄的防護牆在一瞬間就因為強烈的水壓而崩塌了。

好快。

還來不及逃走，就被冰冷的激流給吞沒。捲起泥土的水扼殺了我的呼吸、視野和平衡感，甚至不曉得潔絲和諾特在哪裡。可以感受到豬肉因為過於冰冷的水急速畏縮起來。照這樣下去，我會變成冷凍絞肉。

即使從激流中獲得解放，我仍然只能橫躺在變得像沼澤一般的地面上。冰冷奪走身體的感覺。我好想念潔絲溫暖的大腿。

碰咚碰咚的沉重腳步聲毫不留情地逼近，我領悟到自己已經無計可施。我從以前就不擅長狩獵魔物的遊戲。我總是遭到憤怒的巨獸連續不斷的攻擊，不曉得被送回營地幾次。倘若在這裡被打倒，恐怕不是送回營地就能了事。要是我死掉，諾特會幫忙拯救潔絲嗎？說到底，他們兩人是否還平安呢——

我好不容易才抬起沉重到像是麻木了的眼皮。

可以看見有個身穿紫色法衣的背影就在附近。

龍在另一頭張開大口。激流隨即迸出。但水像是撞上透明牆壁般，一滴不剩地逆流回去，將龍本身推回原地。

神祕人影讓白色長髮隨風飄逸，同時將雙手大大張開。只見無數小小的球體從廣大的蘋果園樹林中往上浮起。即使在月光底下，也能看見那些球體跟龍紅得嚇人一樣變成鮮紅色。

飄浮在半空中的好幾千顆蘋果。那些蘋果捲成漩渦，整齊一致地開始流動。漩渦以龍為中心逐漸地縮小，蘋果的密度也跟著變高。

是怎麼回事呢？只見龍感到困惑似的動也不動。周遭逐漸回歸靜寂。

「豬先生！這究竟是……」

飛奔過來且沾滿泥巴的潔絲，看到那筆挺站著的背影，停下腳步。諾特也在附近。他們兩人都跟我一樣因為眼前這異樣的光景而僵硬住了。

在月夜的果園裡，無數紅色果實包圍著紅色的龍，在半空中飛舞。站在那前面的是彷彿里約熱內盧的基督像一般張開雙手的高大人影。

「真是的，一點都不像平常的你們。在森林裡一直把樹掃倒的龍，在果園卻避開樹木的理由，你們猜不出來嗎？這傢伙無法傷害蘋果。因此只要用果實建造牆壁，牠就無法從裡面出來。」

是個沙啞卻充滿威嚴的男人聲音。

捲成漩渦的蘋果放慢速度，在龍的周圍接連堆積起來，建造出圓形的牆壁。牆壁覆蓋到龍的頭頂上，以古夫王也會自嘆不如的精密度完成了美麗的巨蛋。龍簡直就像消失了一般鎮靜下來，那裡只剩整齊堆積起來的果實塚。

人影放下一直張開的手。

看到轉向這邊的那張臉，比寒顫更猛烈的某種感覺流過背脊。

「喂，老頭，你誰啊？」

諾特一邊掩護著肩膀，同時蹙起眉頭這麼詢問。

以對待他的禮儀來說，這是負一百分滿分的招呼吧。

「勇敢的年輕人啊。你對前任國王的失禮，倘若只有一次，我就原諒你吧。」

那個聲音、那個身影——

無庸置疑地是梅斯特利亞已故的最偉大的魔法使——伊維斯。

◯ ◯ ◯

我們隨便到一個港口尋找新的船，捨棄了狹窄的小型艇（boat）。

薩農先生的計畫漂亮地奏效了。所有人搭乘到緊急用的小型艇（boat）上，狠下心把之前搭乘的船當成了誘餌。在被龍（怪物）粉碎的船冒出爆炎的期間，我們搭乘的小型艇（boat）靠魔法隱藏起來，悄悄逃走（開溜）了。

小型艇是緊急用的，因此很狹窄，但摸來的新船十分寬敞且舒適。我在甲板上一邊沐浴著海風，一邊眺望梅斯特利亞美麗的海岸。

豬面向西邊看，尾巴自然朝東邊擺。因為船沿著東邊的大海航行（cruise），太陽自然是沉入西邊的陸地。倘若瞇眼看向夕陽那邊，就能辨別出王都（目的地）在遠方尖銳的輪廓。

「海風吹太久的話，您的毛會變粗糙喔？」

細長的手指撫摸我的下顎。是奴莉絲。我扭動身體閃避她的手指。見狀，奴莉絲牢牢地擁抱（hold）住我，一邊說著「我搔我搔～」一邊搔癢我的身體。

（別把我當成小孩對待啦。）

即使這麼傳達，少女也只是笑而不語，並未停止嬉鬧。

「因為您很可愛呀。」

露出牙齒的開朗笑容就在眼前。長著雀斑的臉頰，以及彷彿總是在笑的下垂眼。沉悶的銀製不講理（項圈）就在那底下閃爍著黯淡光芒。

身為山豬的我在健全的男女不可能這麼靠近的距離感下被揉來揉去。可以感受到原本就不太注重那方面的奴莉絲胸部軟綿綿地撞上我的身體。

我跟蘿莉波（變態）先生和薩農（大變態）先生不同，不認為這樣是賺到。說到底，奴莉絲才十五歲。她可是比我還小一歲。真希望她別把我當成小孩對待。

我翻滾身體迴避搔癢攻擊，與奴莉絲面對面。手拄著地板面向這邊的她胸前大方敞開，從縫隙間——咳咳。

「您在咳咳什麼呢～？」

少女就那樣維持四肢著地的姿勢用爬的靠近我，我猛然將視線從她身上移開。

結果在眼前看見了皮革靴子。

「抱歉在你們正忙時打擾了。」

是修拉維斯先生。

（我……我們沒有在忙啊？）

奴莉絲維持四肢著地的姿勢，也在我旁邊抬頭仰望修拉維斯先生。剛才說不定是有點忙。

修拉維斯先生已經很習慣奴莉絲天真無邪的舉動，他不帶感情地說道：

「可以陪我一起思考抵達尼亞貝爾後該怎麼做比較好嗎？我跟薩農商量過了，但為求保險起見，也想先聽一下兼人的意見。」

夕陽照射的甲板逐漸變昏暗起來。周圍不見薩農先生等人的身影。這裡只有我們三人而已。

（只要叫我一聲，我也會參與你們的討論啊。）

我隱含著「為什麼不一次商量好呢？」這種言外之意，只見修拉維斯先生搔了搔頭。

「薩農是個優秀的策士，但指揮官是身為王子的我。希望最終還是由我掌握著決定權。要是齊聚一堂進行作戰會議，總覺得無論怎樣都會強烈地反映出薩農的想法。」

原來如此，我的確能夠理解修拉維斯先生所說的話。薩農先生（別看他那樣）雖然聰明出眾，但有時搞不懂他在想什麼。聽說荷堤斯（超級大變態）先生會被破滅之矛擊斃，追根究柢也是因為薩農先生的計謀。他是認為老是依靠那樣的薩農先生很危險吧。

（薩農先生說了什麼呢？）

我這麼詢問，於是修拉維斯先生稍微移開視線，咳了兩聲清喉嚨。

「先換個姿勢如何？」

我看向旁邊，只見奴莉絲還保持著跟我面對面時的姿勢抬頭仰望修拉維斯先生。看到她因重力而描繪出懸垂線（Catenary）的胸前，危機感越來越強烈。

（奴莉絲。）

奴莉絲是怎麼解釋我的呼喚呢？只見她靠在我身上坐下，伸手撫摸著我。算了，隨她吧。

修拉維斯先生露出苦笑看著我們，接著說道：

「先不提薩農的見解，讓我聽聽看兼人的想法好嗎？抵達尼亞貝爾後，該怎麼做比較好？應該留在那裡觀察情況，還是火速前往王都？」

我一邊感受著奴莉絲的重量，一邊思考起來。這個判斷十分重要。在有王朝軍和惡棍們等著的陸地上，一點小失策（miss）都可能會致命。

（這單純是我的意見，但要為了四日早上進行調整實在為時尚早。我認為在能辦到的時候，先盡可能地接近王都比較好喔。進攻時機（機會）從國王弱化的那一瞬間起感覺不會持續太久。無論如何都想避免深世界的作戰成功之際，這邊卻慢了一步錯失良機的狀況。）

修拉維斯先生看來有些放心似的露出微笑。

「這樣啊。薩農也是這麼說。」

然後他蹲下來稍微撫摸了我。

「很有參考價值。謝謝你。」

修拉維斯先生只說了這些，便轉身離開。他繞到船舵那邊稍微進行調整後，坐在柵欄上一個人眺望著落日的王都。

（指揮官也很辛苦啊。）

我不經意地這麼傳達，奴莉絲於是將下巴搭在我背上。

「他是覺得不安喔。」

（不安？）

聽到出乎預料的話語，我不禁反問：

「對呀。好不容易見到面，卻又跟潔絲小姐和豬先生分散兩地對吧？王子先生真正的自己人又離他而去了。」

（……不是還有我們在嗎？）

我在背上感覺到奴莉絲搖了搖頭。

「我們雖然是同伴，但對修拉維斯先生而言，我想應該不是自己人。」

（為什麼……）

「……因為解放軍原本是以打倒王朝為目標。」

我思考起來。確實我也不是想為了王家而戰。我會回到梅斯特利亞（這裡），是為了一度沒救到的奴莉絲——是為了把襲向奴莉絲的不講理全部清除，直到最後一個為止。

奴莉絲就這樣把下巴搭在我的背上，哼哼地用鼻子哼起歌來。看到在稍遠處獨自被風吹著的修拉維斯先生，我沒來由地覺得有一點可憐。

在王朝（家）落入魔掌的現今，對王子（他）而言，哪裡才是真正的歸宿（避風港）呢……

不知不覺間，濃密陰暗的雲覆蓋住西邊的天空。

「在這個深世界，力量到某個程度為止能派上用場，但從某個程度開始就沒用了。因為要攻略人心——也就是拉比拉的手段，並非力量而是道理啊。」

在夜晚的森林中，伊維斯一邊替我們帶路，同時彷彿老教授一般淡淡地述說。

「阿爾的心靈無法踐踏心愛的女兒最喜歡吃的蘋果。正因如此，才能用蘋果牆封印住那條龍。要逃離拉比拉，想必也會需要同樣的道理吧。」

雖然有很多事情想問，但首先我聽不懂他在說什麼。

「請問……拉比拉是指什麼呢？」

聽到潔絲的問題，伊維斯讓鬍子臉露出微笑，轉頭看向這邊。

「深世界是人心開拓出來的世界。倘若在這裡旅行，有時也會不小心誤闖生者的心靈。我將那樣的心之迷宮命名為牙城（拉比拉）。」

心之迷宮——是拜提絲的記述中也出現過的詞彙。我開口詢問：

（這裡是阿爾的牙城對吧？）

「正是。他的記憶、願望、執著、愛……這些要素成為鐵則，支配著這個空間。」

即使面對的是照理說已經死亡的伊維斯，潔絲首先也是積極地提出疑問。

「城堡的門被不眨眼的容器守護——《靈術開發記》裡記載著這樣的內容。這表示因為諾特先生觸摸了放在墳墓上的蘋果，我們才會不小心進入阿爾先生的牙城嗎？」

伊維斯也看似滿足地點頭肯定潔絲的疑問。

「正是如此。上面只有一隻眼睛對吧？那個就是記號。人的心靈具備象徵著自身的形狀，潛藏在這個深世界。就命名為耶坤吧。要是魯莽地靠近靈器（耶坤），便會被捕捉到牙城裡面。」

諾特一臉尷尬似的移開視線……

「但也因此見到了原本要找的女人，沒差吧。」

吐出這樣的話。

伊維斯確實在我眼前因為詛咒而喪命了才對。但他此刻在我們面前活蹦亂跳地走著。肌膚上也沒有那個詛咒的圖案。

雖然他理所當然似的跟我們交談，但差不多可以開口問了吧……？

（請問，您真的是——）

「現在比起老人的真面目，你們更應該擔憂自己的事情。倘若不設法逃離這個牙城，你們就無法抵達王都。你們的目標應該是暗中活躍的術師的牙城吧。」

被他用嚴格的語調這麼勸誡，我點了點頭。

（那麼，能請您告訴我們該怎麼做才能離開這裡嗎？）

伊維斯沒有肯定也沒有否定地說道：

「這裡是阿爾的心之迷宮。出口位於他的心之所向。阿爾的心向往著哪裡？該怎麼做，阿爾的故事才會迎向結局？思考吧。」

明明好不容易才得以重逢，伊維斯卻沒有表現出似乎很高興的樣子。他的聲色反倒更像是與不希望見面的旅人偶然重逢了，但又怎樣也無法不幫我們一把那種感覺。

「固執於蘋果園的阿爾先生的故事結局……那就是這個牙城的出口呢。」

伊維斯只有對潔絲露出柔和的微笑。簡直就像看著孫女的祖父一般。

「就是這麼回事。沒有必要跟這座蘋果園的詛咒正面對決。只要探索逃離詛咒的方法即可。」

「可是，該怎麼做……」

「思考吧。唯有當事者的心靈能夠信服的道理，才能成為尋找出口的關鍵。」

諾特擺出一張苦瓜臉。

「那樣的話不是什麼都有可能嗎？不問他本人要怎麼知道正確答案？」

「想像吧。」

伊維斯只這麼說道，便再次面向前方邁出步伐。

我們走著走著，來到了河畔。以地點來說，應該是在比墳墓稍微上游的地方嗎？大大的月亮從水面上方的天空俯視著這邊。

（阿爾的夙願是跟妻女一起在這座蘋果園幸福地生活——不，應該說原本是。）

我邊思考邊喃喃自語，潔絲於是接著我的話說道：

「因為無法一家團圓，他才會把菲琳小姐的靈魂留在這個牙城裡，每年收穫蘋果在生活呢……該怎麼做，才能讓阿爾先生滿足呢？」

該怎麼做才好？我毫無頭緒。伊維斯眺望著映照在河面上的月亮，像是在等待著什麼。諾特是完全放棄思考了嗎？他默默地撫摸雙劍的握柄。

那個是突然開始的。彷彿火焰蔓延開來一般，天空一口氣染成橘色後，周圍的景色在轉眼間變成了傍晚。冰冷的風吹飛落葉。

「看來阿爾總算入睡了。他應該正在作夢吧。」

伊維斯緩緩地說道，同時將視線看向上游那邊。

有個只拿著一根木造船槳的黑髮男人從那邊披頭散髮地跑了過來。

「波米！菲琳！回答我⋯⋯！回答我一聲啊！」

男人一邊用悲痛的聲音吶喊，一邊飛奔過我們附近。他似乎沒把我們放在眼裡。

「阿爾先生⋯⋯」

潔絲這麼低喃，快步地追逐起他的背影。我也跟潔絲一起跑了起來。

當我們追上他時，阿爾已經跑進河川，跪在淺灘裡頭。他抱著的是彷彿蠟像一般動也不動的溺死的屍體。是他已經變成一片蒼白的女兒與妻子。彷彿要逃離不成聲的悲痛吶喊一般，一根船槳流向了下游。

我們甚至看不出接縫在哪，場景便十分自然地轉變，在同樣的地點，阿爾將紅色蘋果供奉到墳墓上。不知是想了些什麼，就那樣踏進河川裡的阿爾臉朝下地趴倒在清澈的水中。透明的水包覆住他的全身。

阿爾暫時任由水流擺布，但沒多久他便猛烈地咳嗽起來，他慌張地揮動手腳爬上了河岸。是喝到河水，還是在哭呢？阿爾就這樣頂著濕答答的臉抽泣起來。

就跟變明亮時一樣突然，周圍恢復成月夜。我們人在用白色石頭建造的墳墓前。墳墓上只放著一顆蘋果。

諾特這次謹慎地看著蘋果，開口說道：

「答案只有一個了吧。那男人只能一死了。不那麼做的話，這個像監獄一樣的世界就不會結束。」

伊維斯點了點頭。

「問題在於要怎麼死亡。」

「咦咦咦，我們非死不可嗎？」

伊維斯對吃驚的潔絲搖了搖頭。

「沒有必要死亡。假設故事結局在於死亡方式，只要仿照那個方法即可。」

仿照死亡方式。假設他想追隨已故的妻女而去……

（也就是說要跳河嗎？）

剛才那段阿爾的記憶可以解釋成是自殺未遂的瞬間。阿爾原本打算在妻子溺死的這條河裡自盡。但他失敗了。正因如此，他才會長久以來都把菲琳的靈魂關閉在自己的心之牢籠裡，在這個妖精沼澤培育蘋果，丟進河裡放水流。他恐怕是一直注視著大量果實流向的前方……

潔絲看了看我，然後用帶著憂慮的視線看向河川。

「這也就是說……進入河裡被流走，是這個牙城的出口……？」

「怎麼可能？那樣會感冒吧。」

該擔心的是那點嗎？

相對於感到懷疑的諾特，伊維斯則是點頭肯定。

「相信潔絲的想像吧。我具備先見之明。」

在冬天清澈的月夜，伊維斯毫不迷惘地走進河裡。我跟潔絲互相對望後，跟在他後面。在冬天跑進河裡玩水，實在有夠荒唐。水冷得像冰一樣。

雖然諾特看來無法理解的樣子，但他遲了一會兒後，也走進河裡。

「你確定能好好地活著離開吧？」

諾特朝伊維斯發出懷疑的聲音。前任國王的回答是疑問句。

「無須擔心。你以為我是誰？」

銀髮高個最強賢者……？

「吾名為伊維斯。是比這世上任何人都聰明，梅斯特利亞最偉大的魔法使。」

回過神時，我已經在船上了。我就這樣以橫臥的姿勢用單眼看向夜空，只見彷彿將銀河壓縮成一百倍那般過於耀眼的星灼燒了視網膜。潔絲就在我身旁睡著，將一隻手環在我的五花肉上。

諾特正在潔絲的對面緩慢地爬起身。

「總算回到船上了嗎？這趟旅行還真是累人啊。」

我也爬起身來。手臂叩咚地撞上地板，潔絲發出「啊呼」的聲音醒來了。

諾特瞇細雙眼看向前方。

「那個看來很跩的老頭不見了嗎？」

對喔，我們逃離阿爾的牙城，回到了深世界。果然不能期待死者在這之後也能與我們同行吧。

（我想也是。畢竟所謂的外掛角色，只有在關鍵時刻才會出手幫忙啊。）

「非也。」

從後面傳來聲音，我猛然轉過頭看。

只見伊維斯將手放在膝蓋上，靜靜地坐在那裡。

咦——聲東擊西……？

「外掛老頭在此。因為還有些事情應該跟你們說啊。」

「失禮了。」諾特這麼低頭道歉。我也接在他後面低頭表示歉意。

「伊維斯大人，那個，我……」

爬起身的潔絲將手貼在胸前，看來有話想說的樣子。但伊維斯伸出一隻手比向潔絲，制止了她。

「我沒有任何應該從你們那邊聽說的事情。是我必須說出該告訴你們的事。」

雖然他的說法很神祕，卻帶有不由分說的聲色。

「……我無法陪伴在你們身旁太久。畢竟我是死亡本身。」

前任國王站起身，前往船的前頭。我們在穆斯基爾順手摸來的小型艇一聲不響地在河面上滑行，前往某處。

諾特不知在想什麼，他目不轉睛地注視伊維斯的背影。

「你們應該正在前往我可憐的兒子那邊吧。雖然我無法同行，但倘若是在剩餘時間給些建議，還是辦得到吧。」

他轉頭看向這邊的表情非常溫和，光是看著好像就能感受到一種溫暖的安心。

「雖說眾人都各有各的想法，但我由衷地感謝你們為了王族下來這個深世界。」

「感謝又不能當飯吃。」

諾特依舊盤腿坐著，抬頭仰望站著的伊維斯。

「老實說這個世界簡直莫名其妙。樹木會說話，天空在白天也很紅。如果你也是這個美好世界的居民，能不能簡潔地告訴我們規則與攻略法？」

對於諾特失禮的言行，伊維斯連眉頭也沒皺一下。

「我並非這裡的居民。也不是任何地方的居民。但若使用我龐大的知識與偉大的智慧，倒是能夠解釋這個世界。」

伊維斯緩緩地抬頭仰望天空。並非比喻，而是當真很耀眼的星空上，有無數星斗接連不斷地劃過。

「剛才的牙城是一個人類的內心，但這個深世界是所有人類的思念複雜地交纏在一起而形成的混沌淤泥。縱然沒有毫無意義的事情，但要單純地解釋個別的現象，幾乎是不可能的吧。」

諾特聽得目瞪口呆。

「不巧的是我沒家教，你講得太複雜我也聽不懂。簡單來說，就是沒有任何規則和攻略法是嗎？」

「非也。雖說變得十分複雜，但基本法則與牙城一樣。倘若想攻略，只能用道理去思考，而不是靠力量。無論何時都動腦去解謎吧。解開這個世界的謎。」

他這麼說道後，像是想起什麼般補充：

「還有要極力避免接近牙城的入口——靈器。因為一旦進入內心，企圖排除掉你們的強大力量就會開始發揮作用。」

聽到這番話，我想起剛才的事情。潔絲一臉不安似的將手貼在胸前，看樣子她似乎也在想一樣的事。

我們的目的是讓馬奎斯被囚禁在暗中活躍的術師內心的靈魂越獄。把這件事對照拜提絲的記述和伊維斯的說明來推敲，就會得到以下結論。

隱藏於住處的心之迷宮——暗中活躍的術師的牙城隱藏在深世界的王都。

門被不眨眼的容器守護——我們必須尋找作為入口的那傢伙的靈器。

囚犯沉眠於城堡最深處——然後要探索牙城，帶著馬奎斯像這次一樣逃脫。

同時還得跟強大的不講理戰鬥，就像蘋果園那條可怕的龍。

「那個，伊維斯大人。在無論如何都必須進入那個——牙城的情況下……」

潔絲將身體探向前方這麼詢問，伊維斯伸手溫和地制止她。

「正因為在不講理至極的世界，就算逞強也要貫徹道理。」

這番話具備甚至能用肌膚感受到的重量。

「面對壓倒性的強者時，只能以道理為武器，仔細思考並戰鬥。因為要是捨棄道理靠力量戰鬥，當然是強者會獲勝。」

前任國王——壓倒性的強者這麼說了。昔日曾是梅斯特利亞最偉大的魔法使的這個男人。

「這話由國王大人來說，聽起來就是不一樣啊。」

諾特像在反抗似的哼笑一聲。

（他是出於親切才向我們說明的，你別一直頂撞啦。）

對於提出忠告的我，伊維斯緩緩地搖了搖頭。

「無妨。本王朝以絕對的力量支配梅斯特利亞至今，是無庸置疑的事實。事到如今也用不著否定我們一直將其他魔法使變成奴隸，拿神之血這個幌子在抑制民眾一事。」

然後伊維斯重新面向船的前方。從這邊只能看見背影。

「正因如此——正因為自拜提絲大人以來，一直靠力量在統治世間，我等國王必須比任何人都聰明、比任何人都強大，而且必須是絕對的存在。」

結果卻並非如此。前任國王因詛咒而倒下，現任國王被奪走身體。世界正步向崩壞。

深夜，一聲不響地前進的船正前往何方呢？我們無從得知。

不知何故，我變得非常想睡。是一種無從抵抗的睡意。

只有伊維斯的聲音清晰地傳遞到腦中。

「我向你們約定吧。我具備先見之明——」

我之前就在想了，能夠自己那樣講實在很厲害啊。

「自暗黑時代終結以來，梅斯特利亞長達一二九年的王政拜你們之賜，體無完膚地崩壞了。但凡事必定有盡頭。重點在於如何結束。」

可以聽見潔絲在旁邊發出像在說夢話的聲音。

「我至今曾目睹過幾次失敗，但唯獨這次不同。我這麼確信。這個世界會確實地改變吧——會被改變吧。藉由你們的手。」

諾特搖來晃去的頭砰咚一聲地撞上船底。

「各位，相信自身的心，照這樣沿著最完善的道路前進吧。」

我無法抵抗侵襲而來的睡意。我也半睜著眼睛躺下了。在星空之中，伊維斯的身影看起來就像影子一般。

在進入夢鄉前，總覺得我好像聽見了這麼一句話。

「我的孫女啊。這次真的是永別了。」

船好好地被拴在碼頭上。我們三人在被霧給覆蓋住，根本不曉得是哪裡的河岸醒來了。

這次真的不見伊維斯的身影了。當然也沒有留下字條之類的東西。

我記得在伊維斯說話的期間遭到難以抵抗的睡意侵襲，結果三人都聽到一半就睡著了……是前任國王親自掌舵，把船行駛到這裡的嗎？

理應已經死亡的伊維斯出現在我們面前，適時地伸出援手後，我們還來不及道謝，他就消失無蹤了。他沒有留下任何線索，我們只能推測睡著的期間發生了什麼事情。

「那個看來很踐的老頭應該早就死掉了吧？」

諾特在下船時順便對我這麼說道。

（是啊，照理說已經火葬並入殮了。）

「那表示這裡是冥界嗎？」

（……要說是冥界，人也太少了吧？）

潔絲東張西望地環顧周圍。

「與其說少，不如說沒人在呢……」

石板街道被深邃冰冷的霧給籠罩，就連十公尺前方也看不見。即使我們試著走在街上探索，也絲毫不見人的氣息。就好像在電影的場景裡面行走一樣。

我們前進一陣子後，諾特在大馬路的交叉點中央停下腳步，蹲了下來。

「這裡好像是琉玻利。」

他的手指指示著刻在特別大的石板上的文字。上面記載著琉玻利這個城市的名字，還有各條道路會通往何處。這個路標的其中一項，不知為何變成了無法辨認、亂七八糟的字串。

（這個意義不明的方向應當有什麼才對。）

我一邊心想無論發生什麼都不想去那裡呢，一邊試著這麼說道。潔絲抬起頭來，

「從位置關係來看……恐怕是通往王都的道路吧。」

這麼告訴我。我也沒來由地有這樣的預感。

諾特面向因為霧而什麼都看不見的道路前方，瞇細眼睛。

「琉玻利是貝列爾河最靠近王都的地點。看來那個老頭也是仔細想過才把船開到這裡的啊。從這邊開始要走陸路。」

我們決定暫時探索無人的城市，尋找能夠搭乘的交通工具。我們以包場狀態在大馬路上走著，這時潔絲開口提議：

「希望有馬車之類的呢。即使沒有馬匹，也能由我用魔法來拉車。」

哦……我稍微思考起來。應該有更好一點的方法吧？

（不如潔絲直接變成馬——）

「您想太多。我也不會長出耳朵和尾巴。」

立刻遭到否定了。真可惜。我轉換心情，試著提議。

（這裡是繁華大街，感覺不是會停著馬車的道路。要不要到更郊外的地方找找看？）

「原來如此，確實是這樣呢。」

「這前方好像就是郊外啊。要說馬車會通過的地方，應該是這邊嗎？」

諾特窺探著建築物縫隙間的陰暗小巷。濃霧甚至深入到狹窄的建築物縫隙間，雖然視野相當糟糕，但另一頭似乎有開闊的明亮場所。

我們讓諾特帶頭，在濃霧中摸索，穿過狹窄的道路。

穿過小巷後，我們來到墳場。好幾個各種形狀的墓碑並列在濃霧之中。雖然只能看見附近，但從周圍土地這種空曠的感覺來看，可以預測是相當廣闊的墳場。

「哎呀……看來不是這邊呢。」

潔絲這麼說，我也一起轉過頭看。然後我啞口無言了。

「奇怪……？」

「怎麼了？」

諾特也慢半拍地轉過頭來。

跟轉頭看前同樣的墳場在我們的視線前方展開。

「真是夠了，什麼都有可能發生啊。」

諾特咒罵似的喃喃自語。

我們應當是穿過了建築物縫隙間的小巷來到這裡。明明如此，但無論前後左右，所有方向都會看到墳場在眼前展開。被白霧籠罩、就連方向都搞不清楚的墳場之中。

（我們又進入某人的牙城了嗎？）

我看向兩人，只見他們疑惑地歪著頭。

「我並沒有特別觸摸了什麼……」

「我也一樣。而且沒有那種轉來轉去的感覺，我想應該不是牙城。」

（的確……那暫且可以放心吧。）

不過，那並不會讓現況變好。因為我們不知何故，在霧中被丟到了不曉得出口的墳場正中央。

正當我呆站在原地無計可施時，從靜寂中慢慢地傳來有人在竊竊私語的嘈雜聲。不是來自霧的另一頭。而是從腳下，從土壤下傳來的。

我看向下方。正好有個紅色的東西從土壤裡面滑溜地露臉。

（唔哇啊啊啊！）

我猛然跳了起來。諾特也注意到了，他臉色蒼白地躲開。但紅色的某物不是那種能夠避開的東西。

雙眼能見範圍內的所有土壤都隆起，前端部分稀里嘩啦地崩塌。崩塌後露出來的是來歷不明的鮮紅某物。

那個某物滑溜溜地成長到及膝的高度，突然間就開花了。

「很漂亮呢！是罌粟花喔！」

反應與眾不同的潔絲雀躍地雙眼閃閃發亮。

數量多到異常的鮮紅罌粟花在所有能見範圍內綻放，填滿了墓碑之間。中央部分呈現黑色、有著圓形輪廓的花燦爛盛開的模樣，看起來也像是無數眼球。

還能從花朵之間聽見喃喃自語地碎念著不成話語的聲音。

（雖然很漂亮，但好像不是能慢慢欣賞的感覺呢。）

在冰冷的霧中，可以聞到有種不可思議的香氣猛然飄散過來。像是將思考蒙上一層霧，又彷佛讓意識從這個世界振翅高飛一般——

潔絲大大地吸了一口氣。

「這香味很有意思呢。」

潔絲燦爛地對這邊笑的臉，看起來奇妙地扭曲變形。

（不對……妳別太大口呼吸。罌粟花是沒有香味的。）

諾特用衣袖掩住口鼻。

「是罌粟麻醉（鴉片）。離開這裡吧。吸食過量會死人的。」

他的忠告有些慢了。潔絲的腳步不穩起來，眼看就要倒地的樣子。諾特趕緊背起潔絲。我也在不知不覺間，甚至搞不清楚前面是哪邊了。

（回到來時的路……回到原本的場所吧。）

「別說傻話。來時的路早就不見了吧。」

諾特就這樣背著潔絲，走向某處去了。視野彷彿魚眼鏡頭一般扭曲變形，兩人的身影突然變遠。瞬間有股不安襲向了我。我會不會就這樣被他們丟下呢？他們兩人會不會自己先走掉呢？

——我要跟諾特先生就這樣兩人一起……

——那樣說不定也不錯啊。

從蒙上一層霧的思考深處傳來神祕的幻聽。真是愚蠢。

我甩了甩頭，為了避免變成孤單一人，我拚命地追在兩人後面。

就連花朵我也毫不在乎地用豬腳踐踏並前進。綻放著紅色罌粟的墳場感覺像是沒有盡頭。沒有出口。含有生物鹼的濃霧滯留在空氣中，奪走視野與思考。

走在前面的諾特也是步履蹣跚地左搖右晃，好幾次差點讓背上背的潔絲摔下來。但諾特絕對不會放開潔絲的身體。

無論走了多久，都看不見能離開墳場的徵兆。可以感受到大腦逐漸麻木。我們會就這樣在這個墳場，在這個深世界斷氣嗎……

忽然有微風吹來，差點分散的意識朝向那邊。

只見一名女性站在上風處，也就是霧的另一頭。她似乎在看這邊。但因為霧的緣故，她的身影看起來像影子，只能得知輪廓而已。

只不過可以看出她頭髮相當長，還有胸部非常大。

「妳……」

傳來諾特的聲音。諾特就那樣背著潔絲，踉踉蹌蹌，但以堅定的意志前往那邊。人影不等我們就小跑步地先走掉。

我不曉得這是敵人還是同伴。但照這樣停留在原地，等著我們的是確實的死亡。我也拚死地追逐在諾特後面。

冰冷的風讓我醒來。

我們躺在沒有任何人的農業用道路上。雖然霧還是一樣濃，但已經沒有墳墓和罌粟花。旁邊放置著沒有馬的樸素馬車。

（喂，潔絲、諾特，你們還好嗎？）

我用鼻子戳了戳靠在一起躺著的兩人。不小心吸了一大口氣的潔絲，還有背著那個潔絲走到這裡的諾特。我很擔心他們兩人會不會被毒死。

潔絲發出了像在說夢話的聲音，因此我的五花肉鬆了口氣。諾特猛然抬起上半身，是頭痛得厲害嗎？他用拳頭貼著額頭。

「那傢伙在哪？」

他開口第一句話就問了意義不明的事情，因此我疑惑地歪頭。

（那傢伙是指誰？）

「就是幫我們帶路的女人。」

諾特搖搖晃晃地站了起來。他環顧周圍，但沒有我們三人以外的身影。

（畢竟不是清楚地看見了長相嘛……你知道她是誰嗎？）

諾特沒有回答，仍然聚精會神地看著濃霧深處。

是鴉片的影響嗎？記憶十分朦朧，想不起詳細的情況。那究竟是誰呢？從遠處看也能知道人影的胸部很大，因此可以確定不是潔絲或瑟蕾絲。

「您這句話究竟是什麼意思呢？」

從旁邊傳來聲音，我轉過頭看。只見潔絲鼓起臉頰看著這邊。她似乎在不知不覺間醒來了。

順帶一提，這是內心獨白。

（別放在心上。話說回來，剛才差點死掉了呢。居然有那種陷阱在等著，實在是預料之外。）

我轉移話題，於是這次換諾特應聲。

「只是有怪物會出現的話，就算是我也能應付，但如果像剛才那樣連場所都被變化，根本無可奈何。得靠魔法使大人振作一點啊。」

「說得也是呢……對不起，是我不夠小心。」

潔絲停止氣呼呼，沮喪地露出反省的神色。

的確，倘若沒有被鴉片迷昏，說不定能掀起強風或產生氧氣來應對。不過，潔絲也需要有我的忠告和建議，才能在瞬間去處理那些狀況吧。我必須比潔絲更加振作才行。

（我也應該注意點的。仔細一想，如果說這個世界是藉由願望所形成的，所謂的墳場應當是相當不妙的地方。墳墓是強烈的感情被吐露出來的地方。既然洋溢著強烈的願望，發生的現象說不定也會因此變得比較偏激。）

潔絲將手貼在下顎。

「的確……要是來到那樣的場所，得小心謹慎點行動呢。」

看來順利地轉移了話題。

「關於胸部那件事，我們之後再慢慢談吧。」

結果根本沒轉移到。

「……如果豬的推測正確，表示最大的危險在這之後等著啊。」

諾特悄悄地這麼說了。

（什麼意思？）

我這麼詢問，諾特於是蹙起眉頭。只見他眉頭深鎖。

「我們要去王都對吧？也就是說我們得經過針之森啊。」

潔絲緊張地嚥下了口水。諾特立刻邊調查馬車邊說道：

「針之森是許多耶穌瑪遭到殺害的場所。墳墓那邊大概還好很多喔。」

沒有馬的馬車以彷彿會壞掉的氣勢奔馳著——不，要是沒有事先補強，肯定已經在途中分解了。

這是車夫的座位與乘客席為縱排那種類型、只有附帶車頂的樸素馬車。由潔絲坐在前頭，用魔法拉動馬車。我坐在潔絲身旁，諾特則是坐在後面一排，一邊被迎面吹來的冬季強風冷得縮起身，同時留意著周圍情況，提防是否有危險。

霧過了一陣子便消散，取而代之的是妖豔的紫色覆蓋了整片天空。這裡的天空顏色是每天換一次的嗎？

是因為速度跟汽車一樣嗎？當天夜晚我們便抵達了針之森的一角。夜空還是一樣彷彿撒了糖粉似的被大量星星掩蓋，針之森裡卻被顯得相當不自然的黑暗給籠罩。

進入針之森前，我們在空地下了馬車，擬定戰略。

「要是不想遇到奇怪的現象，就只能用全速衝過去了。」

我們全面同意諾特的提議，首先用潔絲的魔法大幅度地改造了馬車。我們拆掉感覺會卡到樹枝的車頂，模仿犁式除雪車在前頭裝上彎曲成銳角的金屬板。這是打算把一些比較簡單的障礙物強硬地撞開。最終馬車的外觀變得像是武裝過的聯合收割機。

我們還用金屬把開始鬆動的車輪和車軸更進一步強化，抹上滿滿的潤滑油。我們決定以最快速度朝王都前進，至於無法徹底避開的**障礙物**，就由諾特拔出雙劍來處理。

在我們試車完畢，準備齊全時，已經邁入深夜了。在還是一樣過於耀眼的星空底下，我們待在改造過的馬車上休息。目前是二日晚上。只要在四日早上前救出馬奎斯即可，所以時間還很充裕。如果要穿過危險的場所，早上應該會比晚上好行動吧，因此我們決定小睡一下，等待日出。

以前旅行時負責看守的羅西已經不在了。雖然是短暫的夜晚，但我們決定輪流入睡。負責在前半段時間看守的是我。負責後半段時間的諾特是相當疲憊嗎？他一躺到馬車的座位上，立刻就呼呼大睡了起來。潔絲身為魔法使，而且在戰略上十分重要，我們決定讓她盡可能好好休息。

我下了馬車坐在草地上，茫然地眺望著星空時，感覺到原本冰冷的地面微微地變暖起來。是潔絲的魔法。明明去睡覺就好，潔絲卻來到我身旁並坐下。

（妳不睡沒關係嗎？妳一定累了吧。）

潔絲緩緩地搖了搖頭。

「輪到豬先生睡覺時，我也會一起睡。」

呼嚕——從馬車那裡傳來諾特的鼾聲。說不定現在正是兩人單獨交談的好機會。

潔絲一邊看著彷彿將星星塞滿到極限似的天空，同時緩緩地說道：

「事到如今也許根本不用說……但這裡是非常不可思議的世界呢。」

彷彿在祈禱、又像在歌唱一般的聲音微弱地從針之森的方向迴盪過來。

（是啊。畢竟已經死掉的人會出現，豬也會說話……）

「我的胸部也會變大……」

潔絲有些在意似的將雙手貼在自己的胸前。即使是小巧的手也能完整覆蓋住的尺寸——雖然看起來是這樣，但我知道她脫掉衣服的話，其實也挺大的。

「原來您知道呀。」

這是內心獨白。

（我再重複一次，我認為妳保持這樣就好喔。妳的巨乳化絕對不是我造成的。）

她用懷疑的視線看向我——我原以為會這樣，但意外的是潔絲露出微笑點了點頭。

「嗯，我當然知道喔。」

（原來妳知道啊。）

她不知為何聽來充滿確信的回答，老實說讓我很意外。明明還沒有特定出犯人。

「畢竟豬先生是喜歡在路邊悄悄綻放的紫羅蘭的變態先生嘛。」

……沒錯。

（不過，假設這是願望會具體化的世界……我實在不懂它的發動條件啊。例如我雖然半吊子地變得會說話，卻沒有變回人類。）

潔絲沉默地思考一陣子後，開口說道：

「的確……如果豬先生能變成人類，我會很開心。」

真的嗎？實際上，明明潔絲因為不知所以的理由變成了巨乳，我卻依然是一隻豬。

「真的喔！您想想，只要您變成人類，就能做很多事情……」

（很多事情……？）

我不禁這麼反問，於是潔絲悄悄地移開視線。

「呃，那個……還是算了，沒什麼。」

我看著臉頰泛紅且支支吾吾的潔絲，思考起來。假設潔絲希望我變成人類，我本人又是如何呢？我本身想變回人類嗎？

雖然就連自己的心情都不是很明白，但說不定我在潔絲面前反倒想當一隻豬。畢竟被清純的完美美少女當成豬對待經常讓我感受到喜悅，而且最重要的是，**只要不變成人類，就不會讓她失望**。

潔絲窺探著我的側臉。

「那個……我說過好幾次，我絕對不會感到失望的。即使您是沒有女友的經歷等於年齡的四眼田雞瘦皮猴混帳處男先生，我也絲毫不在意。」

（希望如此。）

我不禁在話中摻雜了像是諷刺的音色。畢竟用嘴巴講誰都會，而且溫柔的人一定會這麼說。

因為我不是魔法使，所以終究不會知道潔絲的真心話。當然，我很想相信就跟潔絲說的一樣啦。

「請您相信。」

潔絲用力這麼說道後，將聲音稍微壓低，接著說道：

「……說到底，如果是謊言，我就不會跑到這種地方來了。」

潔絲鬧彆扭似的面向下方了。

啊啊，我的壞習慣跑出來了。因為我個性陰沉，動不動就會自卑起來。喜歡的女孩表示她願意無條件地接納自己，可以打情罵俏真happy！——這麼想不就好了嗎？

明明如此，我卻……

潔絲突然呵呵地笑了起來。她面向這邊，伸手撫摸我的頭。

潔絲說出的一句話讓我的心情變輕鬆了。

「……但豬先生這種麻煩的地方，我也很喜歡。」

隔天，沒有鳥叫聲的早晨來臨了。朝霞什麼的理所當然似的不存在，天空居然是明亮的萊姆綠。但關於這一點，我早已經見怪不怪。

我們做好覺悟，準備萬全，充滿幹勁地搭上馬車，在助跑之後突擊針之森。這時我們立刻遭遇到出乎預料的事態。

那裡是夜晚。

我們明明是看到早晨陽光後才進入森林的，森林地表卻不見任何一點陽光。雖然天空原本就被針葉樹漆黑的樹葉給覆蓋，但另一頭根本沒有太陽存在的氣息。完全看不見令人作嘔的綠色天空。反倒有疑似月光的銀白色光芒彷彿聚光燈一樣，從樹木縫隙間四處流瀉進來。

「可惡，睡到早上根本是白費時間啊。」

諾特的嘴在笑。是帶有諷刺含意的好戰笑容。那張笑容讓原本感到畏懼的我勇敢起來，開口說道：

（總之，計畫照常進行。我們要盡可能地避開障礙，就算遭到襲擊也盡量逃走，筆直地以王都為目標。）

「了解！」

駕駛馬車的潔絲格外用力地握住把手。輾過樹根跳起來的車體，藉由魔法輕飄飄地輕落地。隨後，前頭的金屬板將幼樹撞個粉碎。

諾特意氣風發地揮舞雙劍，讓遙遠前方的樹叢燃燒起來。

（怎麼了，那裡有什麼嗎？）

我這麼詢問。只見諾特不知何故，看來很開心似的……

「這樣就變亮了吧。」

講了這種好像大正時代的暴發戶會說的話。

我想起以前諾特曾誇下海口，說要燒光針之森。這裡是耶穌瑪們為了尋求安寧之地，試圖穿過的最後一道──同時也是最大的難關。許多的耶穌瑪狩獵者潛藏在這裡，有數不清的耶穌瑪因而喪命。

證據就是會發光的蘑菇。

在迅速地消逝到後方的地面上，隱約散發著銀白色光芒的蘑菇群散布在各處。是吸收了滲入土裡的耶穌瑪之血──也就是魔法使之血的蘑菇，把那些血液具備的魔力作為光芒散發出來。發光蘑菇的數量──不，應該說還要更多，代表著在此地斷氣的少女生命。看到這些蘑菇，可以沉痛地了解諾特想要燒光這座森林的心情。

還有諾特憎恨王朝的心情。

我一邊委身於改造馬車飆車的振動，同時回想起在旅途中遇見的布蕾絲。位於經濟繁榮的商業都市郊外的小聖堂，被監禁在那裡的陰暗地牢，沉默寡言的耶穌瑪少女。救出她的時候，她的傷口已經化膿，在到達針之森時已經回天乏術了。儘管如此，直到最後她仍祈禱著我們能平安，然後代替潔絲喪命了──

「啊。」

潔絲小聲地說道。是氣勢猛烈地進攻的馬車無法徹底避開，輾過了發光的蘑菇。可以看見類似閃亮亮灰塵的東西當場飛舞起來。

（別管它，總之前進就對了。）

「是的。」

潔絲用認真的視線不斷看著前方。雖然諾特架著雙劍準備應付出乎預料的敵人，但結果是我們杞人憂天。豈止如此，我還感覺到一種無法理解的力量。馬車開始加速了。

（怎麼了？潔絲，再慎重一點——）

「不是我，是馬車擅自……！」

我將身體探出馬車看向車輪，想確認發生什麼狀況。只見車輪跟車軸發出銀白色光芒。看來好像是發光蘑菇散播的灰塵黏到馬車上了。

不受控制的馬車更進一步通過發光的蘑菇群上方。可以看出光芒化為細小的粒子飛舞起來，宛如仰仗靜電被吸住般黏在車輪上。車輪本身也一邊發光，一邊更快地加速起來，在凹凸不平且充滿障礙物的森林裡前進。

靠蘑菇加速……？

我差點想了些多餘的事情，但改造馬車以現在進行式持續飆車。必須迅速地動腦思考，來解釋現況才行。

然後我想到了。

（自從來到深世界後，至今一直發生一些討厭的事情，但說不定不是所有事情都是壞事啊。）

聽到我的發言，諾特大聲詢問：

「這話什麼意思？」

馬車激烈地搖晃，諾特用一隻手緊抓住扶手。我則是將身體推到座位與地板之間固定住。

（這裡是願望會具體化的場所。不是惡意會具體化的世界。這些光芒應該是**耶穌瑪少女們的祈禱**吧？）

一邊發出燐光一邊以爆速旋轉的車輪，是因為陀螺效應嗎？反倒開始穩定起來。它毫不在乎地劈開躺在前進方向上的樹根往前進。

發光蘑菇是想要到達王都卻未能如願，像布蕾絲那樣的少女們的痕跡。難道不是她們的祈禱從後面推動馬車嗎？

（即使是少女們希望至少別人能夠到達王都的願望在幫助我們，也沒什麼好奇怪的吧？）

又輾過蘑菇群的馬車纏繞著閃亮的魔法粉塵，整體一邊散發著銀白色光芒，同時加速到已經是令人感到恐怖的程度了。潔絲用腋下夾住座位，她牢牢抓緊以免被甩落。

「也就是說各位耶穌瑪在替我們的旅程加油打氣呢！」

那是一幕神祕的光景。在陰暗的森林中，我們搭乘的馬車一邊閃閃發亮一邊前進著。

諾特將右手貼在自己胸前，只有在吐氣時閉上雙眼。

「那也就是說，不用反抗這種現象對吧？」

（當然，既然不是有計畫的支援，也可能會發生意外吧。推進力非常充分。為了避免撞上東西，把前面路上的障礙物都清除掉吧。）

「我知道了！」

馬車已經不靠潔絲的魔法也能奔馳。潔絲一邊將半身牢牢地固定在座位上，同時將右手比向前方，打掃我們前進的方向。諾特也揮動雙劍砍倒樹木。我聚精會神地凝視前方，指示應該瞄準的場所。

感覺好像從遠方傳來了叫聲和地鳴。但那些聲音都伴隨著飛逝的景色被拋在後方。馬車被耶穌瑪們最後的祈禱給包覆，筆直地朝王都前進。不可思議地是我有一種不會被任何人、不會被任何事物妨礙的確信。

唯一的問題是要怎麼停下來。王都被垂直陡立的高聳懸崖給包圍。我跟潔絲首次到達王都時，是向赫庫力彭呼喚讓入口打開，但這次應該無法期待能那樣進入吧。

感受到陡峭的懸崖就在前方時，支配我們的不是安心感，而是可能會衝撞上去的恐懼。

「喂，笨蛋，放慢速度啊！」

諾特臉色蒼白地朝潔絲大喊。

「不行，魔法沒有效！」

額頭浮現汗水的潔絲這麼訴說。如今載著我們的馬車以彷彿失控列車般的氣勢衝向岩壁。在陰暗得像夜晚的森林中，雖然不曉得到懸崖為止的正確距離，但從沒有月光照射進來的前方天空來看，應該差不多快到終點了。

（丟下馬車吧！）

「可是，要怎麼做……」

潔絲似乎很不安的視線看向我們以爆速通過的樹林。現在硬要跳下去的話，會順著失控列車的氣勢被摔到樹木和地面上吧。可以準備做炸豬排了。

「我能在到終點前跳下車。但我可沒餘力抱著你們跳車喔。」

諾特很快地這麼說了。

（潔絲，妳能用魔法讓我們飛起來嗎？稍微向後施力，在空中減速。）

「我沒有這麼做過……但看來只能一試了呢。」

發光的改造馬車穿過還是一樣陰暗的森林地表。這時我的腦海中突然閃過一個疑問。現在這裡不知為何像夜晚一樣陰暗，但深世界應當還是白天才對。這座森林在懸崖前中斷時，天空究竟會是——

然後這個疑惑並非只是我杞人憂天。

森林的終點沒有預告便造訪，耀眼的陽光灼燒我們的視網膜。從陰暗的地方突然來到明亮的地方時，視色素要習慣這種變化的明適應需要一點時間。

在那之前會先撞上懸崖吧——就在我這麼計算時，感覺到身體突然被拉起來丟向上空。

僅有一瞬間，我的雙眼勉強捕捉到了世界。

在萊姆綠的陽光中，能看見的是白色——

瀑布聲低沉地響徹周圍，不絕於耳。

就在我做好覺悟會衝撞上懸崖的下個瞬間，我不知為何待在大型瀑布旁邊。

藍色天空與綠意盎然的樹叢。我對這個寬廣的瀑布有印象。

是邂逅瀑布。我們尋找契約之楔時，追蹤荷堤斯的地方。

那是宛如亮片一般閃爍的細小水花冰涼得讓人感覺很舒服，晴朗的炎熱夏日。

我感到困惑。身旁不見潔絲和諾特的身影。該不會我真的衝撞上懸崖，一命嗚呼了吧？這裡是天堂嗎？

我一邊被涼爽的風吹著，同時像置身夢境似的看了看周圍。滿溢著嫩綠清水的瀑布潭裡有兩個人影。男女以極近距離面對著面，只露出頭浮起著。

一種緊縮起來的感覺襲向肝臟。該不會——

我彷彿要衝進去瀑布潭似的將身體前傾後，發現是我想太多了。雖然女人是金髮，但男人是黑髮。因為有一段距離，無法清楚地看見，但感覺兩人的年齡都跟潔絲和諾特差不多。

從水傾瀉的聲響深處傳來像在啜泣的聲音。看來那聲音似乎是在瀑布潭浮起的少女發出來的。

可以聽見少年的聲音。但那是我不知道的言語。不是梅斯特利亞的語言，當然也不是日文的話語。

但不知何故，我能明白他所說的話。

——不要緊的。妳已經不是孤單一人。

少女的哭泣聲變大了。少年的手溫柔地搭在她肩膀上。

少年的耳語沒有被瀑布聲響給掩蓋過，在我的腦內響起。

——如果是我們就能改變世界。我們一起讓這個暗黑時代終結吧。

下個瞬間，彷彿關掉電視的電源一般，世界突然暗轉了。

「又來到莫名其妙的地方了。」

聽見諾特的聲音，我睜開眼睛。

不知不覺間，我已經躺在柔軟的地毯上。我一邊確認身體狀況，同時緩緩地站起來。潔絲也正在我旁邊爬起來。一種溫暖的安心感包覆住我。太好了。沒有人變得扁平。

「您這話是什麼意思呢？」

看到潔絲將手貼在胸前，露出很不滿似的表情，我連忙補充說明。

（我不是在講胸部喔。我是在說沒有以從那輛馬車被丟出來的速度撞上懸崖，實在太好了。）

還有那是內心獨白喔。

「啊……是這麼回事……」

潔絲染紅了臉。關於這件事，要怪我最近太常講胸部的話題吧？

「無聊的事之後再說。你們對這裡有印象嗎？」

被諾特這麼催促，我確認現況。

我們在一個豪華絢爛、非常寬敞的房間裡。隔著蕾絲窗簾透入的陽光，與用黃金裝飾的提燈光芒，溫暖地照亮房間裡面。以白色與金色為基調的高貴內部裝潢，以及紅色地毯。中央擺放著附帶床頂篷的大型床鋪。

然後是我不知道的房間。

「這裡是……」

潔絲東張西望地環顧周圍，盯上了將藍天剪成四方形的窗戶。然後她一溜煙地飛奔到那邊。

「果然沒錯！是維絲小姐的寢室！」

諾特打開窗簾，從窗戶看向外面。

「是王都裡面嗎？」

從豬的視角來看，只能看見萬里無雲的天空，但他們兩人一定能看見王都的景色吧。才以為撞上了懸崖，卻被迫看了不知所以然的光景，然後不知何故瞬移到了王妃的寢室。

這到底是什麼狀況呢？

（……噯，我總覺得剛才好像有一瞬間待在瀑布潭，是我的錯覺嗎？）

對於我的疑問，潔絲跟諾特同時轉過頭來。

「嗯，我也看見了。」

「我也看到了。」

聲音重疊起來，兩人一臉尷尬似的互相對視。

（那究竟是怎麼一回事啊？）

我這麼說，諾特於是催促了潔絲。潔絲將手指貼在下顎。

「我們曾經去過那個瀑布對吧？」

（是啊，邂逅瀑布——是找到契約之楔的地方。）

諾特雙手交叉環胸，看向我們。

「在瀑布潭裡浮起的那兩人到底是誰啊？我們為什麼被迫看那種場面？」

金髮少女與黑髮少年。我想起與潔絲和修拉維斯三人一起造訪的誓約岩窟。

那是王族的人去結為夫妻的場所，裡面遺留著壁畫，描繪出拜提絲與其配偶路塔的相遇與結合。我記得上面畫的拜提絲是金髮，路塔則是黑髮，正好跟剛才看見的兩人一樣。

是看了我的內心獨白嗎？潔絲看著我點了點頭。

「那兩位應該就是拜提絲大人與她丈夫路塔先生吧？我聽說邂逅瀑布這個地名是因為他們兩位在那個地方相遇，拜提絲大人才會這樣命名的。」

「也就是說我們被迫看了創立王朝的混帳老太婆的邂逅嗎？」

諾特蹙起眉頭，毫不掩飾地表露出厭惡感。

拜提絲是將契約之楔搜刮一空，藉此獲得絕對性的最強魔力，讓魔法使之間的戰亂時代劃下休止符的女性。然後也是開始了耶穌瑪這種殘酷制度的罪魁禍首。要讓諾特對她抱有好印象是不可能的。那還不如要諾特跟馬奎斯擁抱一下，可能還簡單許多吧。

（假設黑髮男人是路塔……他說了「如果是我們就能改變世界」這樣的話對吧？那個究竟是什麼意思？）

「天曉得……實際上他們兩位的確讓暗黑時代劃下休止符，改變了世界，所以可能是『如果是我們兩人就能實行那個方法』的意思嗎？」

（是說收集契約之楔嗎……？）

對於開始在意起細節的我們，諾特咳了一聲制止。

「那種事現在根本無關緊要吧？既然沒有關係，就趕緊朝下個地方前進吧。」

諾特這麼說道後，橫跨過寬敞的房間。他前往的方向有一扇木製的門扉。在豪華的寢室中，那似乎就是唯一的出入口。

我們也停止考察謎樣的場景，將注意力轉向那邊。

諾特伸手握住門把，謹慎地試圖開門。響起了幾次卡嚓、卡嚓的聲響。

「打不開啊。」

「是上鎖了嗎……」

潔絲飛奔到他旁邊，觀察著握把部分。我也靠近門扉。

「你們退後一點。」

諾特理所當然似的拔劍，用赤熱的利刃砍向門扉與牆壁的縫隙間。

他再次伸手卡嚓卡嚓地轉動門把，儘管如此，門本身依舊一動也不動。

我有不祥的預感。

（噯，諾特，窗戶是玻璃的對吧？你能不能試著弄破那個？）

「小菜一碟。」

諾特用流暢的動作將原本試圖撬開門扉的其中一把雙劍朝窗戶揮下。新月型的火焰撞上窗戶——然後炸裂。

火星散落完畢後，只見毫髮無傷的窗戶仍殘留在那裡。

（看來你至少要吃飽一點比較好啊。）

在我這麼說的期間，潔絲也從小櫃子上拿起金色的獅子擺飾。看她的手顫抖不停的樣子，那東西似乎挺重的。

（妳在做什麼啊？）

「既然是深世界，這點小事應該會被原諒吧？」

潔絲將她用雙手拿起的金獅子朝著窗戶瞄準目標。伴隨著讓人以為是抽響巨大鞭子一般的誇張聲響被射出的擺飾，以超音速衝撞上窗戶。

發出嘎鏘的吵鬧聲。不出所料，是獅子擺飾變得像仙貝一樣扁平，掉落到地板上。窗戶護欄的痕跡漂亮地印在上面。

我們沒花多少時間，就推敲出極為單純的結論。

出不去。

雖然進入了王都是很好，但我們無法離開王妃的寢室一步。簡直就像有人要我們在這裡睡一輩子一樣。跟我們至今渡過的危險相差甚遠的寬敞床鋪，沉甸甸地坐鎮在房間正中央。

（這該不會是那個吧……不〇〇〇就出不去的房間嗎？）

我這麼說。只見潔絲在一旁疑惑地歪頭。

「〇〇〇？」

由於各種原因，我只把這個部分用我那個世界的言語來發音，但看來反倒是反效果。不小心引起潔絲的興趣了。

（沒什麼，妳忘了吧。）

「〇〇〇是豬先生那個世界的詞彙對吧？」

我知道只要是內心的聲音，無論是什麼語言，潔絲似乎都能讀心。不過被轉換成聲音資訊的話，她似乎無法明白並非梅斯特利亞語的單字。不小心讓她重複了奇怪的詞彙，瞬間有股罪惡感湧現上來。

（沒什麼大不了的，可以聽過就算了。）

諾特也用一臉疑惑的眼神看向我。

「○○○是什麼啊?」

呃,真的沒什麼,饒了我吧。

「只要進行所謂的○○○,就能離開這個房間嗎?」

(不,不是那樣的——)

「那就試試看吧,○○○。」

這不是可以用那種試試看的感覺做的事情耶???

我切身感受到不該在正經的場面隨便說玩笑話。

(不,沒有嘗試的價值。還是別那麼做比較好。)

「我認為只要有一點點可能性,都應該嘗試看看的!」

對不起啦。

「嗳,豬先生,來做嘛,○○○!」

……………

看到沉默下來的我,諾特稍微咂了聲嘴。

「搞什麼啊?別講些根本辦不到的事啦。」

真不好意思啊,我辦不到!

(剛才那是玩笑話,開玩笑的。絕對不是那麼回事,所以我們認真地想想正經的方法吧。)

「方法？要想什麼方法啊。」

的確，畢竟又不像逃脫遊戲那樣有人出題給我們，物理性的方法我們已經大致試過一輪了。

（首先來想想應該思考什麼吧。）

「說得也是呢……」

倘若想攻略深世界，只能用道理思考，而不是靠力量——最偉大的魔法使伊維斯這麼說明了。道理嗎……不過，在這個沒有說明書就硬塞規則過來的世界，我們該怎麼尋求道理才好呢？

我一邊看著在窗戶對面，無法前往的外側，一邊思考著。只見太陽已經高掛在天上，藍天愈來愈——

嗯？

（噯，潔絲，在撞上懸崖前，也就是離開針之森的瞬間，妳看見了天空是什麼顏色嗎？）

我這麼詢問，於是潔絲將手指貼在額頭上，思考起來。

「呃……我想想……記得好像是綠色……啊！」

潔絲這番話讓我確信了。雖然被小褲褲分散了注意力，但那時的天空確實是綠色的。現在卻是藍天在窗外展開。

正好就跟之前進入阿爾的牙城時，原本異常的星星數量恢復正常一樣。

倘若是這個假說，感覺也能解釋剛才那個瀑布潭的場景。不過這麼一來，就成了非常傷腦筋的狀況。因為這表示我們還沒有待在王都。

「沒錯，你們待在錯誤的地方。」

突然從後方傳來聲音，我們同時猛然地轉過頭。

「這裡並不是王都。而是王朝的始祖——女王拜提絲的牙城之中。」

自信洋溢且瀟灑，十分熟悉的聲音。

金色捲髮長及到肩膀的中年男性用邁步接近我們。

還有，那傢伙一絲不掛。

我至今造訪過各種城鎮，但在針之森前面通過的村莊光景，遠比以往看過的都還要悽慘。

自從暗中活躍的術師奪取王朝之後，除了王政的蠻橫，所謂惡棍們的惡行也被放任不管。

不知是發生了什麼，在白天時的那個村莊裡，已經不見居民的身影。

破壞、強盜、殺人——各種不講理的痕跡殘留在毀壞的村莊裡。倘若對現況置之不顧，梅斯特利亞全土可能都會變成這樣。無論如何都必須避免這種情況吧。

雖然我已經習慣屍體了，但瑟蕾妹咩似乎不是那樣。發現倒在路上快腐爛的遺骸用露出白骨的臉看著這邊時，她發出「呀！」一聲可愛的哀號，緊抓著我不放。我認為我需要這樣的妹妹。

「南方村莊應該很和平，也沒有屍體吧？」

調皮小子巴特小弟這麼對瑟蕾妹咩搭話了。雖然內容有些諷刺，但他應當沒有惡意。聽起來反倒像是純粹地感到羨慕。

我聽說巴特小弟是北部出身。北部受到暗中活躍的術師強烈的影響，是曾有一段時期受到其支配的地區。因為姊妹和母親被當成人質，巴特小弟被迫在鬥技場強制勞動時，被阿諾救了出來。然後他就把阿諾當成師父仰慕，一路跟到了這裡來。

「瑟蕾絲害怕屍體嗎？」

聽到巴特小弟這麼詢問，瑟蕾妹咩點了點頭。巴特小弟的手一派輕鬆地放到她的肩膀上。

「不是那樣喔。瑟蕾絲是害怕有人死掉。屍體什麼的就跟落葉一樣。遲早都會化為土壤而已嘛。會害怕屍體，是因為妳不想知道有人死掉。」

巴特小弟的雙眼捕捉到瑟蕾妹咩的視線。

「所以說，害怕屍體的時候，只要去看活著的人的眼睛就好。」

瑟蕾妹咩忽然放鬆下來般地露出微笑。

「……謝謝您。我覺得心情輕鬆多了。」

「對吧？」

少年看似滿足地說道後，用食指揉了揉鼻子下方。

偶爾我會覺得這孩子是不是對年齡相近的瑟蕾妹咩抱持著好感。實在是太不像話了。這是無論如何都無法原諒的事。

「我從小就一直在做埋葬屍體的工作。但我絕對不會一個人做這些。我平常都是跟兄弟或是耶穌瑪姊姊一起搭檔，兩人一起工作的。**因為要是獨自面對死亡，會被死亡給吞沒嘛。**」

我是首次聽說。埋葬屍體的工作，是殯葬業者嗎？還是更加違背良心的工作呢？

就在我這麼心想時，聽見了瑟蕾妹咩嗚嗚地抽泣起來。

「喂，瑟蕾絲，妳怎麼啦？」

「……對不起，沒事……沒什麼。」

瑟蕾妹咩用袖子使勁地擦拭淚水。我可以明白是什麼讓她有這種舉動。是阿諾。因為瑟蕾妹咩知道阿諾一直獨自一人在面對死亡。

巴特小弟也察覺到了嗎？他看似尷尬地笑了笑。

「師父還沒有到星星的另一頭。一定能再見面的啦。」

瑟蕾妹咩努力露出笑容後，巴特小弟點了點頭，跑到約書小弟他們走著的前方了。是有什麼事情要找他們嗎？因為被巴特小弟追過去，我們變成了最末尾。我活用豬寬廣的視野，留意著後方和瑟蕾妹咩的腳。

太陽還高掛在天上。

前天晚上，從尼亞貝爾附近悄悄登陸的我們，在海岸洞窟過夜，然後一邊按照道路和危險程度來決定使用馬車或船或徒步，同時以最快速度朝王都前進。我們在途中的洞窟露營，然後又過了一晚，現在來到下午。距離跟蘿莉波先生和潔絲小姐約定的「四日早上」，還有半天與一晚的時間。

我們這邊之後只要通過針之森就行，因此除非有什麼嚴重的狀況，否則算起來是來得及。當然，必須留意王都周遭的防守是最嚴密的這點。

…………？

我總覺得好像有人在看我，我猛然轉頭看向後方。

在我們早就拋下的屍體那一帶，有什麼東西在動。是很大隻的動物。牠彎下長脖子確認屍體後，是因為沒有任何部位可吃嗎？牠驀地抬起脖子，看向了這邊。

當我注意到時，為時已晚了。

動物開始彷彿鐘擺似的搖晃身體。但只有那顆禿頭宛如用圖釘釘在空中一般動也不動。是赫庫力彭。

「噗呼喔w」

我急忙發出聲音。便見走在前面的茲涅妹咩在眨眼間拔出原本背著的大斧，以特殊部隊的敏捷度衝向赫庫力彭。

赫庫力彭是王朝派出的監視者。能夠將看到的景色用魔法送出，傳達給王都。傳達給想取王子性命的最凶殘之國王潛藏著的王都。

可以看見茲涅妹咩在通過我們旁邊時，她的赤腳變化成黑色鱗片狀的皮膚。是肌肉發達的龍之腳。架著大斧的女戰士往上跳到常人不可能到達的高度，同時揮動斧頭，一邊旋轉一邊衝向赫庫力彭。不只是斧頭，就連她本身也纏繞著電擊，以雷光的速度獵殺了赫庫力彭。

雖然首次看見時我嚇破了膽，但關於這對姊弟超人般的能力，我跟兼人都已經不會感到驚訝了。

「哎啊，應該被看見了吧？」

約書小弟看著像豆腐一樣被砍成兩半的赫庫力彭，這麼說了。

原本走在前頭的王子飛奔靠近這邊。他的表情十分嚴肅。

「不妙啊，換條路前進吧。」

我們小跑步地開始移動。根據王子所說，好像無法確定那隻赫庫力彭看見的情報是否傳達給王都了。運氣好的話，應該有及時殺掉；運氣不好的話，表示最凶殘的國王已經知道我們的所在處了。

從兩個方向傳來像要夾擊我們似的鎧甲聲音，讓我們得知這次賭輸了。從上空傳來龍的咆哮聲。

有兩條退路。看是要進入針之森，或是離開針之森。

目前是三日下午，因此離開針之森的話，要在原訂目標的四日早上趕到王都的可能性會變低。以解放軍的立場來說，想要確實地收拾掉國王。

我稍微思考之後，這麼告訴王子：

（沒有時間了。雖然比預定時間早，但我們進入針之森吧。如果是在陰暗的針葉樹林中，比較方便逃跑，面對大軍也能像游擊隊一樣戰鬥。）

王子的額頭流下汗水，他點了點頭。

「這邊！」

王子一邊用魔法朝周圍設下煙幕，同時這麼呼喚我們。

約書小弟來到我們身旁，陪我們一起奔跑。

「薩農、瑟蕾絲，你們千萬別走散啊。」

我們踏進陰暗且冰冷的針之森。在煙幕那一帶傳來某些爆炸聲響。看來追兵正穩紮穩打地前往這邊。

不過，我們不能放棄。

因為在殺掉國王之前，我們不能失去王子這張王牌。

「荷堤斯……？」

諾特情不自禁似的發出聲音。全裸的變態男人朝我們露出微笑。

「因為主人好像很傷腦筋，所以我來幫忙一下。盡快溜出這個牙城吧。若是能早點接觸到大哥，我的姪子暴露在危險中的時間也會變短吧。」

之前明明死得那麼帥氣，卻連聲招呼也沒打就全裸出現的這個男人腦袋裡究竟裝著什麼啊？託他的福，什麼感傷的情緒都消失無蹤了。

「話說回來，潔絲，妳為何將臉遮起來呢？讓我看看妳可愛的臉蛋吧。」

我轉頭看向旁邊。只見潔絲用雙手摀住了臉。

（難道不是因為你全裸的關係嗎……？）

我的指謫讓荷堤斯將視線望向下方，暫時注視著自己本身。

「這樣啊，在這裡必須穿上衣服才行嗎？」

荷堤斯俐落地張開雙手。只見白布很自然地出現，將他結實的肉體緩緩地纏繞起來。

當潔絲總算露臉時，荷堤斯已經背對著這邊。然後他很快地走向床鋪那邊。

「這個房間雖是歷代王妃的寢室，但最初的主人是個男人。你們明白理由吧？因為初代國王是女王拜提絲，所以是由女性那方使用目前的國王之寢室。」

我們彷彿被導遊帶路的觀光客一般跟著他走。荷堤斯雙手交叉環胸，俯視著床鋪旁空無一物的場所。

「離開王都前，我偶爾會來大嫂的寢室玩——不，這當然不是出軌什麼的——照理說有個化妝台正好就在這個地方。這裡卻沒有那個化妝台。」

他老是會說些多餘的話啊。

（換言之，是怎麼回事呢？）

聽到我這麼催促，荷堤斯朝這邊眨了眨眼。

「簡單來說，這裡並非現在這個時代的王宮。而是一百多年前的王夫之寢室——也就是拜提絲記憶之中的寢室。就如同我剛才也說過的，你們不小心誤入拜提絲的牙城了。」

「牙城是說那個嗎，也就是她的內心嗎？」

「你還真清楚呢。」

荷堤斯點頭肯定，諾特無法理解似的挑起眉毛。

「但是只要不去碰附帶眼球的東西，就不會進入牙城不是嗎？看來很跩的老頭那麼說過喔。」

「父親大人縱然會有判斷失誤的時候，但在知識方面經常是正確的。」

荷堤斯碰觸細膩地施加了黃金裝飾的白色牆壁。

「主人說的應該是所謂的靈器吧。的確，只要沒人去碰靈器，就不會進入牙城。但是，假如你們實際上已經碰觸到靈器了呢？」

潔絲靈光一閃似的說道：

「照理說我們原本會撞上圍著王都的懸崖……但沒有變成那種情況呢。換言之，這表示王都的外牆本身就是拜提絲大人的靈器嗎？」

荷堤斯「砰」一聲地敲了一下手。

「正是如此！所以你們撞上懸崖的時候沒有變成肉餅，而是通過夢境世界，誤入了這個房間。」

原來如此……？如果是這樣我能理解，但靈器不是象徵心靈的東西嗎？

荷堤斯瞥了疑惑的我一眼，接著說道：

「你們必須先離開這座牙城，才能進入深世界裡的真正王都，去尋找暗中活躍的術師的靈器。你們必須溜出終結了暗黑時代、毫無慈悲的絕對女王的內心。」

「那個，您願意……告訴我們離開的方法嗎？」

看到潔絲謹慎地詢問，荷堤斯露出難以言喻的表情。我也知道被潔絲當成外人對待的辛酸感覺。

「不，我能做的只有幫忙而已。戰鬥方法要靠你們自己發現喔。」

他平淡地這麼說道後，忽然放鬆表情笑了。

「如果是你們，應當能綽綽有餘地辦到。你們知道牙城的攻略方法吧。需要的是道理。」

（尋找拜提絲的故事結局……）

我這麼喃喃自語，諾特則是在一旁很不高興似的雙手交叉環胸。

「什麼故事，這裡只是個出不去的寢室吧？」

「你們好好地探索過每個角落了嗎？真的能斷言什麼線索都沒有嗎？」

聽他這麼一說，潔絲環顧房間。這房間的家具並沒有很多。倘若有什麼值得注意的東西，照理說應該會立刻發現……

………？

因為靠近了床鋪，我發現從某處飄來像是鐵鏽的氣味。

（這麼說來，我們沒有確認床鋪啊。）

潔絲走了過來，掀開棉被。她的手突然在途中放開棉被，摀住了嘴巴。

「……！」

鐵鏽味變濃了。不，從那種腥味可以清楚知道並非真的是鐵。

這是血的氣味。

我爬上床鋪，看向潔絲視線的前方。

赤紅無比的鮮血散落在白色的大枕頭上。血液的量相當驚人，不是不小心流鼻血那種程度，但沒有弄髒枕頭以外的地方，控制在小規模的範圍內。沒有遺體什麼的。只有新鮮的血跡染紅了枕頭的一部分。

荷堤斯看著血，揚起嘴角。

「處男小弟喜歡這種的對吧？是誰做了什麼的結果，演變成這種情況呢？只要推理這點，應該就能自然而然地看見故事的結局吧。」

呃，我是喜歡懸疑作品啦……但所謂的故事是這麼回事的嗎？

「豬先生，來思考看看吧！」

既然潔絲這麼說，那也沒辦法。

（看來終於到了使用桃色腦細胞的時候啊。）

我一邊仔細觀察床鋪，同時把想到的事情總之先說出來看看。

（這個血跡集中在枕頭上面。除非是以相當奇怪的姿勢出血，否則應該能推測是頭部附近流出的血液。這不是鼻血會有的量，看起來也不像吐血，所以應該是外傷導致的出血吧。但並非致死量。看來受傷的部位應該不是脖子。）

潔絲將手貼在下顎。

「如此一來，就是臉或頭……」

總覺得好像已經能看見答案了。荷堤斯還是一樣嘴角上揚，默默地注視著我們。他已經知道答案了嗎？可憐的諾特一個人被排除在外，他手扠著腰在旁關注情況。

（首先要釐清血液的主人是誰。據說這裡是王夫——也就是拜提絲的丈夫路塔的寢室。按常理來想，應該是路塔的血吧。不過……）

雖然有些不好意思，但我靠近枕頭，試著嗅了一下氣味。

豬的鼻子擅長分辨氣味。疑似男性的氣味與疑似女性的氣味各有一個。男人的氣味相當濃厚。看來枕頭的主人似乎是男人。

「氣味怎麼樣？只要聞一下就知道犯人是誰了吧。」

聽到諾特從旁這麼詢問，我走下床鋪。我聞了聞潔絲的腳，果然有一種讓人安心、一如往常的美少女特有的芳香氣味。

「不是要您聞我的腳喔……」

是這樣嗎？我不小心誤會了。

（血應該是這張床鋪的主人——路塔的血沒錯吧。另一個氣味恐怕是被允許進入這裡的女性，也就是拜提絲的氣味。）

從床鋪檢驗出來的兩人氣味跟潔絲腳的氣味，好像有什麼相似的成分。即使年代較遠，果然還是祖先啊。

「咦？可是請等一下。這樣不就變成是拜提絲大人殺了自己的丈夫路塔嗎……？」

我想起剛才那幕瀑布潭的場景。對著拜提絲鼓勵她，說妳已經不是一個人的路塔——兩人之後還有了孩子。要是演變成殺人，實在是個悲傷的故事。不過……

我對著一臉擔心的潔絲搖了搖頭。

（還沒有確定是那樣。反倒應該說只流這些血就要殺掉一個人，是極為困難的事情吧。如果只有頭部的外傷，很難想像心臟會立刻停止。即使傷口很小，在死亡之前應當也會流出相當大量的血液。如果是在途中移動了遺體，照理說枕頭以外的地方也會沾到血，但也沒看到那樣的血跡。）

荷堤斯一邊連連點頭，一邊聆聽著。

（也就是說，**這並非殺人事件的現場**。）

不小心說了好像名偵探一樣的話。

潔絲的頭頂上浮現問號。

「這話是什麼意思呢……？」

（如果有量多到不自然的鮮血滲入床上，會聯想到殺人也無可奈何。但假設這是殺人，有很多令人費解的地方。為何只有這點血？為何不用魔法更俐落地殺人呢？說到底，為何女王要殺害自己的丈夫呢？）

「雖然有流血，但並非遭到殺害……這是怎麼一回事呢？他是在這裡受傷了嗎？」

（在這張什麼都沒有的床舖上，受了會流這麼多血的傷嗎？只有枕頭沾到血，就表示他維持流血的狀態躺著。然後乖乖地就這樣躺著止血。這是有一點難以理解的狀況。）

而且最重要的是，沒有故事性。這裡是殘留在拜提絲印象中的一個場面。

（更簡單點來想……比方說，假設路塔原本就已經死亡呢？）

靜寂支配著寢室。

（假設他已經死亡，也能解釋這樣的出血量。因為送出血液的心臟已經停止跳動了啊。）

「……可是，太奇怪了！拜提絲大人居然特意傷害已經過世的路塔先生的身體……」

潔絲似乎不想相信的樣子。對發誓相愛的人做出這種事，實在太過殘酷了。不過。

（假設她是從遺體取出必要的東西呢？）

我這番話讓潔絲露出震撼的表情。

「該不會……」

拜提絲取出的是路塔之眼。在施加了黃金裝飾的玻璃球中，只有一顆人類的眼球浮在裡面。

荷堤斯啪啪地拍了拍手。

「十分精彩。居然在一瞬間就推敲出答案，不愧是處男小弟呢。」

然後他彎下腰將臉湊近枕頭的血。

「妳知道拜提絲為何能夠把契約之楔搜刮一空，獲得最強的魔力嗎？」

他的視線看向潔絲。

「呃……我想是因為使用了這個路塔之眼……」

我記得跟潔絲一起解讀史書的時候，上面的確是這麼寫的。但荷堤斯豎起食指搖了搖。

「那應該是誤解了史書的意思吧。妳仔細想想。假設妳有了丈夫，妳會挖出他的眼球來使用嗎？說到底，被挖出來才能發揮的力量是什麼？」

潔絲猛然倒抽一口氣。

「也就是說路塔先生的眼睛原本就具備這種能力呢。」

「沒錯。**使用了路塔之眼**來尋找契約之楔這句話，應該不是使用了妳現在拿著的那個道具的意思吧。也就是說成為拜提絲的丈夫，叫做路塔的青年，原本就**具備看見契約之楔所在處的能力**。」

果然沒錯。我之前就一直很在意了。為何指示至寶的道具會附帶拜提絲丈夫的名字呢？

我壓根沒想到居然會因為偶然進入拜提絲的牙城而得知答案。

「有這種能力……」

潔絲這麼低喃後，她抬起頭來。

「可是，假設路塔先生具備這種能力，就能解釋剛才那幕瀑布潭的場面呢。『如果是我們就能改變世界』——因為只要使用路塔先生的能力收集契約之楔，拜提絲大人成為最強的魔法使，就能夠終結暗黑時代。」

潔絲的考察讓諾特浮現出接近嘲笑的笑容。

「也就是說王家代代相傳的拜提絲的神之力，結果只是這樣的東西嗎？只是碰巧與能看見太古寶物的男人相遇，把寶物都蒐集起來的結果啊。」

從他的聲音可以感受到「我們是因為那種力量而被迫接受不講理的事嗎？」這樣的憤怒。

「主人說得沒錯。為了就只是那樣的東西，大哥他……」

荷堤斯話說到一半，暫且閉上了嘴。

「不……先別說這些吧。」

他咳了兩聲清喉嚨，重新說道：

「藉由跟具備特殊能力的路塔一同收集契約之楔，拜提絲儲蓄力量，在魔法使們橫行霸道的暗黑時代一路戰勝到了最後。成為我曾祖父的兒子也在途中誕生了。在感覺一帆風順的人生中途襲擊了她的悲劇就是這個。」

「深愛的路塔先生之死……可是，為什麼——」

看到喃喃自語的潔絲，荷堤斯雙手交叉環胸。

「從這個現狀應該能在某種程度上推測出路塔的死因吧。」

是這樣嗎？我試著思考。

（若是有拜提絲的魔力，應當能治療路塔才對。路塔是猝死嗎？或者是在拜提絲不在時喪命了……）

「枕頭以外的地方沒有沾到血，所以感覺不太可能是傷重身亡呢。」

我一邊思考，一邊跟潔絲互相對望。

（這樣的話……）

「……該不會是被某人用魔法給……？」

荷堤斯用認真的眼神注視戰戰兢兢地這麼說的潔絲。

「這只是我的分析，但試著閱讀各種紀錄後，我發現無法說是偶然的一致。拜提絲一開始是把同盟的魔法使當成友人在對待的。但在某個時間點後，她突然轉換方針，開始用項圈和血環來支配他人。這就是耶穌瑪這種制度的開端。」

「該不會……某個時間點是指…………」

看到吞吞吐吐的潔絲，諾特從旁插嘴：

「那個叫路塔的傢伙遭到殺害的時候嗎？被同盟的魔法使背叛，自己的男人遭到殺害，她變得無法相信任何人，所以替同伴們戴上了項圈？」

他的語調滲出憤怒。荷堤斯彷彿甘願承受似的閉上眼睛。

「正是如此。路塔暴斃的時期與拜提絲開發了項圈的時期。這兩點很完美地一致。雖然關於他的死因沒有記錄在任何地方，但如果想作是以他的死亡為契機，拜提絲開始將其他魔法使無力化的話，就能夠相當自然地理解這些事。」

雖然語調溫和，但他說著十分恐怖的話。

「搞什麼啊？這是說耶穌瑪是因為那傢伙不爽自己的男人被殺，為了洩憤才誕生的存在嗎？」

諾特瞠大眼睛。荷堤斯緩緩地吐了口氣。

「與其說是洩憤，不如說是厭世吧。由於路塔遭到殺害，拜提絲變得無法相信任何人。被懷疑是犯人的人們應當一家老小都一個不剩地被處死了。雖然沒有留在紀錄裡，但現在也確實殘留著痕跡。有時間的話，你們可以試著尋找看看。因為疑似被處死的魔法使們的遺骸，至今仍在王都示眾呢。」

我說不出話。耶穌瑪這種持續一百年以上的不講理制度，居然是因為僅僅一次的殺人事件而開始的嗎？

那樣受苦而死的少女們實在死得太不值得了。

似乎大受打擊的潔絲安靜地走著，低頭看向沾滿血的枕頭。

「居然挖出深愛之人的眼睛，雖說是為了保存有用的能力，我認為這行為實在過於粗暴。但是……」

（一想到她看見丈夫慘遭殺害，最後決定這麼做的心境，實在令人悲傷呢。）

產生了路塔之眼這個魔法道具的悲劇。

這個房間的故事是將摘出那眼睛的場面剪下來的部分。

這時我忽然想起我們原本在做什麼。我們是在尋找這個故事的結局，想要逃離這個房間。

（也就是說這裡是拜提絲看見丈夫路塔慘遭殺害而發狂，挖出他眼球的場面。那我們該怎麼結束這個故事才好？）

潔絲忽然看向手上拿的路塔之眼。

「啊……」

潔絲好像注意到什麼，她將路塔之眼展示給我們看。只見黑眼珠筆直地朝向枕頭那邊。潔絲移動的話，黑眼珠也經常會跟著動作，將視線朝向枕頭那邊。

簡直就像路塔之眼想回到被取出的地方一樣。

潔絲試著把路塔之眼放在枕頭上，寢室的景色便像捲起漩渦似的消失，變化成陰暗的空間。

這次是有印象的地方。是我跟潔絲尋找史書的王宮圖書館，宛如密林一般並列的書架。跟寢室截然不同，這裡沒有外頭的光芒，只有飄浮在天花板的紅色光芒詭異地照亮書籍。已經四處不見離開潔絲手裡的路塔之眼了。

「真暗啊。」

諾特不客氣地想拔出雙劍，但潔絲輕輕地按住他的手，用魔法變出了光球。雖說是深世界，但她果然還是不願意在圖書館變出火焰嗎？

「好啦好啦。」

荷堤斯還待在我們後面。

「這樣就順利解決出不去的寢室這個難題了。問題在於這裡就是深世界的王都嗎？或者還在拜提絲的牙城裡呢？」

聽到荷堤斯這番話，我思考起來。

（只要調查書架就知道了吧。如果放著拜提絲死後才出版的書，就能證明這裡不是拜提絲的記憶之中。）

「說得也是呢……」

潔絲看向附近的書架，瞬間染紅了臉頰。

（怎麼了？）

「呃……那個……」

荷堤斯意味深遠地揚起嘴角。我有種不祥的預感，也看向書架。我試著閱讀就在附近的書背文字。

——住隔壁的美女姊妹會輪流跑來誘惑我。

看來梅斯特利亞的官能小說具備獨特的標題品味。而且這還是在高級的皮革封面上用燙金字這麼寫著，實在很有趣。

該說偶然或必然呢？我們人在官能小說的書架前。

荷堤斯的手忽然伸向眼前。

「美女姊妹。處男小弟看上了不錯的古典文學呢。終盤的展開十分優秀喔。雖然跟姊姊相愛卻被拆散的主角，在妹妹身上發現姊姊的影子——」

「我要揍人嘍。」

諾特一臉不快似的打斷了他。我想是用不著動手揍人啦，但對於在女兒面前喜孜孜地談論起官能小說的好色老爹，不說到這種程度是不行的吧？

我無視面帶笑容閉上嘴的變態傢伙，開口提議：

（潔絲，找找看妹錯如何？）

「咦，嗯，說得也是呢……！」

《愛上妹妹是不是一種錯誤呢？》——是大約五十年前被寫出來的暢銷小說。這肯定是拜提絲死後才被寫出來的作品，此外，現在的圖書館應當也有收藏才對。

幾分鐘後。我們看了眾多說明語調的書名後，得到妹錯並沒有在這個書架上的結論。根據潔絲所說，除此之外，似乎也沒看到任何一本最近出版的書。先不提潔絲為何這麼清楚最近的官能小說，總之知道了看來我們還在拜提絲的牙城裡面這件事。

「只要再找出什麼故事的結局就行了吧。交給你們啦。」

諾特聳了聳肩。

「從剛才的寢室來思考……這間圖書館也是發生什麼事情的瞬間嗎？」

（應該是那樣吧？要補充的話，那個瞬間應該是對拜提絲而言印象深刻——有什麼象徵意義的一幕場景才對。）

我們已經失去剛才用來當線索的路塔之眼了。看來只能再次從頭尋找道理。

（只要尋找事件發生的痕跡就行。來探索這間圖書館吧……以防萬一，我們還是別分散比較好吧。）

我們在陰暗的圖書館裡走著。為求保險起見，我們嘗試了一下，但果然還是無法從作為出口的門扉到外面。這就表示故事是在這間圖書館裡面發生的。

狹窄的通道上並列著好幾排高大的書架。從塞滿滿的書籍上飄來紙張與墨水的沉穩香味。我們讓潔絲帶頭，排成一排前進，四處尋找有沒有什麼奇怪的東西。

「豬先生，那個！」

在安靜的圖書館之中，潔絲屏住呼吸對我這麼說了。

她的手指向前方，位於狹窄通道前的老舊桌子。那是被有坐墊的椅子給圍住、閱覽用的寬敞書桌。中央擺放著魔法提燈，只溫暖地照亮桌面。

可以看見那張桌子角落放著透明的玻璃瓶。

（去看看吧。）

我們圍住桌子。雖然就憑豬的視角看不見桌上，但潔絲會幫忙告訴我狀況。

「好像是墨水瓶……瓶蓋一直沒蓋上，墨水已經完全乾掉了。附近還放著筆呢。」

（線索只有這些嗎？墨水有沒有什麼特徵？）

「不知道能不能摸這個瓶子呢……？」

不愧是潔絲，還會考慮到要保留現場。

（我不覺得墨水瓶的擺放場所會有多重要。應該可以吧。）

我這番話讓潔絲拿起了瓶子。乾掉的墨水黏在厚實的透明玻璃瓶底。潔絲讓指尖發出白光，透過底面來看。

「紅色……看來是紅色墨水呢。」

她這麼說，也拿給我看。乾掉的墨水紅得簡直像血一樣。我試著聞了一下，真的有血的氣味摻雜在刺鼻的墨水味裡面。

（跟滲入枕頭的血是一樣的氣味——是路塔的血。）

我這番話讓潔絲倒抽一口氣。

「您是說她在墨水裡摻了血嗎？」

（看來是那樣呢……雖然不曉得理由……）

我一邊說道，總之先試著聞了聞椅子的座面。

（從椅子上散發出拜提絲的氣味。是拜提絲本人坐在這裡，用摻了路塔之血的這瓶墨水寫了些什麼。既然瓶蓋一直沒蓋上，導致墨水都乾了……表示她可能寫到一半就停手了，或是已經寫完了嗎……）

潔絲猛然一驚，從長袍懷裡拿出一本書。紅色封面的書。

是《靈術開發記》。

「這麼說來，這個是用紅色墨水寫的呢。」

兩本開發記從變得像四次元口袋一般的懷裡冒出來。是前篇與後篇。

該說感覺事情太順利了，還是好像被看透了呢？甚至有種被操縱的感覺……但我心想說不定這是——

（剛才我們不是用寢室內的道具來離開寢室，而是用我們帶進來的路塔之眼對吧？說不定在這裡也是那樣嗎……？）

「您的意思是《靈術開發記》正是離開這間圖書館的關鍵嗎？」

看到覺得疑惑的我們，諾特從旁插嘴：

「這樣應該慶幸我們碰巧有帶這兩樣東西吧。要是沒帶過來，我們就得跟這個變態傢伙在牙城裡生活一輩子了吧。」

「哎呀，變態是指誰呢？除了我們還有誰在嗎？」

荷提斯故意裝糊塗，東張西望。別裝傻啦。

先不提這些，把參加者碰巧帶進來的東西當作關鍵的逃脫遊戲，不會太過不公平嗎？雖然線索強烈地暗示著《靈術開發記》，但那個真的是關鍵嗎？

我們是否弄錯了什麼？還是說……

（算啦，總之可以讓我聞聞看嗎？）

我試著用豬鼻聞了聞開發記的內業。原來如此，跟墨水瓶是相同的氣味。

（看來寫下《靈術開發記》的就是放在這裡的墨水沒錯。我們先從這本書尋找線索看看吧。）

「應該把這本書的什麼當作線索呢？」

我試著把突然浮現的想法告訴思考的潔絲。

（後篇的最後一頁。因為墨水被放置到完全乾掉了，與其說是寫到一半，更有可能是已經寫完了。最後一頁寫著什麼？）

潔絲坐在地板上，在我眼前翻開書。胸前可以窺見平緩的山谷——最後一頁只寫了一行文字。用摻血的墨水，以相當潦草的筆跡寫著。

——要道別了。果然我不該來這裡的。

「我一直很在意……這究竟是什麼意思呢？」

（這一行的筆跡是不是跟其他頁不同？）

潔絲翻動內頁。雖然其他部分也用相同的墨水手寫，內容也是隨筆散文，但筆跡相當工整。只有最後一頁文字慘不忍睹，像是非慣用手寫出來的一樣。

「是那樣沒錯呢，似乎是不同人物寫的文字。」

（會是誰呢……）

潔絲稍微移開了視線。

「這說不定是路塔先生寫的。」

（……妳為什麼會這麼想？）

「不，雖然我沒有根據……但這兩本開發記寫著拜提絲大人如何找回已故的路塔先生的經過。前篇的內容寫到將附在自身上的靈魂分離出來為止，後篇的內容則是寫到潛入深世界，替靈魂找回肉體為止——正好就跟我現在仿照她的做法一樣。」

換言之，這兩本書是在路塔生還後才完成的。這本書最後記載著道別的話語。似乎有些不安的眼神看向潦草的筆跡。

「拜提絲大人確實成功地找回了路塔先生才對，但那之後寫的書籍裡，路塔先生完全沒有登場。」

我思考起來。「要道別了。果然我不該來這裡的」——假設寫下這行字的是路塔。也能解釋成路塔好不容易生還，從深世界歸來之後，憑自己的意志離開了「這裡」。

（這裡是指哪裡呢？既然他從王家的紀錄消失不見，應該是指王朝嗎？）

「或許是那樣也說不定，但還無法確定……說到底，無論是史書或這兩本《靈術開發記》，都欠缺關鍵部分的記述，或是內容像猜謎一樣無法確定，特別是跟路塔先生相關的部分都寫得相當模稜兩可。」

（真不親切啊。）

荷堤斯在我後面小聲地笑了。

「這也難怪了。路塔是最關鍵的人物，但在這之前，他也是拜提絲的戀人兼丈夫。畢竟是可能會長存於後世的書籍，不可能寫下極為個人的戀愛故事吧。對拜提絲而言，路塔的事情應該是不想被他人知道詳情的事才對。」

聽到這番話，我忽然想起自己寫的小說。不過那篇小說已經沒有公開在網路上了，應該不要緊吧？雖然我當作供養投稿了新人賞，但只要沒有不小心被編輯部給看中，應該也不會遺留到後世才對。

（畢竟所謂的猜謎，大多是不想讓人領悟到真正的目的嘛。）

我這麼說並看向荷堤斯，只見那傢伙事不關己似的連連點頭贊同。

潔絲似乎是可以理解了，注視著鮮紅的封面。

「原來如此……雖然不太想寫關於路塔先生個人的事情，但又想把靈術的事情寫下來，才會完成像這樣不可思議的書籍呢。」

諾特咳了兩聲。

「喂，話題是不是扯遠啦？要趕緊找出故事的結局對吧？」

的確。

（這瓶墨水是用來寫《靈術開發記》的墨水這點，看來是正確的。這麼一來，問題就在於要怎麼使用這兩本開發記，故事才會結束啊。）

我試著思考，但想不到感覺是答案的解決方案。潔絲似乎也一樣。

「潔絲，妳是從哪裡拿到那兩本書的呢？」

聽到荷堤斯這麼詢問，潔絲抬起頭來。

「上卷是從這間圖書館借來的。下卷則是修拉維斯先生給我的。聽說修拉維斯先生是從馬奎斯大人那裡收到書的。」

「那個沒在看書的大哥嗎？」

到目前為止態度一直從容不迫的荷堤斯，在這邊首次露出了驚訝的表情。

「對。聽說馬奎斯大人想知道能否找回您——也就是荷堤斯先生，一直在研究《靈術開發記》……但結果好像還是放棄了的樣子。」

原來如此，因為馬奎斯把下卷從圖書館裡帶走了，潔絲才只能拿到上卷嗎？

「這樣啊，大哥他對我……」

是在想些什麼呢？荷堤斯這麼低喃後，暫時面無表情地陷入了沉默。不過，他像是轉換好心情般，啪一聲地拍了一下那雙大手。

「換言之。《靈術開發記》最終變成了這間圖書館的藏書。既然是這樣，已經完成的書籍去向，自然不用說了吧。」

這樣啊。

（潔絲，放著《靈術開發記》的書架在哪？）

「嗯，在這邊。」

我跟在小跑步的潔絲後面，前往陰暗圖書館的深處。前進一陣子後，我們抵達用鐵柵欄隔開的區域。看來同樣是鐵柵欄的門扉似乎是唯一的出入口。

潔絲將手貼在門上，門扉頓時發出沉悶的嘰嘰聲響打開了。「這裡禁止王族以外的人進入喔。」她這麼向我說明了。

在離鐵柵欄稍遠的地方，並列著看來相當堅固、附帶玻璃門的書架。雖然蒙著挺厚一層灰塵，但無論哪個書架似乎都施加著黃金裝飾。潔絲毫不迷惘地打開其中一個書架的玻璃門。

「果然沒有呢……」

潔絲讓指尖發光，照亮書架裡面。雖然並列著滿滿的書，但那裡正好有可以放進兩本《靈術開發記》的縫隙。

雖然事情實在過於順利，但簡單來說，就是那麼一回事吧。

跟路塔之眼一樣，我們必須把這兩本書也還給這裡。

（妳對那兩本書已經沒有留戀了嗎？）

對於我的問題，潔絲堅定地點了點頭。

「嗯。內容我大致都記住了。」

不愧是潔絲。

（既然這樣，要做的事情就只有一件呢。）

潔絲對我露出微笑，首先將前篇塞進縫隙。什麼也沒有發生。

在後篇分毫不差地納入剩餘縫隙的瞬間——腳邊的地板忽然消失無蹤。

我在茂密的森林中如同字面一般豬突猛進（註：指不顧一切地朝目標衝刺，就像山豬會筆直向前衝一樣）。

我們兩人的腳步比集團慢了一些。雖然山豬的身體很適合穿過草叢間，但問題在於奴莉絲。

真要說的話，奴莉絲她——不，就算客氣點說，她也是個運動白痴(冒失娘)。她一邊被小樹枝刮到手臂、弄到膝蓋擦傷，一邊拚命地奔跑著。我經常占據在她身後，警戒著後方。

每當奴莉絲差點跌倒時，都讓我捏一把冷汗，我悄悄地移開視線，以免不小心看見她從毫無防備的裙底下露出的內褲（那個）。

（妳還能跑嗎？）

——是的！多虧那個藥，力量逐漸湧現出來了喔！

她一邊活力充沛地這麼傳達，同時她的腳又差點跌倒。

修拉維斯先生讓奴莉絲喝了叫做魔劑（雖然是只能這麼翻譯的詞，但總覺得有既視感是我多心了嗎？）的可疑藥水。簡單來說，似乎就是可以在一定時間內補強（boost）體力的藥，因此奴莉絲也能夠一直長距離奔跑。

只不過，她並不是像伊茲涅小姐和約書先生那樣提升了身體能力本身，所以跟修拉維斯先生他們的距離只是越拉越遠。雖說能用奴莉絲的心之力交流，但只有我們兩人在陰暗的森林中奔跑，只覺得不安而已。

忽然間，感覺從後方傳來了金屬聲（聲響），我豎起山豬耳。是我多心了嗎？照理說已經甩掉了追兵，但雖說是森林中，只要騎馬的話，應該會比我們用跑的快。

我照樣提升警戒心奔跑著，然後這次確實聽見了馬的嘶鳴聲。

（說不定會被發現！請求支援！）

我透過奴莉絲向大家這麼傳達後……

——我立刻過去。

約書先生這麼說的聲音被回送到了腦內。

馬的腳步聲穩紮穩打地在接近。因為森林很陰暗，他們應該還看不見這邊的身影，但說不定會用獵犬之類的進行追蹤。假如是那樣，被抓住也只是時間的問題。

聽起來至少有三隻馬。雖然那些傢伙已經逼近到能分辨出鎧甲響著卡嚓卡嚓聲的距離，但我們可沒空轉過頭看。

我們必須一直逃跑，直到約書先生前來為止。

——找到了。

我在腦內聽見聲音，一個黑影與我們擦肩而過。

——你們可以繼續跑喔，不要緊的。

啪咻、啪咻、啪咻——十字弓接連響起三次，然後聽見三次咚、咚、咚這種騎士落馬的聲響。

扛著大型十字弓的約書先生用跑的追上我們。

——是尖兵呢。我讓他們都昏倒了。本隊應該不會立刻過來。

這麼傳達的約書先生眼眸是金色的，而且瞳孔變成縱長狀，但沒多久後逐漸恢復成普通的黑色眼眸。他從長長的瀏海底下用三白眼瞪著前方。

——但情況大概挺艱難的吧。

之後約書先生也一直陪著我和奴莉絲。每當有尖兵出現，他就會冷靜地將所有人擊落(Knock Out)。

穿著王朝軍鎧甲的士兵，很有可能是以前曾共同戰鬥過的善良人士們，因此約書先生刻意避開了要害。一邊靠設置在箭上的魔法讓追兵昏倒，同時射穿對方的肩膀或膝蓋等部位，使其無法戰鬥的高難度絕技。儘管如此，約書先生仍一箭也沒有射偏過。

記得他以前說過「因為箭的數量有限，得省著點用才行呢」之類的話，但就算那樣，我認為這種命中率也太誇張了。

只不過，就算命中率是百分之百，箭的數量也不會增加。出現的追兵數量實在愈來愈多，我們請求了增援。

前來的是修拉維斯先生。

「失禮一下。」

他一說完便背起奴莉絲，然後走近約書先生觸摸他的箭筒。箭筒中隨即響起箭喀啦喀啦的滾動聲。看來他好像是用魔法補充了箭。不知是否代表道謝的意思，約書先生朝修拉維斯先生輕輕點了點頭。

因為修拉維斯先生背著奴莉絲，我們的速度變快不少。修拉維斯先生看向我這邊。

——包圍網逐漸縮緊。看來所在處暴露只是時間的問題。王都也很近了。我打算抱著被發現的覺悟進行反擊，一邊與前方會合，同時一口氣衝向王都，這樣可以嗎？

從尼亞貝爾登陸後，我們一邊維持最起碼的睡眠時間，同時以全速前進來到了針之森。原本打算在針之森前面配合作戰的時間行動，但因為赫庫力彭暴露了所在處，我們逼不得已地奔向王都（終點）。因為沒有調整行程的關係，比預定時間提早許多。

（已經要進入王都了嗎？照理說還有一晚才對。）

修拉維斯先生暫時沒有回答。他的額頭浮現豆大的汗珠。因為他一邊背著奴莉絲，一邊用跟我們相同的速度在奔跑，肯定消耗了不少體力。

「這場戰鬥非得獲勝不可。」

修拉維斯先生開口這麼說了。

「沒有逃走這個選項。此時不進王都，更待何時！」

他的語氣變得強烈，我被那股氣勢壓倒，身體畏縮起來。

修拉維斯先生猛然驚覺似的看向約書先生跟我，用內心的聲音重新說道：

——抱歉……這邊就相信潔絲和豬，賭一把如何？雖然王都很危險，但我比父親大人還要清楚王都的構造。王都有許多祕密通道，所以要躲藏起來也並非不可能。我無論如何都想避免在王都外面四處逃跑時，錯失大好良機的狀況。

不過，倘若在針之森不見蹤影，我們大概已經進入王都這件事不就會傳達給暗中活躍的術師（最終頭目）嗎？那樣我們真的能徹底逃掉嗎？

約書先生無視我的擔憂，「嗯」了一聲肯定修拉維斯先生的主張。

——沒有其他路可選了吧。好啊。那邊還有諾特在。畢竟諾特一次也沒有辜負過我們的期待嘛。只是一晚的話，總有辦法撐過去的。

正好就在這時，在附近聽見了龍的咆哮聲。雖然被樹木擋住而看不見，但死亡危機似乎已經來到不遠處了。

看來沒時間迷惘了。我有守護奴莉絲的義務。

（我明白了，趕緊行動吧。）

聽到我這番話，修拉維斯先生點了點頭，將手比向後方。

泥土在樹木之間接連隆起，開始形成無數防護壁。雖然是強力的防禦方法，但相對地對方也會知道這邊有王家的魔法使在。修拉維斯

從遙遠後方傳來敵兵的騷動聲。

——我要設下煙幕。接下來要一決勝負了。

我側目看了一下在後方展開的黑霧，然後我們筆直地朝王都前進。

＊＊＊

豬腳碰觸到堅硬的大理石地板。是荷堤斯使用了魔法嗎？我們是軟著陸。

「這裡應該是大家都知道的場所吧。」

荷堤斯看來有些開心似的這麼說道，同時走向空著的寶座。

我們在金之聖堂。高到誇張的圓頂天花板。各種顏色的大理石組合而成的地板。五顏六色的彩繪玻璃。配置在正面深處的白色石棺。

不可能忘記。這裡是抵達王都的我跟潔絲被伊維斯拆散的場所。是舉行了伊維斯葬禮的場所。是馬奎斯與荷堤斯歷經五年時光後重逢的場所。是諾特他們沒成功殺掉馬奎斯的場所。

「我一直想坐一次看看呢。」荷堤斯悠哉地這麼說道，坐到了寶座上。從牆邊沒有並列著歷代國王的棺材這點來看，這裡也還是拜提絲的牙城之中吧。

荷堤斯看似放鬆地蹺起二郎腿，用宏亮的聲音說道：

「我們至今所看見的，是拜提絲在深愛的路塔死後發生的事情，以及拜提絲藉由靈術將他帶回來後的事情。」

然後這兩件事情分別跟路塔之眼和《靈術開發記》相關。

「看來故事的結局逐漸靠近了。」

荷堤斯只說了這些，便用手指撫摸著金之寶座的扶手。

「失去丈夫，靠執念讓他復活的拜提絲，是在哪裡結束這個故事的呢？」

（你不願意告訴我們答案呢。）

「當然了。有句話說死人不穿衣服對吧？」

應該是不會說話吧……？

「豬先生，我們去那邊吧！」

潔絲小跑步地飛奔而出，我跟在她後面。

潔絲噔噔地在大理石地板上奔跑，到達位於聖堂正面深處的祭壇。

在奢華至極的祭壇上，建造著拜提絲的雕像。將左手貼在胸前，右手筆直地向上高舉，凜然的女王姿態。正下方擺放著石造棺材。

（是拜提絲的棺材啊。）

不可能忘記。因為我們是從這個棺材蓋拿出破滅之矛的。

棺材蓋上雕刻著眼熟的彷彿箭頭的記號。表示有破滅之矛的標記。

「明明是拜提絲大人的內心，卻有拜提絲大人的棺材呢。」

（應該是在死前先打造好的吧。因為她需要把破滅之矛放進蓋子裡。）

「嗯……不曉得裡面裝著什麼呢？」

潔絲一邊說，一邊將棺材蓋推向旁邊。照理說是沉重的石材，但她是用了魔法嗎？蓋子發出嘰哩嘰哩的聲響，逐漸被推開。

「嘿唷。」

潔絲一邊發出可愛的聲音，一邊將蓋子整個推開。石板失去平衡，掉落到大理石地板上。看來潔絲在深世界有變得大膽的傾向。

我一邊這麼心想，一邊看向潔絲。只見她整個人僵硬住，啞口無言。

諾特來到這邊，窺探著棺材。他也像凍結住似的一動也不動了。

（怎麼了？）

我將前腳搭在棺材邊，窺探著裡面——只見一張美麗女性的臉就在眼前。

我大吃一驚，將頭縮回來後，因為重心不穩而摔倒了。

「怎麼啦，各位，怎麼一副好像看見幽靈的表情？」

荷堤斯看似愉快地走了過來。他怎麼好意思講這種話？

「畢竟是打開拜提絲的棺材，應該要預料到她的存在吧？」

「可是這裡不是拜提絲大人本人的內心嗎……？」

潔絲回了十分正常的疑問。

她說得沒錯。要是自己的內心有自己的屍體，豈不是恐怖片嗎？

不過在這時，有一個最根本的疑問浮現出來。說到底，如果拜提絲已經死亡，**為什麼我們會在拜提絲的內心啊**？

——我小時候曾有一次，在儀式中看到拜提絲大人的遺骸……我還記得她的遺骸沒有乾枯也沒有腐朽，鮮明到驚人地保留了她生前的模樣。

我想起修拉維斯說的話。該不會拜提絲還活著？

荷堤斯嘖嘖地輕聲咂嘴，擺了擺手指。

「處男小弟注意到重點了。但結論是錯的喔。」

他擅自讀我的心，還加以否定。

「潔絲，妳知道拜提絲的卒年嗎？」

「拜提絲大人她……我記得據說是在四三時長眠的。在史書的結尾那麼寫著。」

「那是誰寫的史書啊？」

「是拜提絲大人……」

潔絲這麼說，然後僵硬住了。這顯然很奇怪。

「為什麼死掉的傢伙能夠記錄自己的死亡啊？」

諾特這麼吐槽。

我思考著可能性，試著舉例。

（可能她有交代等自己死後再記入數字，或者——）

「她是自己決定自己的卒年……？」

潔絲這麼說，將手貼在胸前。

自己選擇自己死亡的時間點。她身為最強的魔法使，創造了能夠拯救任何生命的救濟之盃，如果這樣的她預期了自己的死亡……那就意味著是自殺。

「在梅斯特利亞裡，王都固若金湯的防禦，是藉由拜提絲的魔法成立的。」

荷堤斯毫無意義地邊走邊說。

「不過所謂的魔法，倘若沒有實行者的心——也就是沒有靈魂，便會逐漸風化。那麼，為何王都現在也被守護著呢？」

潔絲緊張地嚥下口水。

「這表示拜提絲大人的靈魂還殘留在王都的某處嗎？」

「沒錯。既然這樣，怎樣的場所最適合當靈魂的所在處呢？」

聽到荷堤斯這麼說，潔絲看向棺材裡面。

「她用魔法保存自己的身體，將靈魂封印在裡面……？」

「正是如此。拜提絲的身體作為靈魂的依代（註：指神靈附身的對象），然後拜提絲的靈魂作為魔法的主體——雖然放棄了除此之外的所有職責，但曾經是她的存在仍然持續守護著王都。就這樣躲在棺材裡，悄悄地守護了將近一百年呢。」

雖然聽起來很離奇，但這樣可以解決一個疑問。

（所以深世界的王都懸崖會變成靈器，也是因為這麼回事呢。拜提絲不惜讓自己變成這種老不死的形式，也下定決心要守護王都——所以圍住王都的防護壁本身，就是象徵著拜提絲心靈的事物啊。）

諾特一個人露出被拋下的表情，看向荷堤斯。

「雖然不知道你們理解了什麼，但簡單來說，就是那個老太婆自己主動放棄活著嗎？就算知道了這點，那樣能離開這裡嗎？」

「拜提絲的牙城讓我們看見的細碎場面，究竟是什麼的故事呢？只要能夠理解這點，自然就會知道意味著故事結局的行為是什麼才對。」

聽到荷堤斯這番話，我思考起來。

（從路塔的遺骸取出眼睛的場面、將《靈術開發記》收到圖書館的場面，還有這個收納在棺材裡的拜提絲的場面……感覺好像有什麼含意。但照這樣來看，似乎沒什麼規律可循啊……）

潔絲窺探著棺材裡面。

「如果拜提絲大人可以告訴我們她究竟是怎麼打算的就好了……」

正當我們大傷腦筋時，荷堤斯走向這邊。

「雖然拜提絲作為人類已經死亡，但她的靈魂和心靈仍舊作為裝置殘留著不是嗎？而且你們此刻就在那裡面。試著回想一下拜提絲的心靈對你們起了什麼作用吧。」

這時我想起令我費解的點。

（作為逃脫的道具，我們被沒收了路塔之眼和《靈術開發記》對吧……我總覺得這實在太過巧合了。從外面帶進來的東西居然會成為逃脫的關鍵。）

「說得也是呢……可是，那些東西成為關鍵是事實。該怎麼解釋才能理解這些事實呢？」

能夠解釋這點的想法僅有一個。

（因為想成是帶進來的東西碰巧成為關鍵，才會無法理解。假如想成是我們帶進來的東西在後來才被當成關鍵呢？）

「後來才……也就是說，拜提絲大人的牙城是在我們進來後才設定了關鍵嗎？」

（沒錯。路塔之眼與《靈術開發記》的共通點是無論哪邊都使用了路塔的身體。就是眼球與血液。拜提絲應該是想回收那些吧？）

荷提斯點了點頭。

「拜提絲的心靈會想要路塔的身體，沒有什麼好奇怪的。即使是在封印了自己後，她仍不斷尋求著丈夫。拜提絲的心靈仍舊渴望著路塔。」

我思考起來。為何會變成這種情況呢？

（拜提絲年紀輕輕就自己放棄了活著……一邊尋求著路塔……）

就在我說出口統整著思緒時，潔絲從旁說道：

「開發記的最後一頁……用跟其他部分不同的筆跡寫著的那句話。」

——要道別了。果然我不該來這裡的。

「由於拜提絲大人竭盡全力，從深世界之旅返回原本的世界，從靈魂狀態恢復原狀的路塔先生留下那行留言，又離開到某處去了……拜提絲大人會不會是對那件事感到絕望，而在這裡自盡的呢？」

（如果他是離開到某處，拜提絲難道不會想追隨上去嗎？）

我的指謫讓潔絲低頭看向拜提絲彷彿還活著一般的遺骸。

「如果能追隨，她應該不會將自己封印在這裡才對。」

（……原來如此啊。我們一開始進入的寢室，是路塔已經死亡的場面。接下來的圖書館是路塔再次告別的場面。然後最後的金之聖堂，是拜提絲放棄路塔自盡的場面……可以說全部都是跟路塔離別的場面。）

我想起阿爾的故事。難道說在這裡也一樣，為愛而死就是故事的結局嗎？

潔絲嚴肅地點了點頭。

「雖然看見很多故事，像是暗黑時代的事、關於靈術的事，還有王都的事等……但結果我們在這裡看見的故事，無論哪個都是拜提絲大人與路塔先生的愛情故事嗎？如果是這樣，一切都說得通了呢。」

荷提斯啪啪地拍了拍手。

「正是如此。縱然具備神之力，抑或是獨裁一國之王，終究都還是人類呢。」

荷提斯看似愉快的樣子消失無蹤，即使是他也不禁露出似乎很悲傷的表情。

「……我不是想找藉口，但大哥其實也一樣。」

他悄聲吐出的低喃，讓原本沉默的諾特產生反應。

「這話什麼意思？」

荷提斯看來有些寂寞似的露出微笑。

「大哥以前也像修拉維斯那樣，是個耿直的好傢伙。雖然他不看書就是了。」

荷堤斯俯視拜提絲的臉。

「但是，過於強大的力量與身為王子的責任感改變了大哥。要擔任這個國家的國王，需要身為政治實行者的智慧，以及身為支配者的壓倒性力量，兩者缺一不可。因為職務繁忙，大哥跟家人交流的機會也變少，逐漸孤立……雖然他唯一不會缺席的，好像是為了將修拉維斯教育成國王的修練。」

荷堤斯像要甩開思考似的搖了搖頭。

「……抱歉，話題扯遠了呢。最後我告訴你們一個很有意思的事實吧。」

他這麼說，豎起三根手指。

「這個梅斯特利亞據說有三大至寶對吧？拯救了瑟蕾絲小妹的契約之楔、現在由修拉維斯搬運中的救濟之盃，還有貫穿了我的破滅之矛。你們還記得這些東西原本放在哪裡嗎？」

潔絲將手貼在下顎。

「契約之楔是在邂逅瀑布、救濟之盃是在盡頭島，然後破滅之矛是在這間金之聖堂——」

是察覺到什麼了嗎？潔絲猛然一驚地張大了嘴。

同時我也察覺到了。

（邂逅瀑布是拜提絲與路塔相遇的地方。盡頭島是拜提絲為了前去讓路塔復活的入口。這具棺材是拜提絲放棄了路塔的場所……）

「這些場所都裝滿了拜提絲小姐對路塔先生的思念呢。」

嗯、嗯──荷堤斯看似滿意地點了點頭。

「順帶一提，路塔之眼是放在拜提絲與路塔首次○○○的場所。」

原來他聽見了那些對話嗎……

潔絲似乎這時才總算察覺到○○○的意思，她瞬間滿臉通紅起來。不過算啦。事情已經過去了。

（重要的事情沒有留在書籍上，而是用寶物的所在處表示呢。）

「所以說，結果──」

諾特開口說道：

「那個老太婆的故事就是一直追著男人跑的故事。既然這樣，故事的結局應該就是放棄追逐，進入這個棺材裡吧？」

我們點了點頭。

諾特快步走了過來，立刻試圖將一隻腳踏進棺材裡。我心想已經要離開了嗎？但諾特忽然收回了腳，看向荷堤斯。

「這麼說來，你會跟過來嗎？」

對於諾特的疑問，荷堤斯緩緩搖了搖頭。

「雖然不捨，但我的戲分似乎就到此為止。我也不打算像父親大人那樣搞什麼聲東擊西喔。

我們要在這裡乾脆地道別了。」

是想了些什麼呢？諾特暫且收回原本想踏入棺材的腳。

「我有些在意一件事。」

「什麼事呢？」

「你明明已經死了，卻待在這裡。跟豬一樣。雖然這是假設，但假如你跟我們一起走……你能回到梅斯特利亞嗎？」

嗯——荷堤斯這麼呻吟後，親切地向我們說明。

「我先聲明一點，處男小弟和大哥，跟父親大人和我在根本上就是不同的存在。處男小弟與大哥可以說是沒死成。他們的靈魂被現世的人挽留住。但父親大人跟我則是完全死亡了。人的靈魂會伴隨著死亡消失。」

「可是，你現在就在這裡吧？」

諾特一臉無法信服的樣子。荷堤斯輕輕點了點頭。

「主人，這個叫深世界的地方啊，無論是靈魂或死者都會獲得實體，火焰會因為燒死者的希望變成水，因果律也會因為色色的願望改變，是個不可思議的國度，但可不是能夠讓死者復活的便利場所喔。」

「……如果沒有復活，那你是誰？」

好問題——荷堤斯露出微笑。

「在這裡的是我的思念殘香，還有靠你們的視線交叉形成的，可以說是虛像。」

「不巧的是我沒知識，你講得太複雜我會聽不懂啊。」

「那我換個說法吧。只要對我不存在這件事睜一隻眼閉一隻眼，我就跟活著的人沒什麼兩樣，可以說是死者的概念本身。」

他的說法好像禪問答一樣。

「那是怎樣，意思是你是我們的妄想嗎？」

「我沒那麼說吧？強烈的思念在死後仍會留下爪痕。這個深世界是願望、祈禱、執著、渴望、後悔等強烈的思念攪拌在一起出現的世界。我想要幫助主人你們的思念，跟你們需要協助的要求碰巧吻合，因此我才會在這裡誕生。」

他一口氣這麼說道後，看似悲傷地補充：

「簡單來說，就是我無法一起回去。」

「是喔。」

諾特稍微抬起下顎。

「不好意思，但我並不是想念你。雖然羅西很可愛就是了。」

「你這話真令人難過呢。」

諾特對裝傻的荷堤斯露出苦笑。

「……那我走啦。」

「——唔喔，先等一下。最後還有一件事。」

荷堤斯朝諾特那邊走近一步。

「拜提絲的故事在這裡劃下句點。不過你們的故事還沒有結束。直到讓作戰成功，平安回家為止都是故事。」

他講得好像遠足一樣。

「你們要好好地平安回去喔。」

我們暫時等了一下，但荷堤斯最後的話語似乎就只有這樣而已。

雖然不甘心，但無論對方是虛像還是什麼，我都覺得要離別實在依依不捨。

（在這裡道別後，就再也無法見面對吧？）

只見荷堤斯緩緩搖了搖頭。

「你說什麼呢，處男小弟。我並不是在這裡等待著。**我一直都與你們同在**。這點今後也不會改變。」

荷堤斯完全沒有表現出依依不捨的樣子，他面帶笑容地揮手。我也不可思議地有種那就出發吧的感覺。

諾特微微地點了點頭之後，這次毫不迷惘地將一隻腳踏進棺材。那個瞬間，諾特的身影便消失了。

我們的答案是正確解答。進入這具棺材正是故事的結局。

潔絲走近荷堤斯的身邊，抬頭仰望他的鬍子臉。

「那個……謝謝您的幫忙。」

「用不著在意。這是答謝妳讓我聞到了懷念的氣味。」

荷堤斯這麼說，自己主動退後了一步。潔絲一鞠躬後，跟在諾特後面離開。

潔絲的身影也消失了。最後輪到我。

我靠近棺材，移動到雙腳那邊，以免不小心踩到拜提絲。

「我女兒就拜託你了。」

在變成我們兩人獨處的時候，他從後方向我搭話。我心想他首次講了像個父親會說的話啊。

（真的沒問題嗎……交給我這種人——）

荷堤斯浮現出反常的爽朗笑容。

「別說什麼『我這種人』。是我女兒選的男人。我沒有異議。」

我點了點頭，窺探著棺材裡面。潔絲在等我。得過去才行。

我在最後轉過頭去。

（謝謝你。那我走了。）

我將視線拉回來，讓豬腳踏上棺材底。世界一聲不響地咕嚕咕嚕旋轉起來，我逐漸被吞沒到沒有感覺的漩渦中。

我聽見了荷堤斯像是追趕我而來的最後一番話。

「假如你沒有讓潔絲獲得幸福，給我記好了。你將會淪落到一輩子都得跟重要的瞬間會有全裸的中年男人闖進來的恐懼戰鬥吧。」

第四章 孤獨之花在黑暗中凋零

傍晚的天空彷彿調錯了色調一般，是明亮的黃綠色。

看來我們似乎平安地逃出了牙城。我們三人站在眼熟的廣場上。

花之廣場。

這裡是能夠從王都的半山腰眺望夕陽、坐東朝西的廣場，被大理石製成的永不枯萎之花包圍的地方——照理說是這樣，這裡卻燦爛盛開著真正的紅色玫瑰。

我想起以前跟潔絲來這裡時的事情。肉烤熟的香味和餐具的撞擊聲響讓人感覺十分舒適，但現在這個廣場被彷彿揮灑了香水一般的濃郁花香給包覆，耳朵只能聽見吹過廣場的風聲。還是一樣沒有其他人的氣息，是個異樣的空間。

諾特走到廣場邊，眺望著在眼底下展開的梅斯特利亞西部。

「景色挺不賴的嘛。王都那些傢伙就是像這樣俯視著下層的人吧？」

（你覺得不爽嗎？）

我這麼詢問，便見諾特只有嘴巴笑了。

「說什麼傻話？我只是有點羨慕罷了。」

然後他離開柵欄，邁步走向廣場的中央。

「話說，我們得尋找那個老糊塗的靈器才行。他的靈器在哪，你們應該多少有頭緒吧？」

「當然了！……應該有吧，豬先生？」

（這可難說了。應該是在這一帶吧……但沒有可以清楚知道的線索。）

「咦咦咦……」

來到目的地的王都是很好，卻不曉得關鍵的入口在哪。真令人懷念啊。

目前是三日傍晚。再過一晚就是約定好的「四日早上」。修拉維斯他們應該是以這時間為目標，正朝王都前進才對。我們無論如何都必須在明天早上來臨之前讓馬奎斯越獄才行。

（哎，雖然沒有確切的證據，但能想像到幾個地方。既然他搶走馬奎斯的身體，奪取了王政，心靈的所在處應當位於國王的行動範圍內。這麼一來，可能就是寢室、國王的辦公室，或是謁見的場所吧。）

「如果是國王的謁見場所，就是剛才的金之聖堂呢。」

那是讚揚王族的靈魂，顯示王家威信的場所。當然，能夠看見國王尊容的，除了王都居民以外，就只有諾特等極為少數的特例就是了。

「那個老人的目的是對王家復仇。單純來想，他應該會執著於象徵國王的東西吧。例如金之聖堂裡面那個超大的金閃閃寶座。」

的確，很難想像他會執著於辦公室或寢室。

（這個只能靠自己尋找了啊。首先去金之聖堂看看吧。）

王都是被斷崖圍住的天空要塞。因為是削掉竹筍形狀的陡峭獨立山峰的斜面，在上面建造街道，所以建築物是呈階段形排列著，石板道路以水平方向環繞在這些建築物之間。垂直方向的移動大多是狹窄且陡的階梯。街上各處擺放著寫實的雕像，例如廣場或道路的分歧點等，在深世界擺的卻不是雕像。

豈止是寫實。根本是真人——至少外觀看起來是。

我們最先看到的是以前荷堤斯用來當謎題的等身大裸婦雕像。只有纏著腰布、體態豐滿的女性。上次看見時明明是以大理石打造而成的，在這裡看起來卻只像是真正的人類站在四方形的底座上。頭髮和腰布都在傍晚的風吹拂下微微飄逸著。

「為什麼……」

潔絲這麼說，走近女性。即使我們靠近，女性也是連眼皮都不眨一下。

諾特稍微臉紅起來，移開了視線。你處男嗎？——就在我這麼心想時……

「呀啊！」

潔絲將手收了回來。看來在我被諾特分散注意力的時候，她似乎毫不猶豫地觸摸了女性的腳。潔絲好像具備一旦看到在意的事物，總之要靠自己的感覺確認看看這種瘋狂科學家的素質。

（怎麼了，妳還好嗎？）

「嗯，因為非常冰冷，我稍微嚇了一跳……」

潔絲看來興致勃勃地拍了拍女性位於她視線高度的小腿肚。是因為在深世界不用顧慮他人眼光嗎？好奇心似乎勝過了分寸。

（盡量不要亂摸比較好吧？感覺有點恐怖喔。）

「不，不要緊喔。雖然非常冰冷，但摸起來是普通的肌膚。來，豬先生要不要也摸摸看？」

潔絲的手搓揉著赤腳的小腿。

（不，我不用摸潔絲以外的腳吧……）

潔絲目不轉睛地看向這邊，但結果她什麼也沒說。

自我介紹晚了，我是專情不移的豬先生。

（看來跟花之廣場的玫瑰一樣，這邊好像講究真實取向呢。）

我走向位於道路對面的雕像。這邊是裸體的男性。潔絲目不轉睛地注視著他的下半身一陣子後，點了點頭。

「我想花之廣場的玫瑰花恐怕是將真正的玫瑰花石化。因為比起無中生有地創造出精細的雕像，可以用更簡單的魔法解決。」

說到這邊後，潔絲的嘴巴停止了動作。她看向剛才摸了女性的腳的手心。

她恐怕跟我在想一樣的事情吧。

就是剛才聽到的荷堤斯所說的話。

——由於路塔遭到殺害，拜提絲變得無法相信任何人。被懷疑是犯人的人們應當一家老小都一個不剩地被處死了。雖然沒有留在紀錄裡，但現在也確實殘留著痕跡。有時間的話，你們可以試著尋找看看。因為疑似被處死的魔法使們的遺骸，至今仍在王都示眾呢。

示眾——殺掉路塔的人、被懷疑犯罪的人，還有其一族的末裔。

再怎麼樣也不可能在有人生活的街上直接把屍體掛出來吧？那她怎麼做了呢？有個乍看之下很乾淨，就算是遺體也能融入街上的方法。

假設玫瑰雕像是藉由石化創造出來的。

為何能主張人類雕像不是那樣製造的呢？

在王都各處擺放著的等身大寫實雕像，恐怕是——

「你們怎麼一直在看雕像啊？趕緊到下一個地方吧。」

對此漠不關心的諾特的發言拯救了我們。

太陽很快就下山，到達金之聖堂時，天色也完全變黑了。只是黑色，而不會陰暗。數量還是一樣多到像要騷擾人的星星與供給過多的流星填滿了天空。

位於王都的絕大部分建築物都是用白色岩石建造的，但金之聖堂的建材則是漆黑的岩石。上面施加著雖不華麗卻十分細緻的黃金裝飾，纏繞著無論是誰只要用看的就能察覺到它是特別的建築物。

坐東朝西的正面有著彩繪玻璃與大型的青銅門扉。雖然盛怒的馬奎斯以前曾在一瞬間炸飛了牆壁，但牆壁此刻在這裡毫髮無傷地穩如泰山。

諾特毫不迷惘地推開門扉。從窗戶照射進來的銀白色星光讓我們看見陰暗且廣大的空間全貌。是被拜提絲的心靈守護著嗎？王都裡面沒有太大的變化。金之聖堂的內部也跟我記憶中的一樣。跟剛才的牙城裡不同，牆邊並列著歷代國王的棺材。

雖然應該曾有深愛的人，但大家都仿效拜提絲，在這裡獨自長眠。總有一天馬奎斯還有修拉維斯也會加入這裡嗎？或許這麼說沒什麼道理，但我不禁擔心他們會不會感到寂寞。

我們走在幾何學圖案的地板上，靠近金之寶座。這個世界不分貴賤。諾特用沾著泥土的靴子走上通往寶座的高低差。

「過來。」

聽到他這麼說，我跟潔絲也立刻追上去。

在沒有任何人坐著的金之寶座中心，正好就在椅背的正中央，有一隻人類的眼睛。充血的眼白與甚至有些耀眼的金色瞳仁。

「好像被盯著看一樣，真噁心啊……是那傢伙的眼睛沒錯。」

（我們該前往的地方是這裡沒錯啊。寶座就是暗中活躍的術師的靈器。）

「……要進去嗎？」

我思考起來。太陽才剛下山而已。明天早上才要讓馬奎斯越獄。感覺有些太早了。

（裡面是怎樣的世界、企圖排除我們的力量有多強大都是未知數。正因為是難搞的對手，最好先設想最糟糕的情況。在裡面待得越久，我們暴露在危險中的時間也會越長。）

「危險是理所當然的吧？最糟糕的情況是遲到。我們趕緊進去，找出那個混帳老爹的所在處後，躲起來算好時機再行動比較好吧？」

諾特說的話很有道理。看是我們要身處險境伺機而動，或是讓修拉維斯他們身處險境伺機而動，結果不過是這種二選一的問題罷了。

比起有最凶殘的魔法使在等候的那邊，感覺這邊還比較有辦法應付。

（好，就以諾特的方針來行動吧。）

我這麼說，潔絲也點了點頭。

「說得也是呢……等準備完畢就進去吧。」

「怎麼，都到這裡來了，還要準備什麼？」

做好覺悟的準備……？

真要說的話，我跟潔絲都是慎重派。沒有像諾特那樣的匹夫之勇。要踏進最凶殘的國王之牙城，無論如何都會有種猶豫的心情。不過仔細一想，現在的我們逗留在這裡，也幾乎沒有能做的事情。

甚至也不曉得要前往的地方是怎樣的世界。

（潔絲，能上嗎？）

我這麼詢問，被星光照亮的美麗眼眸便看向這邊。她緩緩地眨眼。

「嗯，只要是跟豬先生一起。」

我沒有說妳突然是怎麼了，諾特則是輕輕點了點頭。

「靠近這邊一點。免得走散。」

諾特抓住潔絲的手腕。潔絲將手放在我背上。

在陰暗的聖堂之中，我們在歷代國王們的棺材守護下，與單眼寶座面對面。

「要走嘍。」

諾特毫不猶豫地碰觸椅背，我們被吸入最後的牙城。

我們被灼熱的風與不祥的轟隆聲給包覆。潔絲立刻展開了水之面紗，我勉強迴避了變成烤豬肉的危機。

在細微起伏的透明水之面紗的另一頭，可以看見冒出黑煙燃燒的火焰。三六〇度，各種方向都在燃燒著。我聚精會神一看，可以發現有疑似房屋牆壁的石材從炫目的火焰縫隙間露出。腳下是石板。看來這裡似乎是城市裡頭。

「可惡，尋找退路吧。」

諾特一邊用袖子掩住口鼻，同時這麼說了。潔絲默默地指向一個方向。即使是被映照出火焰的黑煙覆蓋的天空，好像也只有那邊煙霧比較薄弱。可以看見若隱若現的星空。

我們一邊靠潔絲的魔法從上空送來新鮮的空氣，一邊以沒有火焰的地方為目標奔馳著。不知道是拿什麼當燃料，火焰纏繞在石造的房屋上不斷燃燒著，即使被強風吹襲也不會消滅。

我們抵達圓形廣場，停下腳步。這裡跟包覆建築物的火焰有一段距離，還有空氣會通過大街從城市外頭流進來。不知是從哪裡飛來的，平整的石板上四處有石頭碎片在燃燒著。擺在中央那座附帶雕像的大型噴水池在嚴重損毀的狀態下被餘燼斷斷續續地炙烤著。

「似乎整個城市都燒起來了。」

潔絲的視線前方，也就是沿著大街一直前進的地方，疑似巨大聖堂的建築物殘骸在高高的天上讓火焰躍動著。

諾特的靴子在我眼前踩住燃燒的小石頭。即使踩著石頭摩擦石板，小石頭的火焰也沒有要熄滅的跡象。

「不是油啊。跟在巴普薩斯燒掉修道院的火焰一樣，是魔法火焰。會把人類連骨頭都整個燒成灰。」

潔絲一臉擔心地看向諾特的靴子。

「放心吧，這是防火的。不過，得小心別被燒到才行啊。」

被火焰擋住視野的話，也不知道該以哪裡為目標才好。我們飛奔穿過大街，暫且離開了城市。我們爬上小山丘，眺望城市的全貌。

那是非常大的城市。同心圓狀的漂亮街道以高到像座小山的巨大奇岩為中心拓展開來。然後這一切都無一例外地被火焰給覆蓋。從鎮上裊裊升起的煙與煤灰正準備把繁星閃耀的夜空染成黑色。城市似乎是有計畫地被建造出來，能夠輕易想像到燃燒前的景觀一定很美麗吧，因此更讓人覺得悲傷。

「以前有這麼大的城市嗎？」

「如果是這個規模……說不定是暗黑時代的城市呢。」

我想起潔絲向我說明史書內容時的事情。梅斯特利亞的人口在王朝設立時是數十萬，但在暗黑時代發生「最終戰爭」前，據說曾有一千萬。

然後大半人口都因為魔法使之間的爭鬥而喪命了。

在眼前燃燒的城市，說不定是——

（這應該是暗中活躍的術師遙遠的記憶吧？假如這是對那傢伙而言很重要的場面，被燒毀的應該是——）

「他的故鄉嗎？」

潔絲輕輕地將手貼在胸前。

如果這麼大的城市被魔法給燒毀，究竟有多少人燒死了呢？

「那麼，我們該前往哪裡？」

被諾特這麼催促，我思考起來。

（靈魂被囚禁的場所是最深處——也就是防禦最堅固的地方。如果是暗黑時代的都市，說不定有類似城堡的東西。就是作為行政中心的地方。）

我們三人環顧周圍，但沒看到疑似城堡的建築物。是位於地下嗎？如果是魔法使建造的城堡，這倒也不是不可能。

「如果要蓋城堡，位於中心的那塊岩石上方感覺是不錯的地點……」

潔絲指著的是位於熊熊燃燒的城市中心的巨大岩塊。它比大聖堂那種巨大建造物還要大上好幾倍，加上又位於中心處，可以想像那裡應該是有什麼象徵意義的場所。

「怎麼，這岩石的形狀還真怪啊？」

諾特說得沒錯，岩塊分成上下兩邊，給人一種把積木堆起來似的不穩定印象。上面也沒有蓋著建築物。為何那種東西會在城市中心處呢？

仔細一看，會發現岩石的上半部與下半部顏色不同。上面是偏黑色的岩石，下面卻是明亮的灰色。簡直就像有巨大的岩塊落下，掉落在小山上面一樣……

（那塊岩石的周圍有沒有看見什麼？比方說建築物殘骸之類的。）

聽到我的指謫，潔絲聚精會神地細看。

「我看看……有幾個東西像是崩塌的塔……」

「嗯？可是那一帶沒有感覺有塔的建築物耶。」

諾特這番話讓我點了點頭。

（……如果是原本就在那塊巨大岩石上面呢？）

「上面？上面什麼也沒蓋吧。」

（說不定不是沒蓋，只是變得看不見而已。因為被大岩石給壓扁了。）

諾特舔了舔嘴唇。

「你的意思是有人往下丟了一塊能夠壓扁城堡的超大岩石嗎？」

潔絲將手貼在胸前，緩緩地點了點頭。

「聽說拜提絲大人是能夠將島嶼弄沉的人物……應該並非不可能。」

「原來如此啊。那事情就好說了。我們穿過大街，以那塊岩石為目標吧。」

我們飛奔跑下小山丘，再次投身於熊熊燃燒的城市，以奇妙的岩塊為目標奔馳著。

從結論來說，看來幾乎可以確定那塊岩石就是我們應該前往的地方。

理由很單純。因為有怪物在守護著。

感覺光看就會讓人失禁一樣的可怕姿態。是纏繞著業火的巨大骷髏。少說有十公尺的身高。

彷彿柱子一般粗壯的每一根骨頭都像古木似的彎曲。仔細一看，會發現那些骨頭分別是融化後又凝固起來的人骨集合體。大量遺骸在灼熱之中互相融合，摻雜著紅與白的灼熱火焰片刻不停地燃燒著。

那東西彷彿突襲一樣從熊熊燃燒的城市襲向了接近奇岩的我們。我回應諾特的聲音，立刻倒地避開，隨即在不遠處看見大到能夠捏碎我的骷髏拳頭。假如攻擊直接命中，我會在瞬間變成漢堡排吧。

「豬先生，您沒受傷吧？」

潔絲飛奔靠近，擔心著我的安危。

（我躲開了，沒事的。）

骨頭與火焰的怪物用沒有眼睛的眼窩看向這邊，用以巨軀來說相當敏捷的動作爬起身。

「你們退下。」

諾特這麼說，然後在拔出雙劍的瞬間將火焰衝擊波射向怪物。不出所料，幾乎沒有作用。他舉起拔出的劍往下揮，靠反作用力讓身體飛向怪物那邊。高高地描繪出來的拋物線前往的方向，是怪物的頭頂。

響起嘎哩的刺耳聲響，諾特的劍尖挖起大到要雙手才能抱住的頭蓋骨的一部分。諾特勉強避開像是要打落蒼蠅般舉起的巨大手臂，繞到怪物背後。

巨大骷髏一邊發出彷彿噴火槍的燃燒聲，同時轉頭看向諾特那邊。怪物抬起腳後，宛如熔岩一般的赤熱石板從底下露出。

（潔絲，從後面幫忙掩護吧。）

「嗯，我借用一下那邊的房屋。」

正當我心想這話是什麼意思時，只見潔絲將雙手比向在附近起火燃燒、三角形屋頂的獨棟透天。響起啪嘰啪嘰聲，整棟房屋搖搖晃晃地開始飄浮。

所謂的借用是這麼回事嗎？

哼！——潔絲一邊使力，一邊將手朝怪物揮動。已經可以說是有著房屋形狀的砲彈以神速衝撞上巨大頭蓋骨的後腦杓。怪物失去平衡，一隻手拄著地面，但看起來沒受什麼傷，牠迅速地轉頭看向這邊。

在被火焰包覆的頭蓋骨之中，一對漆黑的眼窩盯著這邊看。牠突然用遠比想像中更迅速的動作舉起雙手，然後朝著畏懼的我們將那雙手彷彿鞭子一般地揮落。

不妙。

我一邊從腳環放出水，同時像要壓在潔絲身上似的倒向地面。視野在瞬間就被燒光，緊接著全身感受到可怕的痛楚。彷彿把生皮剝下來一般的劇痛甚至侵蝕到骨子裡。

宛如地獄般的痛苦讓我在地面上不停翻滾。什麼也看不見。眼睛似乎連同眼皮都燒焦了。豬的身體彷彿整隻被弄成烤全豬一般，變成只是不斷傳送痛苦給我這個主體的存在。尖銳的耳鳴讓我連聲音也聽不見。該怎麼做才好？潔絲她沒事吧？

視野茫然地回來了。耳鳴也平息下來。疑似潔絲的人影就在我附近爬起身。可以知道痛楚從她的手觸摸的頭部迅速地消退。

視野立刻恢復正常，我看向潔絲。她的臉被燻黑，濕掉的髮尾燒焦，手上還有讓人看了心痛的燙傷，但是多虧有伊維斯的長袍嗎？她身體的大部分似乎都沒事。怪物被諾特吸引過去，正背對著我們。

（妳不要緊吧？）

「嗯，託豬先生的福逃過一劫，沒有變烤全人。」

我看向自己的身體。可以看見原本被燒爛到狀態慘不忍睹的豬皮，像是讓時光倒流般逐漸回復。

（好厲害，是潔絲幫我治好的嗎？）

潔絲只是理所當然似的露出微笑。我一邊側目確認怪物的情況。同時向潔絲道謝。

（我還以為死定了。謝謝妳啊。）

「我怎麼可能讓您這麼輕易地死掉呢。」

在被煤灰弄髒的臉上，潔絲的褐色眼眸筆直地看向這邊，濕潤不已。

（妳這發言還真像反派啊……）

在我們這樣閒聊的期間，可以看見諾特的雙劍在半空中閃爍。他彷彿雜技師一般讓身體旋轉，著地到這邊。

「你們活著啊。」

在諾特這麼說的期間，怪物也將臉轉向我們三人這邊。

「沒時間了。用老方法行動吧。」

諾特的金髮有一部分被燒到變捲，白襯衫上也四處可見燒焦的破洞。在赤紅燃燒的城市中，他的身影看起來確實是個英雄。

（老方法？）

諾特沒有餘力回答，我們散開來迴避怪物的一擊。白熱的火焰在毆打了地面的巨大拳頭周圍蔓延開來。

我剛才就是被這種火焰燒傷的吧。實在是犯規級的範圍攻擊。

——諾特先生，老方法是指？

潔絲的聲音在腦內響起。雖然潔絲就在我附近，但諾特用雙劍跳躍起來，繞到了怪物的對面。被兩面夾擊的怪物難以決定目標，因猶豫而稍微露出破綻。

——你們先走。

只聽見這麼一句話後，便看見諾特朝怪物的右腳發動攻擊。此刻正準備踏出去的巨大的腳因為藉由火焰加速的雙劍略微從旁阻擾而失去平衡，為了應付這狀況，只好朝其他方向著地。怪物幾乎沒有受傷。諾特發動的這記攻擊，肯定是為了製造讓我們逃走的空檔。

你們先走——在阿爾的牙城遭到白龍襲擊的時候，還有更早之前，在前往王都的途中遭到壯漢們襲擊的時候，諾特也都是這麼說，替我們承擔了所有危險。託他的福我們才能抵達王都，還有成功地與菲琳接觸。

既然那傢伙打算貫徹這個任務，我們也必須賭上性命完成自己的任務。

（走吧。）

我只是簡單地對潔絲這麼說，潔絲也點了點頭，我們兩人拔腿就跑。

——別死啊。

我透過潔絲這麼傳達，便聽到諾特一如往常的冷淡回應在腦內響起。

——你們也是啊。

劈開火焰的雙劍聲響已經離我們十分遙遠。

像大樓一般高的岩塊下半部有一條鋪設好的螺旋狀道路，可以爬向上方。雖然有幾扇堅固的門，但那些門都很漂亮地遭到破壞。雖然已經做好覺悟要面對各種難關，但我們只需要沿著陡峭的坡道飛奔而上就好。

不過，潔絲的腳步愈來愈沉重。

（怎麼了，要休息一下嗎？）

即使我這麼詢問，潔絲也是搖搖頭，

「不要緊的，我會加油。」

然後只看著前方。她蹙起眉頭，一心一意地邁步前進。

看到她那模樣，我有一種不協調感。雖然潔絲看起來是個惹人憐愛的少女，但她意外地有腳力，也具備能夠持續長途徒步旅行的體力。並不是在她臉上能看見疲憊的神色。

奇怪的是她的走路方式。她走路稍微呈現O型腿，雖然在爬坡道，但她膝蓋的彎曲伸展度看起來很保守。

（等等，妳先停下來。）

我先行擋在潔絲前面，用身體強制她停下腳步。

潔絲這下才總算停止前進——然後她直接重心不穩，跪倒在石板道路上。

（喂……這不是不要緊吧，妳哪裡受傷了嗎？）

潔絲抿緊嘴唇，將膝蓋併攏，用長袍衣襬蓋住雙腳。

「受了點傷……但是沒問題的。」

我們互相對視。我無法聽見潔絲的內心聲音。她真的不要緊嗎？

我的直覺告訴我不是不要緊。

（讓我看看。我來判斷是否可以就這樣繼續走下去。）

我用強硬的語調這麼說道，於是潔絲點了點頭，將腳朝向這邊。她揮開伊維斯的長袍後，緩緩地打開膝蓋。

燙傷得非常嚴重。

從膝蓋內側到大腿的肌膚被燒爛成鮮紅色。沾滿血的膝上襪黏在傷口上，白色布料滲出鮮豔的紅色。

我啞口無言。這是我差點變成烤全豬時的燒傷吧？火焰從沒有完全扣緊的長袍前方入侵，燒傷了潔絲的腳。明明身受這種重傷，她卻假裝沒事的樣子，一路走到這裡來嗎？真是超乎常人的意志力。

（這根本不是不要緊吧？快點治療吧。）

是因為痛楚嗎？潔絲總算像個十幾歲少女似的濕了雙眼。

「可是我……就算能夠治癒豬先生，也無法治癒自己。」

她放棄般的聲色讓我猛然驚覺。

對了。所謂的治癒魔法從原理來看，是非常高難度的技術。倘若沒有想要治癒這個人的強烈念頭，縱然是魔法使，也很難實行。

（那該怎麼做……）

我一邊說，一邊用好像要陷入恐慌的腦袋思考著。雖然只是急救措施，但請潔絲製造出繃帶比較好嗎？但是傷這麼深的話，說不定繃帶會黏在傷口上，造成反效果。首先用流水清洗傷口，傷口再塗軟膏——可是，軟膏的成分是什麼啊？

有沒有什麼辦法能讓傷口癒合？該怎麼做才能幫助潔絲？

「……豬先生。」

潔絲摻雜著呼吸的聲音讓我抬起頭來。

「那個……………雖然這願望有些厚顏無恥……」

潔絲將打開的膝蓋對著我張得更開。

「能請您摸一下嗎？」

我還以為我聽錯了，僵硬在原地。

（咦……？）

潔絲染紅臉頰，小聲地咳了兩下清喉嚨。

「不，那個，我不是那個意思，我是說傷口……」

當然我不是誤會成那個意思，但我這時才總算察覺到潔絲的意圖。

這裡是深世界。是願望會具體化的神奇國度。

我前進到張開的雙腳之間。我抬起前腳，輕輕觸摸潔絲的膝蓋。

隨即發生了令人驚訝的事情。燙傷從我觸摸的地方開始像假的一樣消失。柔軟的白皙皮膚彷彿波紋擴散開來似的開始覆蓋住傷口。

我觸摸另一隻腳，那邊也在轉眼間回復了。這就是願望的力量。

（……好像魔法一樣。）

我這麼低喃，潔絲輕輕地將手放在我頭上。

「是魔法喔。這是豬先生非常重視我的證據。」

美麗的褐色眼眸筆直地看著我。

「……謝謝您。」

潔絲一邊很高興似的笑著，一邊像要壓在我身上似的抱緊了我。

我一邊被美少女的四肢緊抱住，一邊開口說道：

（非常重視妳這種事不是理所當然的嗎？妳可以聽見我內心的聲音吧。）

潔絲搖頭的振動隔著潔絲的身體傳遞過來。

「就算能聽見內心聲音，也不曉得那是否……是真心話。」

雖然潔絲昨晚指謫了我麻煩的地方，但我覺得潔絲其實也挺難搞的。

「好了，我們走吧。」

潔絲站起身來。雖然襪子上還沾著血，但傷口已經完全治癒，雙腳好像也能穩定地活動了。

（走吧。要快點找出馬奎斯。）

我們再次互相對視，然後面向坡道前方。

我們前進到能到達的範圍後，來到用細小正方形的石板鋪路的廣場。巨大到像山一般的岩塊坐鎮在廣場上。除此之外只看到粉碎的石材等散落一地。

「看來這裡果然曾經有什麼建造物呢。」

即使曾經有，現在也被岩石壓扁就是了。

（雖然已經遭到破壞，但路上的防禦很堅固。以前應該有城堡吧？）

「不知道是否有哪裡還殘留著地牢等構造呢？」

（那種可能性感覺很高啊。）

問題在於假設地下有構造，但要從哪裡怎麼進入才好。

我們沿著像城堡那般巨大的岩石周圍走動並探索。雖然潔絲提議要不要華麗地爆破地面，但我制止了她，因為這姑且是別人的內心，應該避免做些太引人注目的事情比較好。

我們沿著石板廣場走了一陣子後，碰到一個凹陷下去在地面開了大洞的場所。

（這看來很可疑啊……畢竟是在岩山上，一般來說地基應該不會凹陷才對。）

「這表示底下有什麼人為挖掘出來的構造嗎？我們看看裡面吧。」

潔絲變出光球，將光球拋到漆黑的洞穴中，照亮了裡面。看來似乎有狹窄通道般的構造。

「去看看吧！」

（怎麼去？）

「請交給我辦，如果只是放慢掉落的速度，我也辦得到。」

潔絲蹲下來後，朝我張開雙手，說：「過來吧。」

馬麻抱抱。我像被吸引過去似的靠近潔絲。

潔絲的雙手包覆住我的瞬間，我從後面被魔力推動，跟潔絲一起掉落到洞穴裡面。彷彿負加速度發揮作用一般，我們慢慢減速。最終我們緩緩著地了。甚至有餘力去充分享受壓在我臉頰上的柔軟胸部。

「原來您一直很享受呀……在我努力使用魔法的時候……」

潔絲點亮光球，她看來有些不滿的側臉在黑暗中被照亮成白色。

（感覺非常棒喔。）

雖然被看了內心獨白，但我反倒光明正大起來。潔絲一臉難為情似的移開視線，

「……謝謝您的稱讚。」

她這麼低喃了。居然原諒我了。

天花板已經崩落，能前進的方向只有一個。我們離開凹陷的場所，沿著只是挖開岩石的狹窄地下通道前進。說到能依靠的光芒，就只有潔絲變出來飄浮在周圍的幾顆光球。

地下被一種安詳的靜寂籠罩著。我們沿著變成下坡的一條直路前進，結果突然來到寬敞的空間。說它寬敞也只是相對之下的評價，天花板的高度只要潔絲伸手就能碰到了。路寬大概是能夠三個人並肩行走的程度。道路兩旁並列著狹窄的房間，入口被看來很牢固的鍍金柵欄給堵住。

然後那裡充滿著濃密的腐臭——也就是死亡的氣味。

潔絲用袖子摀住鼻子，屏住呼吸開口詢問：

「會是地牢嗎？」

我靠近附近的牢房，窺探著裡面。發現到回看著這邊的東西，我嚇得立刻倒退。

是屍體。已經變成木乃伊，四處露出白骨的遺體在狹窄的岩窟地板上蜷縮成一團。手腳還掛著快剝落的鍍金腳鐐手銬。

（好像是啊。）

看不見變寬廣的道路前方。潔絲讓光球變得更明亮，緩緩地向前進。這些實在小到不適合生活的單間牢房裡，都收納著以各自不同的姿勢斷氣的遺體。光球伴隨著我們的步伐前進時，並列在兩旁的無數柵欄朦朧地散發出金色光芒。

「用特殊魔法鍛鍊出來的金，具備一定程度的魔法抗性。這裡說不定是魔法使專用的牢獄。」

在堆積如山的屍體包圍下，潔絲冷靜地這麼分析。我心想她變堅強了呢。

雖然不是能在前方看見什麼，但有一種宛如緊張感的東西逐漸繃緊的感覺。我跟潔絲互相對望，點了點頭。

我們確實在靠近什麼。

飄散著一股刺鼻的惡臭，被死者的靜寂籠罩的地牢。在彷彿就連光芒都會吞沒的黑暗中，我們憑著堅強的意志往前進。

我們通過數十間牢房前，總算可以看見盡頭也有金柵欄。這邊的柵欄感覺特別堅固，還朝著牢房內側突出銳利的刺。黏在柵欄上的血反射著潔絲發出的光，閃耀著紅黑色光芒。

那裡有什麼。潔絲也有這種直覺嗎？我們很自然地同時加快了腳步。

我們在柵欄前停下腳步，戰戰兢兢地窺探裡面。關在特別單間牢房裡的不是木乃伊。還留有血色的高大男人虛弱無力地倒在地板上。雖然穿著紫色的高貴衣服，但他的金髮十分凌亂，蓋住了臉龐。從衣袖露出的手腕消瘦許多。

「那個……」

潔絲小聲地搭話，便見男人的肩膀抽動了一下。

他緩緩地抬起上半身，用凹陷的眼睛看向這邊。灰色眼眸凶狠地散發出充滿攻擊性的光芒。

憔悴到讓人認不出來的身影。

但在那裡的男人無庸置疑地是昔日最強的國王——馬奎斯。

陡峭的懸崖上隱藏著只有王家的人才能打開的入口。我們擺脫王朝軍的追蹤，順利地進入了王都。雖然進入王都的時間比預定早許多，但這並不是什麼壞事。

王都的地下宛如迷宮一般錯綜複雜。我們排成一排沿著彷彿坑道的狹窄通道前進。瑟蕾妹咩不知是在意什麼，她用一隻手牢牢按住身後的裙襬，毫無破綻。我一邊看著她的小腿肚，一邊走在她後面。

走在瑟蕾妹咩前面的是奴莉絲妹妹與兼人小弟，更前面是巴特小弟和茲涅妹咩，然後由王子帶頭率領隊伍。架著十字弓的約書小弟在我後面負責殿後。因為大斧在狹窄的通道上無法發揮威力，所以除了王子之外，最能成為戰力的就是約書小弟了。

以結果來說，讓約書小弟排最後面是正確的。

約書小弟的耳朵很快地聽見了幾個人追蹤過來的腳步聲。

「好像有王都居民來了。瑟蕾絲，妳能讓他們稍微後退嗎？」

聽到約書小弟這麼說，我迅速地出主意。

（對方也能使用魔法。同時奪走他們的視線和雙腳，擾亂他們吧。）

瑟蕾妹咩認真地點了點頭，迅速地將手貼在地板上。透明的水從她小巧的手底下不斷湧現出來。那些水冒出像是浸泡了乾冰時會有的白煙。流動的水滑順地覆蓋階梯的表面，此外還有濃霧在同時逐漸充斥通道。瑟蕾妹咩的雙眼使勁地一瞪，腳邊的水便像連鎖反應似的開始凍結。

這是用霧奪走注意力，讓對方疏忽腳邊的作戰。

可以聽見用跑的靠近這邊的腳步聲之一在遠處滑了一跤摔倒的聲響。這是條狹窄的通道。從迴盪過來的聲響中，可以知道他連累同伴一起掉下去了。

瑟蕾妹咩以前是阿諾的專屬治療師，但自從卸下項圈後，她也變得能進行簡單的支援。即使是這麼柔弱的身體，戰力也相當於訓練有素的士兵兩人份。

約書小弟點了點頭後，引導我們稍微爬上階梯，然後他朝著後方冷靜地射出一根箭。是藉由王子的魔法賦予了強力爆炸力的箭。箭一刺入天花板的岩石，便散發出炫目的閃光然後炸裂。崩塌的岩石徹底堵住了狹窄的通道。

「喂！只有這一條直路喔！斷了退路要怎麼辦啊！」

從前方傳來茲涅妹咩向約書小弟抗議的聲音。

「別動不動就抱怨啦。來的是王都居民。他們並不是有罪的人，所以我不想跟他們戰鬥。」

「像平常那樣弄昏他們不就好了。」

「對方說不定是魔法使。假如要戰鬥，必須確實殺掉他們才行。」

雖然身為姊姊的茲涅妹咩是個戰鬥狂，但身為弟弟的約書小弟則是理性派。兩人都對王朝抱有強烈的怨恨，但約書小弟會好好地選擇要殺害的對象。不知道是否受到他會以適當的方法將瞄準的對象確實收拾掉的戰鬥風格影響呢？

只不過，這不是該大肆稱讚的行為。在我們的生命岌岌可危的現在，實在沒有餘力去講究打倒敵人的方式。這邊應該殺掉所有追兵，確保退路才對。

之所以這麼說，也是因為在這條直路前方的空曠地下空間，有全副武裝的王都居民在等著我們光臨。王子在通道上停下腳步，一聲不響地向我們打暗號。

似乎是多虧有用魔法彎曲光線觀察前方，才能在被發現前停下來的樣子。

——該怎麼做才好？

王子用綠色眼眸從前頭注視著這邊。他的眼中滲出強烈的不安神色。畢竟他身為最熟悉這塊土地的指揮官卻來找我商量，可見情況相當緊急吧。他也是想極力避免戰鬥和殺生的類型。

（看是要挖開堵住的道路回頭，或是直接突破這個空間，只能二選一了吧。無論如何，都無法避免一戰。）

──這樣啊。

原本冷靜行動的王子，視線動向瞬間變可疑了起來。約書小弟他們目不轉睛地注視著王子。王子沒有做出決斷。我心想這可不行。

（並不是無法戰勝的對象。選擇正面突破比較好吧。這場所十分陰暗。用魔法轉移敵人的注意後，首先請修拉維斯先生與約書小弟上場。請你們用遠距離攻擊盡可能地處理掉敵人。）

王子用緊張的表情點了點頭。約書小弟在後面比出ＯＫ的手勢。眾人似乎會共有我的念頭，因此我簡潔地宣告後續。

（等看起來能轉移到近身戰後，就請茲涅妹咩上場。修拉維斯先生請一邊掩護她一邊戰鬥。我跟瑟蕾妹咩也會躲在這條通道上，盡可能地進行支援。不小心遭受到攻擊時，奴莉絲妹妹會幫忙治癒，所以請回到這裡來。）

──我明白了。

王子雖然這麼傳達，但他還沒有要動作的樣子。約書小弟跟茲涅妹咩一聲不響地移動到王子那邊。

這裡是只有一條通道的地下，也是敵人的根據地，我們已經無路可退了。是因為這個緣故嗎？王子看來動搖得相當厲害。

我能做的事情並不多。我走近王子，開口鼓勵他。

（這是能獲勝的戰鬥。讓我們確實獲勝吧。）

王子雖然點頭同意，但他用求助般的眼神看向這邊。

──假如輸掉了……我會在這裡孤獨地死去嗎？

這實在太令人驚訝了。在這裡的不是繼承了最強之血的魔法使，而是畏懼著命運的一個少年。

（您在說什麼呢？要是輸掉了，我們也會跟著陪葬。請您振作一點。）

──說得也是……

待在空曠空間裡的其中一人的腳步聲逐漸靠近這邊。情況刻不容緩。

約書小弟朝著聳立在地下空間對面的牆壁射出會炸裂的箭，戰鬥開始了。我們的所在處很快就被發現，轉移到第二階段。

看來敵兵數量似乎比想像中還要多。作為主要戰力的三人不斷打倒接連湧現出來的士兵們。怒吼、閃光、爆炸聲。挖開岩石打造出來的地下空間在轉眼間變成血腥的戰場。

我們只能藏身於狹窄的通道上，觀察戰況。

約書小弟被推回我們所在的通道上了。

「不妙啊，數量太多了。」

約書小弟一邊用金色的蛇眼看著飛揚的塵土之中，同時將箭搭到十字弓上。

在混戰之中，響起「嘎鏘」一聲的巨大聲響。

「──！」

約書小弟發出不成聲的聲音。是茲涅妹咩的大斧掉落到堅硬岩石地面上的聲響。塵土逐漸消散，可以看見她失去意識，被王子扶著的身影。

「你們這群傢伙！」

傳來王子的吶喊聲。戰場有一瞬間變得鴉雀無聲。

可以看見鮮血彷彿綻放大朵紅花一般，從茲涅妹咩的胸口蔓延開來。王子一邊用單手抱住她，同時讓雙眼炯炯發光。

「何等膽大包天，竟敢反抗繼承神之血的我嗎！」

接著發生的當真是一瞬間的事情。架著武器的敵兵們的頭一口氣破裂了。雖然是個陰暗的空間，但能看見大量鮮血飛濺到白色岩石上。是照射了什麼強力的微波嗎？能見範圍內的所有士兵都失去頭部，彷彿噴水池一般噴出鮮血，同時接連倒下了。

王子已經火冒三丈，面目凶狠到讓人擔心他的頭會不會也跟著破裂。

在我重新體認到魔法使這種存在有多麼可怕的同時，我在少年身上看出他可能成為殘忍國王的一絲跡象。

戰鬥就跟開始時一樣突然地平息下來了。雖然我覺得應該先確認是否安全，但奴莉絲妹妹慌張地從通道衝了出去，飛奔到茲涅妹咩身邊。

照那種出血量來看，應該以治癒為最優先是沒錯，然而敵方一直源源不絕地把士兵送進這裡，卻突然停止了供給，讓我有種不協調感。

（危險還沒過去。一邊警戒周圍，同時一起觀察情況吧。）

我向約書小弟這麼傳達，兩人一起離開了通道。

像小型體育館一般大的地下空間化為了悽慘的現場。目前倒在地面上的敵兵們明確地斷氣了。有些沒了頭、有些身體被斷成兩半，已經看不出原本的面貌。

對面的牆壁接續著幾條較為寬敞的通道，敵兵應該是從那裡前來的吧。明明沒有堵住，為何敵兵沒再出現了呢？

果然不能大意。

當我將視線看向上方的瞬間，可以看見一個餘黨從那裡掉落下來。他筆直地前往王子所在的場所。動作實在迅速。雖然我發現他不是掉落下來，而是瞄準那個地方跳下去的，但我發現時已經太晚了。

王子的頭被咚一聲地施加強烈的打擊。王子倒下的身體被掉落下來的男人緊緊地掐住脖子。奴莉絲妹妹大吃一驚地跌倒了。

從對方披著可以融入白色岩石的迷彩披風這點來想像，他應該一直緊抓著天花板吧。從那裡跳下來還能四平八穩地站著，實在非比尋常。是個將黑髮整齊地剪短、容貌看來嚴格且誠實的中年男性。他的雙手被黑色鱗片覆蓋著。

約書小弟在一旁倒抽了口氣。

是龍族（拉契爾堤）。能夠在瞬間發揮出宛如龍一般的身體能力，非常稀有的血統。雖然不像狹義的魔法使那般少，但我聽說在這個梅斯特利亞幾乎沒剩幾個人。

我是第一次看見茲涅妹咩與約書小弟以外的龍族。

「老爹……？」

約書小弟像靈魂被抽離似的吐出這樣的聲音。

老爹——也就是說他是這對姊弟的父親嗎？我曾聽說他以前待在王朝軍，但想不到居然會在這種地方出現。

茲涅妹咩跟王子被奪走，但我們束手無策。

從對面的通道湧進一群士兵，身為龍族的男人用金製腳鐐手銬封住王子的手腳，輕鬆地扛起王子的身體。他看也不看倒在地面上的茲涅妹咩。他當真是姊弟的父親嗎？

男人用低沉的聲音簡短地對周圍的士兵發出指示。

「撤退。別管那些小嘍囉。我們的目標只有王子而已。」

身為龍族的男人在離開之際，從腰上弄掉了什麼東西。

「為何你們會在這裡？」

朝我們發出的聲音，沙啞到讓人感覺他是不是好幾個月都沒喝水了。

謝謝你的歡迎問候語。

（首先請容我確認一下。這裡不會被暗中活躍的術師看見吧？）

馬奎斯一臉疑惑地看了我一陣子。然後他緩緩地重新坐到地板上，盡力讓消瘦的身體擺出不可一世的姿態，靠在牆壁上。那種彷彿華爾街的幹練證券營業員一般「能幹男人」的感覺完全不見蹤影，那瘦弱的身軀只殘留著傲慢與壓迫感。

「你們連那種初步的事情都不曉得，就跑到這裡來了嗎？」

原本是打算在妖精沼澤確認這件事啦。儘管對他不合作的態度感到不爽，但我仍冷靜地繼續提出問題。

（這麼確認是為了以策萬全，所以請你老實地回答。我們來到這裡的事情有可能被那傢伙知道嗎？要是被知道，待在梅斯特利亞的修拉維斯說不定也會有危險。）

馬奎斯像在嘲諷似的笑了笑後，回答我的問題。

「那個老糊塗不會注意到你們。這裡是那傢伙的內心。你能看見自己的內心發生什麼事嗎？」

我已經從菲琳那裡得知了這件事。心靈的主人無法從梅斯特利亞窺見伊維斯稱之為牙城的這個場所。

不過，那時還有沒問到的事情。

（就算暗中活躍的術師無法直接看見這裡，但他應該能與你接觸吧？）

馬奎斯雖然露出厭煩的表情，仍微微收起下顎，點了點頭。

「不過那僅限於那傢伙把我叫到那邊的時候。要將靈魂召喚到現實，需要足夠強烈的願望。那傢伙平常只要擁有我的權力與魔力就滿足了。他幾乎不會期望與我交流。」

——派烤好時我會被外子叫出去。明明我沒辦法吃……

我想起菲琳所說的話。我無法理解「被叫出去」這種形容的意思。因為待在梅斯特利亞的期間，我從來沒有過那種感覺。

不過，詢問馬奎斯後，有件事可以弄明白了。一般來說，靈魂是從內心被叫出去後才會在梅斯特利亞那邊出現，變得能與心靈的主人交流。然後，這個過程需要心靈主人的願望。

（也就是說，你基本上是一直待在這個牢獄，暗中活躍的術師看不見也聽不見你，是這樣沒錯吧？）

「沒錯。除非那個老糊塗希望把我叫到那邊去。」

原來如此。

響起了一直缺少的那片拼圖嵌入的聲響。

自從潔絲成功行使靈術後，變成靈魂的我也一直在梅斯特利亞陪伴著潔絲。所以我甚至認為那樣是理所當然的。

但是，其實並非如此。

聽到菲琳那番話時的謎題解開了。

為何我明明是附在潔絲內心的靈魂，卻沒有看過深世界——沒有看過潔絲的牙城之中的景色呢？

答案非常單純明瞭。

因為潔絲一直片刻不離手地把我放在她身旁。因為潔絲期望我可以一直陪伴著她。

「不，我是，那個……………」

是看了我的內心獨白嗎？潔絲咕噥幾句後咳了兩聲清喉嚨，改變話題。

「馬奎斯大人。我們是跟修拉維斯先生事先商量好，才來到深世界拯救馬奎斯大人的。修拉維斯先生會以明天早上抵達為目標，從梅斯特利亞那邊前往王都。」

即使告訴他計畫，馬奎斯也幾乎沒有反應。潔絲接著說道：

「等我們讓馬奎斯大人從這個牙城越獄後，暗中活躍的術師先生的魔法就會弱化，修拉維斯先生會趁這個機會給他致命一擊。」

馬奎斯暫時面無表情地觀察我們後，張開他乾燥的嘴唇。

「要是被小丫頭跟豬拯救，便不能稱為王了啊。」

這實在太搞不清楚狀況的發言讓我火大不已。

（你在說什麼啊？要是你不從這裡越獄，修拉維斯就打不贏，梅斯特利亞也會跟著完蛋。請你捨棄無謂的自尊，協助我們。）

「這樣啊。」

是因為長期被放置在牢獄裡的緣故嗎？馬奎斯的回應像老人一樣遲緩。

「光憑我一個人，已經沒有任何能辦到的事了——這就是現狀。既然是為了收復王朝，就協助你們吧。」

然後他像在自嘲似的笑了。

「有方法可以離開這間牢房的話。」

聽到他這麼說，潔絲看向我。

「被黃金守護的這個鐵柵欄……不知我能破壞它嗎？」

（只能試試看了。）

潔絲將雙手比向金屬棒的一點，嗯一聲地使勁。什麼也沒發生。

「……沒用的。這裡是暗中活躍的術師內心。只要牢獄是作為牢獄使用，就不可能靠力量破壞那個牢籠吧。」

「怎麼會……」

潔絲不知所措地再度看向我。

「該怎麼辦呢？」

（來思考看看吧，應該還有時間可以嘗試幾個方法。）

不過，就算要思考，擺在背後的沉重黑暗，還有從各處飄散過來的屍體腐臭都擾亂著我的思考。我無法集中精神。

我們試著撞擊金屬塊、讓它冷卻或加熱，嘗試了所有能想到的方法。但都沒有用。是使用了太多次魔法嗎？汗水從潔絲的側臉滑落。

「有一個方法。」

依舊坐著的馬奎斯用緩慢的動作將身體傾向這邊。他突然很快地舉起手，將手心一口氣刺入從柵欄朝內側突出的銳利尖刺。

「——！」

可以知道潔絲在一旁倒抽了口氣。我也忍不住瞬間閉上了雙眼。

「蠢貨。你們看清楚。」

被他感到厭煩似的聲音這麼催促，我看向馬奎斯的手。他的手應該確實地被尖刺貫穿了，卻依然毫髮無傷地偏移到尖刺旁邊。

（沒刺進去……？）

「我不僅被封印住魔力，甚至就連傷害自己也辦不到。不過，如果是此刻在這裡的你們，應該能傷害到我吧？」

馬奎斯在牢房中將一隻手遞向這邊。他的手瘦到剩皮包骨，白皙肌膚乾燥變得乾燥粗糙。看到他用眼神示意，潔絲戰戰兢兢地將手伸進柵欄縫隙間，碰觸馬奎斯的手。

確認能夠碰觸到彼此後，馬奎斯不帶感情地收回了手。

「事情很簡單。在這裡殺掉我。只要我死了，暗中活躍的術師就會失去我那一份魔力。如此一來，那傢伙就根本不是修拉維斯的對手。」

原來如此——正當我這麼心想時，潔絲在旁邊用力搖了搖頭。

「不行，我辦不到！我們是來拯救馬奎斯大人的！」

「那就拯救我吧。」

灰色眼眸壞心眼地發亮。

「辦得到的話。」

你這人為什麼動不動就一副高高在上的樣子啊？

（把你的身體分解成幾個部分，從柵欄縫隙間一個一個拿出來如何？然後使用魔法在這邊重新組合起來。）

我試著這麼提議，便見馬奎斯露出讓人心裡發寒的冷笑。

「有意思。辦得到的話就試試看吧。」

我看向潔絲，只見她蹙起眉頭搖了搖頭。從潔絲的感情來看，就憑潔絲的魔法是無法切割馬奎斯的身體吧。

那該怎麼做？豬的下顎有足以粉碎馬奎斯身體的力量嗎？還是叫諾特來幫忙砍他呢？

……不過，潔絲真的有辦法組合這個男人嗎？把切斷的部分連接起來也是某種治療行為。治癒是高難度的魔法，倘若行使魔法者的希望不夠強烈，是辦不到的。一個搞不好，可能會在這裡不小心殺掉馬奎斯。

「別提那種辦不到的提議。乖乖地服從我的命令吧。」

即使身在牢房之中，他不可一世的態度仍舊不變。

（請你稍微閉上嘴。我再思考一下。）

「我有多到用不完的時間。就等你們吧。」

雖然不小心對國王失言了，但馬奎斯只是露出大膽無畏的笑容。

消瘦的國王這麼說，將背靠回了牆壁上。

「豬先生，雖說我們還有時間，但諾特先生他還在戰鬥，修拉維斯先生應該也在某處一邊暴露於危險中，一邊等著我們才對。趕緊想出辦法吧。」

（說得也是，這關係到他們的性命啊。）

馬奎斯的眉毛抽動了一下。

「那個愚昧的劍士也來到這裡了嗎？」

雖然諾特的確不是個聰明人，但聽到他被這個男人說愚昧，實在讓人不爽。

（雖然他不愚昧，但他也來到這裡嘍。）

「是嗎，那叫他過來就行了。」

雖然我隱約注意到了，但現在的馬奎斯似乎不具備讀心能力。否則在我思考關於諾特的事情時，他應該就能察覺諾特也在這個世界。

笨蛋、笨蛋！你踐什麼踐啊，明明在這裡什麼也辦不到！等我回到梅斯特利亞，我就要盯著你老婆的小褲褲看個夠啦！

馬奎斯完全沒有注意到我的內心獨白。不過，我身旁有潔絲在。最後那句話好像不太妥當，潔絲她冷眼俯視著我。

（雖然找諾特來的話，選項應該會變多，但他正在幫忙讓那個怪物遠離這裡，要是他過來這邊，情況會很不妙啊。我們會遭到怪物襲擊，感覺連肝臟都會被燒掉。）

為了分散潔絲的注意力，我這麼說道，潔絲隨即點頭同意。

「說得也是呢。以懲罰來說，火力實在過強了……」

原來她打算懲罰我嗎……

先不提這些，目前無計可施。只有時間徒然流逝。目標是明天早上。我想在日出之前確定逃脫方法。畢竟諾特的體力大概在減少，而且修拉維斯也在等著才對。該怎麼做才好？

就在我感到苦惱的時候。

突然有強烈的光芒從瞳孔照射進來，我反射性地閉上眼睛並趴了下來。衣服的摩擦聲讓我得知潔絲也在旁邊蹲下了。

發生什麼事了？總之我微微睜開眼睛，想掌握情況。只見我們突然移動到了眼熟的場所。是金之聖堂。

雖然感覺很耀眼，但只是高掛在天花板上的好幾座水晶吊燈點亮燈光，彩繪玻璃的外面似乎還是夜晚。因為地牢過於陰暗，這種明暗差才會讓我感到目眩吧。我趴倒在幾何學圖案的大理石地板上。

豬的視野捕捉到退到後方的潔絲。我連忙往後退，跟潔絲一起躲在石棺的陰影處。

那裡正好放著伊維斯的棺材。

我從陰影處只探出臉，看向金之寶座。只見有著好氣色的馬奎斯坐在那裡。憔悴消瘦的馬奎斯倒在他的腳邊。

我試著用豬蹄摩擦看看微微堆積在地板上的塵埃。地板上沒有留下任何痕跡。即使潔絲用手指碰觸地板，結果依舊相同。我們跟這個世界互不干涉。

我理解了現狀。這裡並非牙城之中。看來我們似乎是受到馬奎斯的影響，以靈魂的狀態被召喚到梅斯特利亞。

暗中活躍的術師無法得知自身牙城的內部狀況。他是想叫出馬奎斯，卻不小心把我們也拉到這邊來了吧。幸運的是那傢伙看來沒有注意到這邊的樣子。他應該不會想到自己的內心居然被人從外部入侵才對。

「給老夫抬起頭，小伙子。老夫讓你看好東西。」

寶座上的馬奎斯這麼說了。

不，這不是馬奎斯。而是奪走了馬奎斯身體的暗中活躍的術師——是我們必須打倒的最凶殘的國王。

地板上的馬奎斯抬起頭來。與此同時，我目擊到暗中活躍的術師打算讓馬奎斯看的東西。怎麼會——

「修拉維斯！」

我第一次聽見馬奎斯驚慌失措的聲音。

手腳被戴上金製腳鐐手銬的修拉維斯躺在比寶座矮了幾階的地板上。雖然沒有太嚴重的傷勢，但他的臉和手腳都被零碎的小傷給弄髒，他的眼神透露出放棄的神情。

為什麼？他沒等這邊打暗號嗎——還是說，我們動作太慢了呢？

「真哀傷啊。不管你怎麼吶喊，都不會傳遞給這個小毛頭。但倒是能把這個小毛頭的吶喊傳遞給你喔。」

最凶殘的國王將右手伸向前方，只見修拉維斯的身體開始激烈地抽搐。他是在忍受痛苦嗎？含混不清的呻吟聲從他的喉嚨吐出。

「請你住手！求求你！放過修拉維斯吧！求求你！」

從天花板響起女性的聲音。我和潔絲也跟馬奎斯在同時抬起頭看向那邊。

是維絲。她的手腳被綁住，彷彿晴天娃娃一般用一條繩子吊在高高的天花板上。沒有固定住橫向扭動的東西，因此她彷彿櫥窗裡的裝飾品一樣不斷地緩慢旋轉。

術師的嘴看似滿足地笑了，彷彿能聽見嘿嘿嘿的笑聲。讓國王倒在腳邊、將王妃吊在頭頂上，還有把王子放在前方，彷彿想說「復仇在我」一樣。

「王家的倖存者這下就到齊了嗎？你們就儘管享受最後一次的全家團聚吧。」

暗中活躍的術師猛然從寶座上站起來，走到修拉維斯身邊。他回頭看了一眼發出悲痛叫聲的維絲後，狠狠地踢向兒子的腹部將他踹飛。

修拉維斯連一聲都沒喊地在地上翻滾。身為靈魂的馬奎斯束手無策，只能將手拄在地板上激動地喘息。就跟我之前無法碰觸潔絲一樣，馬奎斯也無法碰觸暗中活躍的術師。

維絲不斷地用沙啞的聲音懇求著。

潔絲的手放到我的背上。她顫抖個不停。可愛的臉龐整個蒼白起來，彷彿因恐怖和絕望被抽離了靈魂一樣。

——不要緊的。總會有辦法。我會想辦法。

我在內心這麼向她傳達，我的思考卻彷彿凍結住一般動也不動。既然修拉維斯被捉住了，那其他人在哪裡？明明就連馬奎斯也束手無策，我們究竟又能辦到什麼？

暗中活躍的術師不停用父親的腳踹著修拉維斯的肚子，直到他吐血為止，最後還朝他吐了口水。修拉維斯沒有要抵抗的樣子，他看來精疲力竭，身體偶爾會突然抖一下。

「看到王家的人顯露出絕望的神情實在愉快。不過，老夫也有想盡早完成復仇這個夙願的念頭。雖然一直想取他性命，但老夫並非對這個小伙子有直接的怨恨。」

術師踩住修拉維斯的頭，讓他轉頭將臉面向上方。

「最後來講講往事吧。那是老夫還是個小伙子時的事。」

在安靜的聖堂裡，只迴盪著修拉維斯彷彿被勒住喉嚨一般的不祥呼吸聲，以及從維絲口中發出的悲痛聲音。淪落成靈魂的馬奎斯什麼也辦不到，只能從地板上瞪著自己的身影。

「老夫的故鄉是叫做波茲皮姆的美麗城市。石造的房屋排列成漂亮的圓形，位於中心的神聖岩山上聳立著在梅斯特利亞北部被譽為史無前例的雄偉城堡。」

我想起我們剛才通過的城市。被不會熄滅的魔法火焰燒光的城市。被丟了巨大岩石，毀得蕩然無存的城堡。

「雖然處於暗黑時代，波茲皮姆仍被溫柔且偉大的國王統治，是個極為和平的都市。沒錯，國王儘管代代都操縱著強力的魔法，但絕不好戰，十分憐愛民眾。一直在旁效勞的老夫都這麼說了，不會錯的。」

術師對著自己用腳踩住的王子的臉，宛如講童話故事給他聽般，用非常溫和的語調述說著。

「愛好和平，但隱藏著強大魔力的國王。沒有任何人試圖攻擊被那位人物守護的波茲皮姆——直到叫做拜提絲的年輕女人出現為止。」

暗中活躍的術師用那個拜提絲的子孫之眼睛轉頭看向祭壇。祭祀著拜提絲的祭壇。

「原本沒沒無聞的那個女人不知何故增強了力量，逐漸得勢。她被只要有魔法使存在，戰爭就不會消失這種受到詛咒的思想給附身，對於不跟自己結盟的魔法使，彷彿要捏碎黏到衣服上的塵蟎一般，見一個殺一個。」

暗中活躍的術師緩緩吐了口氣後，將視線拉回修拉維斯身上。

「吾之主人不贊同拜提絲的思想，但他沒有單方面反抗，而是試圖保持中立。然而就在某一晚，像山一般大的岩塊從天而降，打破了守護魔法，在一瞬間毀滅了波茲皮姆的城堡。」

暗中活躍的術師的語氣漸漸變強烈起來。

「城市被無法撲滅的大火包覆，幾乎所有居民都燒死了。到朋友家作客的老夫用微薄的魔法保護他們一家人，九死一生地逃離了波茲皮姆。老夫雖是小嘍囉，但唯有隱遁魔法的本領甚至勝過主人。結果，當時徹底逃離了拜提絲的殲滅網。」

我一邊聽著他說的話，同時感到不寒而慄。無論怎麼想，這個男人和這男人的主人都沒有錯。他們只是保持中立，想和平地生活不是嗎？我絲毫無法理解為何拜提絲非得毀滅波茲皮姆這個城市不可。

「拜提絲循著魔法的痕跡固執地追殺老夫這些人。大概是把自己以外的魔法使一個不剩地收拾掉這種使命驅使著她吧。不過老夫多虧有朋友當替身，成功地讓拜提絲以為老夫已經死了。隱遁的魔法才能也幫了老夫一把，老夫一直悄悄地看著拜提絲收拾掉其他魔法使，逐步建造出王朝的模樣。老夫成了唯一逃過那女人追蹤的魔法使。然後老夫在暗地裡儲蓄力量，一邊尋求不死的方法，同時等待著適合破壞王朝的日子。」

他彷彿在回想似的停頓一陣子後，又再次說了起來。

「該說你們可憐嗎？你們會遭遇這種不幸，純粹是運氣不好。畢竟開端是因為那個叫諾特還是什麼的砍殺了一個男人，那個男人流著代替老夫逝去的朋友之血脈，是唯一的後代——而且是老夫比誰都照顧，一路栽培過來的男人。」

我想起拚死地飛奔穿過針之森的事情。諾特跟身為耶穌瑪狩獵者的壯漢戰鬥，讓我們兩人逃走的事情。諾特最終在與那個男人的戰鬥中獲勝了。

根據瑟蕾絲所說，那個壯漢——殘忍地殺害了伊絲，因此招諾特怨恨，叫做「大卸八塊的闇王」的男人，正是黑社會的頭目。

然後他也是暗中活躍的術師的愛徒。

祕密的公主返回王都一事，成了王朝崩壞的嚆矢。

「老夫的憎恨不用多說吧，他的手下們也因此團結起來，鬥志昂揚。老夫認為機不可失，於是哄騙叫做亞羅根的可憐寶石商人，成立北部勢力，決定與王朝正面對決。結果就是這個現狀。」

被踩在腳下的王子。變成靈魂，無能為力地倒在地板上的國王。被吊在天花板上的王妃。

「雖然是一場漫長的戰鬥，但那也將在今天結束了。只要殺掉在這裡的王子，老夫再葬送這副身體，可恨的拜提絲之血脈就會斷絕，王朝將劃下句點。燒毀老夫的故鄉、殺害老夫溫柔的主人與竹馬之友所建立起的虛偽和平，一切都會在這裡崩壞。」

暗中活躍的術師用馬奎斯的臉露出微笑，移開一直踩著修拉維斯的臉的腳。

「……老夫怨恨的終歸只是拜提絲一人。就算踢她末裔的小伙子，內心也絲毫無法獲得滿足。」

在一陣可怕的沉默之後，最凶殘的國王冷冷地說道：

「這是老夫能給的慈悲。老夫就停止折磨你的行為，給你個痛快吧。」

在天花板迴盪的不成話語的吶喊聲。看到深愛的兒子即將死在眼前，維絲顧不得他人眼光，大聲哭喊著。

至於馬奎斯則是一副難看的模樣，在地板上用爬的靠近術師那邊。另一個馬奎斯用彷彿在看蟑螂的眼神俯視可憐的父親。

「你想至少在近處見證兒子的死亡嗎？」

淪落成靈魂的昔日最強國王被自身的身體俯視著，他抬起頭來。從未聽過的虛弱聲音讓馬奎斯的喉嚨震動起來。

「我明白……我明白你要說的話了。無論……無論是以何種形式，我必定……必定會贖罪。既然你對我們沒有怨恨，至少……至少放過我妻子與兒子──」

「王子與其母啊。無法讓你們直接聽見實在遺憾，但父親正嗤笑著說隨你便喔。」

是打算重現嗎？最凶殘的國王以馬奎斯的姿態傲慢地高聲大笑。那實在太有模有樣，看起來實在太像馬奎斯本人這點讓人非常悲傷。

我們沒有方法能讓維絲和修拉維斯看見真正的父親的模樣。

「至少最後讓你沒有痛苦地走吧。」

暗中活躍的術師很快地轉過身，與修拉維斯稍微拉開距離站著。響起維絲的尖叫。術師的右手像在瞄準似的比向不會動的靶子——

只能行動了——我這麼心想。

（住手！現在殺了他，你會後悔的！）

我從伊維斯的棺材陰影處衝了出去，筆直地跑向修拉維斯那邊。

「豬……？」

最凶殘的國王那雙可怕的眼睛看向這邊。太好了。他看得見我。聽得見我的聲音。

我的周圍在一瞬間被火焰籠罩。腳下的大理石因高熱而炸飛，灼熱的痛楚從空氣中傳遞過來。但是我——豬的身體依舊毫髮無傷。

火焰消失，感到費解似的眼神看向我。

「居然沒燒起來……？為什麼？」

看來暗中活躍的術師似乎無法讀我的心。應該能擾亂他一陣子吧？

瞬間，背上竄過一陣惡寒。視野好暗。我抬頭仰望，只見有金屬塊覆蓋在我頭頂上。彷彿貨櫃一般巨大，應該有幾百公噸的金屬塊在我還來不及逃走時便掉落下來。

照理說我會被壓扁到蕩然無存。但在金屬塊讓重低音響徹周圍，陷入地板的瞬間，我跟地板與金屬塊都互不干涉，滑溜地從現場被吐了出來。

雖然差點跌倒，但我立刻重新站穩。

（我暫時是無敵狀態。可以請你陪我玩一下嗎？）

豬突猛進！

我朝著最凶殘的國王筆直地衝刺了過去。

彷彿要燒光視網膜的閃光與令人難以置信的爆炸聲轟鳴，瓦礫在周圍飛舞。是朝我發出的攻擊直接命中了聖堂牆壁。但連一粒灰塵都沒飛入我這雙眼睛。

（沒打中喔。）

甚至逼近到他腳邊的我將屁股對著術師，擺了擺捲起來的尾巴。

「豬先生，請趴下！」

在塵土飛揚中，潔絲的聲音從後方響起。

是理解了我的意圖嗎？潔絲朝術師發射出無數光球。刺眼的光球接連炸裂，確實地剝奪他原本就飛舞著灰塵的視野。

我們不過是內心的存在被可視化罷了。雖然無法在物理上干涉暗中活躍的術師，但對方能看見這邊的身影。這是利用了這點，最大限度的擾亂。

「有小嘍囉混進來了嗎？」

他像是丟了飛彈。潔絲所在的地方爆炸。我有一瞬間脊背發涼，但既然我都沒事了，照理說潔絲也沒事才對。

——豬先生，這邊！

在飛揚的塵土中，白光彷彿在揮手似的搖晃著。我飛奔靠近，頓時能看見潔絲的輪廓。

——到外面吧。只是待在金之聖堂裡面的話，要解決這種狀況的可能性太低了。

那傢伙何時會發現我們之所以無敵的理由呢？

我們跨越崩塌的牆壁，來到墓碑整齊並排著的墳場。冰冷的月光在墓碑後面落下昏暗的影子。我們兩人步調一致地飛奔衝進墳場。

轉頭一看，只見堆積黑色岩石建造而成、氣派的聖堂牆壁上開了可能會導致建築物全毀的大洞。從蘊含著聖堂內部光芒的塵土中，一個高大男人的影子走了過來。最凶殘的國王。即使知道沒必要害怕，還是有種豬心嚇得緊縮起來的感覺。

「被最強的魔力追殺的感覺如何啊？腳底下裂開，被死亡邊緣窺視的感覺如何？」

我一邊被低沉的聲音威脅，一邊思考下一步行動。

（這是你的經驗談嗎？）

我從豬嘴盡可能地出言挑釁。

「沒錯。」

最凶殘的國王從煙霧中驀地現身了。與此同時，有黑色東西在我們腳邊蠢動著。我一邊躲開一邊看過去，只見有無數黑手從草地中伸出，試圖抓住我的豬腳和潔絲的美腿。但無論哪隻黑手都穿過了我們的身體。

「為何魔法無效？你們是——」

不妙，會被發現。

這麼心想的瞬間，傳來咻一聲的低沉聲響，暗中活躍的術師停下腳步。一根箭在月光之中、在國王眼前閃爍著銀色光芒。箭的前端確實地捕捉了右邊的眼球，但在還差幾公分的地方完全停止了動作。

箭迅速但正確地反轉方向。金屬軸不祥地散發出紅色光芒。連轉眼間都不到，箭便劃破空氣踏上歸途。疑似狙擊地點的建築物屋頂爆炸，就那樣輕易地全毀了。

能看見希望了。至少還有約書殘留著。如果是有那般實力的高手，肯定會預測到反擊，在射出箭的瞬間移動到其他場所。

傳來了咂嘴聲。術師感到煩躁。就這樣與約書共同戰鬥——

墳場毫無預兆地被黑暗給籠罩。

強烈的腐臭刺激著鼻子。我不曉得發生什麼事，在什麼也看不見的世界中擺出備戰姿勢。潔絲在一旁讓光球浮起，可以看到眼前有金柵欄。

原來如此，看來我們是被送回地牢了。馬奎斯躺在牢房裡。

「咦？奇怪，為什麼……」

潔絲發出動搖的聲音。

（原本就是時間的問題。恐怕他發現了我們是跟馬奎斯同樣的存在。因為會妨礙到他跟約書他們的戰鬥，所以才被送回這裡的吧。）

「……我。」

從牢房裡傳來微弱的沙啞聲。

「……殺了我。快點殺了我。」

不知從哪裡響起不祥的地鳴。牢房的柵欄嘎達嘎達地發出令人不快的聲響。

「殺了我。只要那傢伙的魔力恢復原狀，修拉維斯他們應該也還有辦法一戰。」

「不行，不能那麼做！應該有其他方法……」

「你們看見了吧。要是不早點殺掉我，修拉維斯和維絲，還有你們那些同伴的性命就會一直暴露在危險中。」

（不過……）

我找不到可以說的話。我不曉得怎麼做才好。

理應冷靜且透徹的灰色眼眸從地面的高度看向我。

「國王必須比任何人都聰明、比任何人都強大，而且必須是絕對的存在。」

（你在說什——）

「我沒能成為絕對的存在。因此我沒資格當國王。既然不是國王，我就什麼也不是了。只是個毫無價值的人類。殺了我。」

曾經的國王就那樣趴倒在地板上，只將臉面向這邊，像放連珠砲似的這麼說了。

「可是馬奎斯大人，只要從這裡越獄，您就不用死了。請跟我們一起前往深世界，回到梅斯特利亞——」

「我回不去的。」

陰暗的地牢陷入一陣漆黑的沉默。

（……回不去？）

馬奎斯露出煩悶的表情，維持四肢著地的姿勢，從柵欄縫隙間將手伸向我們這邊。他穿過柵欄的手……不知為何變得看不見了。

馬奎斯的手以牢房柵欄為分界，徹底消失無蹤。

「既然都來到這裡，你們應該看了《靈術開發記》吧。深世界是藉由『希望是這樣』的迫切願望被創造出來的世界。不被任何人需要者，從一開始就無法存在。」

我的腦袋一片空白。這是怎麼回事？意思是我們無法拯救馬奎斯嗎？

馬奎斯露出像在自嘲的笑容。

「我的靈魂不過是基於那個老人想把梅斯特利亞最強之力據為己有的願望才得以存活。就連修拉維斯和維絲都不期盼我的存在。因此我只要離開這間牢房就會立刻消滅。沒有任何方法。別讓我說這麼多次。殺了我。」

不被任何人需要者無法存在——怎麼會這樣？

深世界並非願望會實現的世界，而是藉由願望構成的世界。在這個世界中，存在這件事就表示有某人期盼著自己的存在。倘若不在任何人的願望裡，就不可能存在。

居然被迫以這種形式面對自己不被任何人——甚至也不被妻子和孩子所需要的現實，有比這更殘酷的事嗎？

「殺了我！在迷惘什麼！你們想因為猶豫不決，輸掉能打贏的戰鬥嗎？」

馬奎斯瞠大充血的雙眼，將臉推到了柵欄上。他高挺的鼻頭被殘酷的現實削平，彷彿骷髏一般變成裂開的空洞。一抹淚水滑落他乾枯的臉頰。那是比命令更加可怕的懇求。

「可是馬奎斯大人，我們需要馬奎斯大人的力量。修拉維斯先生也這麼說過。耶穌瑪的項圈也是，沒有馬奎斯大人在的話，就無法卸下！」

不被需要的男人一邊撲簌簌地流下淚水，同時歪曲嘴唇，發出聲音：

「不是需要我，是需要我的力量吧？我早就知道了。因為我身為國王，選擇了那樣的生存方式。荷堤斯已經被我害死了。願意愛我的人，已經一個也不剩了。」

對於他悲痛的吶喊，我們什麼也辦不到。

「還有其他方法可以卸下耶穌瑪的項圈。現在立刻在這裡殺了我。現在馬上。」

不祥的地鳴就在附近傳來。緊接著有某人飛奔過來的聲響。

有著刀刃形狀的火焰照亮地牢。是諾特。雖然他滿身燒焦痕跡和燒傷，但看來至少四肢健全的樣子。

一發現我們，諾特立刻以全速飛奔過來。

「抱歉，怪物突然改變矛頭——牠很快就會到這裡來了。快逃吧。」

是暗中活躍的術師發現我們這些異物的存在，試圖排除我們吧？跟在阿爾的牙城發生的現象一樣。怪物正在逼近。不只是修拉維斯他們，這邊也沒時間了。必須立刻做出決定才行。

（諾特……其實……）

諾特發現我們面對著的牢房，用熊熊燃燒著的雙劍照亮那地面。

「你們找到了啊。」

諾特儘管氣喘吁吁，仍十分冷靜。

馬奎斯的雙眸反射著火焰，有如火光般閃爍著。

「真是神奇的巧合啊。第一次見面時，在牢籠裡爬著的是你。」

都這種時候了，他在說什麼啊？

諾特走近牢房，俯視腳邊的馬奎斯。

「立場顛倒了啊。要從我的腳上喝水嗎？」

「我不需要那種憐憫。我不會向包庇耶穌瑪的人求助。」

「你這傢伙是怎樣？」

諾特氣憤地咬牙切齒。寄宿在雙劍上的火焰更旺盛地燃燒起來。

「連憎恨的男人也殺不掉的弱者啊。什麼都不做的話，就捲起尾巴回去吧——回到你深愛的那個伊絲還是什麼的地方。」

我無法看透馬奎斯的意圖，感到困惑。在這種緊迫的狀況下，他為何要說些廢話？

看到諾特的臉上浮現憎恨的皺紋，我才察覺到。這不是在說廢話。他是想挑釁諾特，讓諾特殺了自己。

（諾特，冷靜一點──）

「我知道啦。這傢伙不是認真的。」

地鳴逐漸靠近。聽起來像是巨大生物在毆打破壞這座岩山的聲響。沒時間了。火焰劍士用打從心底感到輕蔑的眼神俯視馬奎斯。

「你想怎樣？一五一十地說出來。」

馬奎斯的嘴無可奈何似的笑了。

「那我就說吧。現在你的同伴正在梅斯特利亞遭到暗中活躍的術師攻擊。時間一拖長，他們必死無疑吧。要從暗中活躍的術師身上奪取我那份魔力的方法只有一個。就是你現在立刻在這裡殺掉我。」

「原來如此，真的可以殺掉你是吧？」

諾特這麼說，將臉湊近改用膝蓋跪地的馬奎斯。

「快點動手。你的劍是為了殺掉我而燃燒的吧。為了殺掉燒毀巴普薩斯的修道院，奪走了你深愛之人的我。」

聽到馬奎斯的回答，潔絲將手搭到諾特的肩膀上。

「諾特先生，請等一下──」

潔絲的話似乎沒有傳遞到諾特的耳中。

「留下遺言再走吧。」

（諾特，快住手——）

我的話也沒有傳遞給諾特。馬奎斯笑容滿面地說道：

「那就恭敬不如從命。聽好了，不可向任何人洩漏我死去的模樣。要當作我是隨著這座牙城的崩壞，有尊嚴地消失了。」

「只有這樣嗎？」

馬奎斯的嘴感覺有些依依不捨似的又編織出話語。

「我——最強的國王不是為了你們、不是為了妻子、也不是為了兒子，始終是為了自己以絕對之王的身分死去。就像沒有愛我的人一樣，也不該有憐憫我的人。」

馬奎斯的聲音與露出微笑的嘴唇相反，聽起來非常迫切。

「既然明白了，就做你該做的事吧。」

諾特微微點了點頭，冷靜且透徹地高舉起劍。

（等等，不行啊。）

話語從我嘴裡脫口而出。

諾特並不曉得。他沒聽到深愛兒子的父親吶喊。他沒看到試圖以惡人身分凋零的男人眼淚。

赤紅燃燒的火焰讓馬奎斯的眼睛猛烈地發亮。

（快住手！諾特！快住手！！！）

⁂

無論何時都不該放棄希望。我這麼心想。

我趁著混亂帶奴莉絲進入聖堂一看，便聽見修拉維斯先生的呻吟。他還活著。捉走修拉維斯先生的男人不小心（故意）弄掉的鑰匙，跟金製腳鐐手銬的鑰匙洞完全符合。

解放修拉維斯先生後，奴莉絲用雙手包覆黑色立斯塔，拚命地祈禱了。雖然不到完全治癒，但可以看出白皙肌膚上的傷口慢慢地變淺。

恢復意識後，修拉維斯先生像跳起來似的爬起身。他一看到我便急忙詢問：

「那傢伙呢？」

是嘴上還殘留著血嗎？紅色唾液從嘴角滴落。

（那傢伙在外面應戰。他突然破壞聖堂——）

「修拉維斯！」

從上方傳來女性的聲音。是修拉維斯先生的母親。修拉維斯先生伸手一比，將女性綁住並吊在天花板上的繩子便輕快地解開了。

修拉維斯先生的母親在龜裂的地板上輕飄飄地輕落地，朝這邊走來。她一摸修拉維斯先生的手，剩餘的傷口便立刻癒合了。

「那個男人說了豬怎樣什麼的。你們有什麼作戰嗎？」

我思考起來。這個人待在聖堂裡面，所以最凶殘的國王是在聖堂裡提到豬的吧？不過我跟薩農先生都在聖堂外面待命。換言之……

（是蘿莉波先生他們成功地從深世界與這邊接觸了。一定是為了解決這種危機的狀況，情急之下幫忙擾亂了術師吧。）

「既然如此，現在正是進攻之時嗎？」

（既然他知道這邊的狀況，應該會立刻讓那傢伙無力化。）

「說得也是。」

修拉維斯先生匆忙地邁出步伐，從牆上開的大洞離開了聖堂。外面是黑夜。巴特飛奔到這邊來，按照計畫將小包裹交給修拉維斯先生。

「那傢伙在下面的廣場喔。他的樣子從剛才開始就不太對勁。」

我跟修拉維斯先生互相對望。

「很好。」

修拉維斯先生打開小包裹。裡面放著用寶石裝飾的盃——救濟之盃。

雖然聖堂也搖搖欲墜，但外面的慘狀也是讓人不忍卒睹。充滿立體感地被建造出來的城市到處遭到破壞，岩石彷彿土石流痕跡一般散落四處。

我跟巴特一起帶領修拉維斯先生到下面的廣場。

最凶殘的國王在廣場中心按住胸口站立著。樣子的確很奇怪。他大口喘氣，呆站在原地。從深世界那邊進行的攻略肯定已經完成了。

修拉維斯先生張開雙手，紅色火焰便像是要包圍廣場似的猛烈燃燒起來。火焰的光芒照亮國王變得滿是皺紋的臉。

「剛才那股氣勢上哪去了，父親大人？」

修拉維斯先生保持一定距離冷淡地說道，他對著國王將右手伸向前。他像要勒住脖子似的彎曲手指，緩緩地抬起手。變虛弱的國王身體也配合他的動作飄浮到半空中。國王的手腳無力地垂落。

沒有回應。

修拉維斯先生的雙眼在火焰照亮下，閃爍著暴力般的光輝。

「老人啊。你以為用些耍小聰明的伎倆，能夠反抗神之力嗎？」

國王試圖將右手比向修拉維斯，結果他的手朝不自然的方向彎曲了。彷彿骨頭被粉碎了一樣，手臂無視關節，蜷縮成小小一團。

「看來你已經沒有神之力了啊。」

「……你做了什麼？」

可以聽見被勒住脖子的老人的沙啞聲。

「我沒義務向你說明吧。」

修拉維斯先生用低沉的聲音回應，只見國王揚起嘴角，朝他露出大膽無畏的笑容。

「老夫有不死的魔法。無論你們打算做什麼，老夫只管再次重振旗鼓，去殺掉你們便是。」

「天真。」

修拉維斯先生用左手高舉救濟之盃。

「你以為我沒準備對策就來了嗎？」

修拉維斯先生將高舉的救濟之盃粗暴地摔向石板。一個透明的三角錐結晶從四處飛散的寶石中往上浮起。

是契約之楔。可以將所有魔法——甚至可以將必殺詛咒和不死魔法都解除的楔子。

國王充血的眼球吃驚地瞠大。

「楔子……原來還殘留著嗎……！」

修拉維斯先生甚至沒對國王這番話做出反應，他迅速地將手往下揮落。契約之楔銳利地飛出，筆直地刺入國王的胸口。

剎那間。

有個閃爍著純白光芒，什麼也看不見的瞬間。

我睜開眼睛。在被火焰照亮的石板上，國王躺成了大字形。彷彿將時間快轉一樣，他的身體急速地化為木乃伊。

「結束了。」

修拉維斯先生緩緩地將雙手比向前。灼熱的白色火焰立刻燃燒起來，將最凶殘的國王身體燃燒殆盡。

火焰消失後，只見那裡連一抹灰燼也不剩。

地牢的天花板跟我們所在的牙城同時崩壞，時間一致得令人驚嘆。我做好被瓦礫壓扁的覺悟閉上眼睛後，注意到彷彿鮮花般的芳香，睜開眼睛一看，只見衣服破爛不堪的潔絲，還有比她更破破爛爛的諾特站在聖堂裡面。

是深世界的金之聖堂。微暗的聖堂內沒有一點傷痕，保持著完美的靜謐與歷代國王的威嚴。孤伶伶地被放置的金之寶座上，已經不見金色瞳仁的眼睛。

「看來那些傢伙完成任務了啊。」

諾特用精疲力盡的模樣這麼說，一屁股坐到寶座上。

「作戰成功了。」

我跟潔絲一言不發地面面相覷。既然寶座已經不是靈器，就意味著暗中活躍的術師的死亡。

橫跨兩個世界的壯大夾擊作戰就此以成功告終。

但我的心情仍覺得鬱悶。真的這樣就好了嗎？這種疑惑依舊在內心捲著漩渦。真的沒有其他方法了嗎？真的沒辦法救出馬奎斯嗎？

潔絲忽然露出微笑。

「我們平安地奮戰至此呢。雖然碰到許多危險，但多虧有豬先生和諾特先生，總算是克服難關，來到了這裡。」

（是啊，大家都沒事，真是太好了。）

嘿唷——潔絲坐到地板上。我也立刻走到她身旁坐下。

潔絲的手緩緩撫摸我的頭。甚好，甚好。

回過神時，只見諾特看著我這邊。一跟我四目交接，諾特立刻移開視線，大大嘆了口氣。

「已經沒理由要趕路了。之後只要去送行島就行了吧？讓我在這裡稍微休息一下。」

我點了點頭。我有同感。畢竟機會難得，真想跟潔絲一起洗個澡。

「等回去之後再洗澡吧……」

潔絲這麼說並繼續撫摸著我，諾特很刻意地將視線從她身上移開。

外面還很暗吧？從設置在高處的窗戶可以窺見的高密度繁星，將冰冷的光芒照射進聖堂寬敞的空間裡。朝西的彩繪玻璃在黑暗中偏黑色地黯淡下來。

我忍不住思考起關於馬奎斯的事情。我一直認為他是個性急又沉溺於力量中，甚至會勒住兒子脖子，差勁透頂的人類。不，他是個差勁的人這點依然不變。

不過，就算這樣，他拚命懇求術師放過修拉維斯的模樣也不會是虛假的。那是馬奎斯——是不被任何人所愛的國王展現出來的最後良心，也是無庸置疑的愛。

「不知道可以告訴修拉維斯先生嗎？」

因為潔絲這麼說，我疑惑地歪頭。

（告訴他什麼？）

「就是馬奎斯大人的最後。馬奎斯大人終究是為了拯救修拉維斯先生他們，才送上自己的性命。在臨死之際卻要我們不可對任何人洩漏他死去的模樣。要我們說他是隨著牙城有尊嚴地消失了。」

（既然他本人這麼希望，就不應該告訴修拉維斯吧。）

「可是……」

潔絲的雙眼浮現淚水。

「照這樣下去，修拉維斯先生就一直不會知道馬奎斯大人的愛。他一定會一輩子輕蔑著馬奎斯大人活下去。這樣馬奎斯大人得不到回報！」

（的確，也有這種應該告訴他真相的看法呢。）

唯一的真相無論何時都是正確的。但說到如何看待真相，事情就會變得更加複雜。因為實際上的真相未必總是會救贖眾人。

諾特放下蹺著的腳，將身體傾向這邊。

「叫馬奎斯的人類已經不在了。為何是我們要思考那傢伙會不會得到回報？遵守他最後的遺言才是弔祭他吧。」

——我——最強的國王不是為了你們、不是為了妻子、也不是為了兒子，始終是為了自己以絕對之王的身分死去。就像沒有愛我的人一樣，也不該有憐憫我的人。

我想起馬奎斯的宣言。他為何說了這種話呢？難道不是因為馬奎斯絕對不想承認他是為了我們、為了妻子，還有為了兒子，才獻出性命的嗎？

既然都要死，他不想半吊子地表現出溫柔，然後被妻子和兒子知道這件事——難道不是這樣嗎？那正是馬奎斯表達愛情的形式不是嗎？

（……諾特說得沒錯。假如妳真的覺得修拉維斯該知情的時候到了，再告訴修拉維斯就好。總之現在先成全馬奎斯的希望吧。）

潔絲迷惘了一會兒後，點了點頭。

「說得也是呢。」

靜寂回到了聖堂之中。潔絲的手不停地撫摸我的背。諾特將手肘靠在寶座上打瞌睡。倘若能就這樣在潔絲身旁入眠——

嘰咿——

響起這樣的聲音，我們如同字面一般跳了起來。

諾特迅速地站起身，拔出其中一把雙劍。我跟潔絲也看向聲音發出的方向。

只見聖堂正面的大門稍微打開了。

耀眼無比的繁星填滿昏暗的西方天空，在這樣的星空背景中浮現出一個少女的影子。眼睛還沒適應，不曉得那個少女是誰。留著長髮。豐滿的胸部。看起來跟昨天在濃霧籠罩的墳場引導我們的身影是同一個人。

少女的影子很快地轉身，消失到大門對面了。

「喂！等等！」

諾特這麼尖聲大喊，立刻追了上去。我們也急忙跟在後面。

來到聖堂外面後，我們發現景色很奇怪。

——天空裂開了。

繁星還是一樣擁擠地互相依偎，但那片星空彷彿漂流在海上的流冰一般裂開，從中間露出漆黑的——普通的星空。

諾特追逐著少女的背影，根本不在乎身後的我們，他頭也不回地奔跑著。為了避免失散，我們跟在諾特後面。

王都的雕像還是一樣看起來宛如活生生的人類，但在各處慢慢地變回了白色大理石。看起來簡直就像深世界準備與現實互相融合一樣。

我們跟在專注地向前奔跑的諾特後面爬上坡道，來到王都的東邊。

我看向東邊天空，只見地平線閃耀著水色。雖然顏色很奇怪，但這是早晨的光芒。照這個亮度來看，要不了一小時就是日出了吧。

「豬先生，天空……」

潔絲一邊奔跑，一邊看向上面。

（怎麼了？）

我邊說邊看向天空，猛然一驚。東邊的高空依舊是深世界特有的高密度星空。但經過頭上，隨著逐漸往西，彷彿流冰裂開後逐漸融化一般，濃密的星空產生龜裂，被分割成多角形散落四處。在西邊盡頭可以說已經完全是普通的夜空。

「星空……正在融化。」

星空在天頂附近以現在進行式裂開，逐漸融入夜空。雖然沒有響起裂開的聲音，但我們前往的東邊天空也漸漸冒出龜裂。

（究竟發生什麼事了？）

「天曉得……啊。」

潔絲指向東邊天空。在開始閃耀水色的地平線上，鮮紅的光從龜裂縫隙間流洩出來。是顏色很正常的朝霞。純粹的願望世界逐漸失去均衡。感覺彷彿星象儀遭到破壞，不小心看見了外面的藍天一樣。

(深世界的樣子……顯然很奇怪啊。)

在朝東的廣場，諾特一邊掃視周圍，同時小跑步地四處奔走。

「諾特先生！您怎麼了呢！」

潔絲這麼吶喊，於是諾特總算停下了腳步。

「跟丟了。」

諾特的太陽穴浮現汗水，臉頰泛紅，一臉拚命的樣子。他為何這麼執著於那個根本不曉得是誰的少女呢？

「啊，那邊的門扉！是開著的！」

潔絲這番話讓我跟諾特看向位於廣場邊的石造倉庫。看來很堅固的金屬門扉大方地敞開著。簡直就像在說「就是這裡」一樣。

諾特什麼也沒說地飛奔而出，窺探倉庫裡面。

「喂！」

他朝著裡面大喊，但看來沒有回應。

我和潔絲也跟在諾特後面窺探倉庫。

「這個……是什麼呢？」

奇妙的物體。乍看之下像是龍。分別有十公尺左右、彷彿蝙蝠一般的黑色羽翼朝左右兩邊展開。有個東西懸吊在其中央的根部上，看來宛如流線型船體的獨木舟。

（感覺似乎是那個少女帶領我們到這裡來耶？在綻放著罌粟花的墳場也是那樣吧。）

諾特感覺心不在焉，這次不時地瞄著門外。

潔絲將手貼在下顎，思考起來。

「不覺得這個看起來好像能在空中飛嗎？至少只要巧妙地使用我的魔法，如果是從這種高度，應該能滑翔才對。如果要前往浮在東邊海上的送行島，說不定是正適合的交通工具。」

原來如此。

（畢竟已經不想通過針之森了嘛。如果能走空路，是再好不過了。）

我看向諾特。

（如何？沒有異議的話，要不要搭乘這個試試看？）

過了一陣子後，諾特轉頭看向這邊。

「不，你們先走吧。我要在這裡多留一會兒。」

他完全出乎預料的回答讓我有一瞬間忘了呼吸。潔絲也目瞪口呆。

（為啥米？？？）

諾特沒有回答我的問題。

巨乳嗎……？他想去追逐巨乳嗎？

「諾特先生，請您看一下天空。」

潔絲走近諾特，溫柔地向他搭話。潔絲離開倉庫後，指著東邊的天空。

美麗的水色朝霞，以及從龜裂的縫隙間照射進來的紅色曙光摻雜在一起，展現出甚至有些刺眼的鮮明色彩。我從未見過如此適合世界末日這個詞的風景。

「這個世界的樣子很明顯地不對勁。自從我們離開金之聖堂後，這種變化也逐漸在進行。留在這裡很危險喔。」

潔絲從正面與諾特面對面，並將雙手搭在他的雙肩上，這時諾特才首次直視了潔絲。

「……………」

（直到平安回家為止都是故事，荷堤斯也這麼說過對吧？別鬆懈啊。）

諾特迷惘了一陣子後，才總算點了點頭。

具備著龍之羽翼的船彷彿生物一般緩緩地振翅，用感覺相當舒適的速度在空中滑行。

不祥的漆黑針之森還有平緩展開的丘陵地帶，都在眼底下流向後方。龍之船沒多久後通過建設著堡壘的尼亞貝爾上空，來到梅斯特利亞東邊的大海。我們一邊慢慢降落一邊滑翔，有時像是忽然想起般拍動羽翼往上升，補回剛才落下的份。這趟旅程非常舒適，甚至讓人覺得要是一開始就有這個，根本不用那麼辛苦吧。

不過——我這麼心想。倘若沒有那些辛苦的過程，我們也不會見到伊維斯跟荷堤斯吧。我們也不會知道拜提絲的故事吧。

而且，倘若沒有透過他們得知王家的內情，說不定也不會為了馬奎斯孤獨的最後一刻感到如此心痛。

太陽升起，天空逐漸變得明亮。紅色龜裂縱橫在閃耀著水色的天空上，細微起伏著的藏青色海面映照出那光景，編織出幻想般的條紋圖案。

沒多久後，一座火山島在水平線上探出頭。那輪廓讓人十分眼熟。

「豬先生，就快到了呢！」

潔絲雀躍地說道，我朝她點了點頭。

（是啊。就快要能回去了。）

所謂的「回去」梅斯特利亞，雖然是我自己說出口的話，但感覺是相當奇妙的描述。那個國家並非我的故鄉，也不是我家，「回去」這種描述卻感覺莫名地貼切。是因為來到不同的世界，不禁懷念起那邊的緣故嗎？

還有，跟潔絲一起前往那裡的事實讓我非常高興。

諾特仍舊一言不發且面無表情，茫然地注視著逐漸接近的島嶼。我不曉得他在想些什麼。說不定是在想大咪咪的事。

船降低振翅的頻率，朝島嶼緩緩地降落。送行島。是我們打算去擊斃暗中活躍的術師，卻失敗了的地方。也是諾特因詛咒倒下，瑟蕾絲用接吻代替他承擔了詛咒的地方。

從那次失策開始的混亂故事，在經歷過荷堤斯還有馬奎斯這對兄弟的犧牲後，總算是落幕了。

故事正在邁向結局。剩下的就只有回去這件事了。

第五章 直到回家為止都是故事

深世界的送行島別說是一棵樹了，就連一根草也沒長。放眼望去整片土地都被漆黑的火山和紅黑色浮石給覆蓋住。是沒有生命的島嶼。

我們搭龍翼船接近到上空後，發現還殘留著一個重大的疑問。究竟要怎麼回去啊？

雖然這座島沒有多大，只要有一天時間，就算用走的大概也能繞島上一圈，但想要找遍每個角落的話，不曉得要花幾十年。也沒有寫著出口在這邊的告示牌。

不知不覺間出現了雲，斑點圖案的奇妙天空被遮蓋住了。昏暗的灰色雲朵以眼看就要下雨般的密度在低空飄浮著。

我們就這樣搭著船，漫無目標地繞了島嶼幾圈後，結果我們決定降落在荒野，從地面開始探索。

（拜提絲只有寫到「送行島就是出口」對吧？）

我這麼確認，只見潔絲嚴肅地點頭。

「對……我還以為只要來到這裡，就會自然而然地明白離開的方法。」

（幸好這裡到處都是岩石啊。要是有什麼奇怪的東西，應該馬上就會注意到才對。）

「說得也是呢，努力尋找吧！」

潔絲在胸前雙手握拳，擺出小小的叫好姿勢。

另一方面，諾特感覺心不在焉，他一邊沒來由地踢開浮石，同時跟在我們後面走著。他至今一直凡事打頭陣，冒著生命危險在幫助我們，既然有這份恩情在，我實在無法強硬地說什麼少在那偷懶了，你也認真找啊這種話。

雖然不是要代替那些話，但總之我開口向諾特搭話。

（你沒事吧？）

「什麼意思？」

（呃，因為你看來好像不太舒服……該不會是在意馬奎斯的事吧？）

都是因為我們無法下定決心，才讓諾特扛起介錯（註：指幫切腹者砍下頭的行為，用意是減少切腹者的痛苦。也可用來指負責砍頭的人）的責任，這讓我感到十分內疚。

「講什麼傻話。你以為我至今砍了多少人的頭。我才不會因為砍了那個男人就搞到心裡出毛病。」

（既然這樣，是什麼——）

就在我話說到一半時，潔絲轉頭看向我這邊。

「豬先生。」

聽到潔絲這麼呼喚，我回到她身旁。潔絲一邊繼續走著，同時柔和地露出微笑。

「諾特先生一定也累了吧。暫時就靠我們兩人來尋找出口吧。」

看到潔絲的表情，我隱約察覺到了。魔法使能夠讀心。潔絲恐怕知道是什麼疙瘩卡在諾特心裡。她在這個前提下忠告我不要過問諾特太多。

這邊就按照潔絲所說的，先不要過問諾特太多吧。

是看了我的內心獨白嗎？潔絲微微點頭，朝我眨了眨眼。

——之後我會好好告訴您的。

我點頭回應用念向我這麼傳達的潔絲。

我們漫無目標地在黑色荒野上徘徊。我們把龍翼船丟在遙遠的後方了。這是座危險的島嶼。

我希望能在日落前找到出口。

潔絲忽然想起似的說道：

「那個……豬先生回到梅斯特利亞後，想做什麼呢？」

（洗澡。）

不小心秒答了。

只見潔絲惡作劇似的露出微笑。

「您想觀賞我的裸體嗎？」

我想看。

（不，好不容易能恢復實體的話，希望妳可以幫我刷毛。）

「我聽見您內心的聲音了喔……」

潔絲擅自看了我的內心獨白，呵呵地笑了。

「可以喔，我們一起洗澡，然後在洗澡時幫您刷毛。」

（那真是幫了大忙。）

「可是，那樣的話有些不公平。畢竟會變得能碰觸到彼此，所以請豬先生也幫我洗乾淨喔。」

要我用豬手豬腳怎麼幫忙洗啊？這個疑問最終還是沒問出來。

突然間的地鳴——或者應該形容成地震可能更貼切的強烈搖晃襲向我們的腳邊。附近沒有可以抓住的地方，我們只能蹲下來緊靠著彼此。

從地底低沉地響起轟隆轟隆的不祥聲響。潔絲的視線看向位於島嶼北邊的火山。在火山島響起地鳴的話，首先必須懷疑的就是——

是火山爆發。最糟糕的預測命中了。形狀像是迷你富士山的黑色火山在山頂附近爆炸，竄出龐大的噴煙，煙量誇張到讓人不禁想問之前到底都收納在哪裡。巨大的灰色濃煙宛如舉起拳頭般地往上升。

（快逃啊！到海岸那邊！）

所有人都一溜煙地拔腿就跑。伴隨爆發產生的摻雜著火山氣體與固形物的火山碎屑流會以攝氏幾百度的高熱將周圍燃燒殆盡，有時還會以時速超過一百公里的速度衝下斜坡。

不祥的聲響讓我轉過頭去，看見了一直害怕著的火山碎屑流沿著山坡滑落下來。但幸運的是它流動的方向稍微偏離了我們。不——

「啊……」

氣喘吁吁的潔絲發出這樣的聲音。

沒錯，我們搭乘到這裡的龍翼船正好就擺在火山碎屑流的前進方向上。即使祈禱風向改變也毫無作用，灰色的奔流吞沒了那一帶。

絕望的心情讓豬肝變冰冷。我們失去了移動方法。究竟要怎麼從這座連一棵樹都沒長的離島上逃脫呢？

我們以生存為最優先，總之先遠離火山前往海岸。我不時轉過頭看，可以看見閃耀著紅色光輝的熔岩彷彿要黏答答地覆蓋住火山斜坡一般，從火山口溢出。那量非比尋常。照那種量來看，這一帶遲早會被熔岩給掩蓋吧。

回過神時，周圍已經變得像夜晚一樣暗。是噴煙蔓延開來，將天空整個遮住了。火山灰嘩啦嘩啦地落下。

——豬先生，這給您用！

潔絲創造出布，像戴口罩似的幫忙掩住我的鼻子。潔絲跟諾特則是用衣袖掩住鼻子。

冬天的寒冷已經消失到某處，空氣逐漸散發著熱度。熔岩以火山口為出發點，悠哉但穩紮穩打地侵蝕著島嶼。

我太鬆懈了。大意地認為之後只要尋找出口就好。

原本就昏暗的視野被傾瀉而下的火山灰給剝奪，變得看不見周圍。奔跑時也會有灰跑進眼睛，因此只能勉強微微睜開眼。熱風從熔岩那邊吹來，屁股好像要燒起來一樣。我們逃得太慢了。

偶爾會有涼風在我們周圍吹起，這應該是因為潔絲用魔法幫忙創造出空氣吧。否則我們早就因為肺部灼傷而無法呼吸了也說不定。

不能在這種地方死掉。我們一邊被細碎的浮石絆住，同時一個勁兒地跑向應該是海岸的方向。視野變得愈來愈糟糕，只能勉強靠隱約可以看見的影子來辨認潔絲和諾特的存在。為了避免走散，我一直緊靠在潔絲身旁奔跑。諾特則是在稍微前方奔跑著。

「不是那邊喔。」

潔絲冷靜的聲音這麼呼喚諾特，牽著他的手稍微向左修正路線——思考到這邊後，我發現奇怪的地方。

潔絲就在我身旁。那麼，是誰牽著跑在前面的諾特的手？

「——絲，為什麼——」

諾特的聲音被背後的火山爆炸聲給掩蓋過去了。

為了避免落後於被牽著手的諾特，我跟潔絲只是專心地奔跑，追逐著他的背影。我們似乎在前往上風處。雖然被逆風剝奪體力，但視野確實地開闊起來。

前進一陣子後，冰冷且新鮮的風從前方吹來。雖然天空依然昏暗，但已經沒有落灰，眼睛能好好地睜開了。像夜晚一樣黑的天空與發出熱射線的紅色熔岩，讓這一帶的光景宛如地獄一般。

我首先第一個看向潔絲。雖然她全身沾滿灰，但看來很有精神。潔絲看到我似乎也鬆了口氣。恐怕我也是滿身灰吧。

諾特被神祕少女牽著手爬上斜坡。是比周圍高上一截的大岩石。我和潔絲也跟在他們後面爬上岩石。另一頭是懸崖，懸崖對面是波濤洶湧的大海。滿身灰的諾特在懸崖前停下腳步，與一名少女面對著面。

不可思議的是少女完全沒有沾到灰。她全身穿著白色連身裙，目不轉睛地注視著諾特。少女的身高跟潔絲差不多，因為距離很近，她是抬頭仰望著諾特。她的側臉跟潔絲非常相似，一個不小心甚至會認錯。明顯不同的點是放下來的頭髮，還有最重要的是隔著衣服也能看出來的豐滿胸部。

我立刻直覺地明白少女是誰了。

然後知道了諾特一直在追逐著什麼。

知道了一直做自己想做的事情在活著的諾特，為何會協助我們。

知道了他為何願意陪我們踏上危險的深世界之旅。

——王子大人說過在深世界可能會有死人變鬼跑出來對吧？妳覺得那種事情真的會發生嗎？

諾特一直專注地在追逐。

追逐五年前痛失的心上人，然後也是潔絲的姊姊——伊絲。

「你已經長這麼大了呢。以前明明是我在俯視你的。」

少女的話語讓沉默的諾特眼淚撲簌簌地往下掉。

雖然岩石上沒有多寬廣，但因為熔岩正逐漸逼近，除了這裡以外已經無處可逃。我跟潔絲只能稍微保持距離，眺望著互相注視的兩人。

「伊絲……」

諾特這麼低喃，完全沒有被灰弄髒的白皙玉手貼到他的臉頰上。諾特一臉驚訝地將自己的手重疊在那隻手上。

時間的流動變慢。我陷入一種一直不絕於耳的地動轟鳴好像忽然變遠的感覺。在無處可逃的火山島一角，朝海面突出的岩石上簡直就像被剪下的另一個世界。

「……終於……終於……」

諾特像是好不容易才擠出了聲音。

諾特反倒可以說是有些粗暴似的用力抱緊伊絲。他凜然的肩膀搖晃著，傳來以前從未聽過的激烈嗚咽。

看來他的眼中似乎已經沒有我們了。

伊絲也將手環到諾特背後，她的胸部柔軟地改變形狀，推向諾特的腹部。啊——我這麼心想。與瑟蕾絲的記憶在腦中復甦。

——我認為諾特不是喜歡胸部大的女性，只是喜歡大胸部而已喔。

——為什麼您這麼認為呢？

——因為伊絲的胸部也沒有很大不是嗎？

——呃……為什麼您能這麼肯定呢……

——很簡單。因為瑪莎和諾特曾經說過潔絲與伊絲非常相似。

那是我搞錯了。五年前，諾特十三歲。有一名女性將他的性癖好決定性且不可逆地扭曲了。

然後我回想起來。剛來深世界的時候，潔絲曾有一瞬間變成了巨乳。我一直以為那是某種福利場面，但並不是那樣。

深世界是藉由「希望是這樣」的願望被打造出來的世界。如果不是某人強烈地期望，潔絲的胸部就不會變大。

——……我對潔絲還是大奶都沒什麼興趣啦。

那句話是真的。

諾特並不是希望潔絲變成巨乳。

他是太過於盼望與伊絲重逢，**不小心把伊絲的身影投射到潔絲身上**。

糟糕，我講太多關於胸部大小的話題了——我這麼心想並看向潔絲，但潔絲依舊看著諾特那邊，濕潤著雙眼。她的右手緊握著拳頭，貼在含蓄的胸部上。

因為能夠讀心，所以潔絲當然早就知道了——知道諾特抱著怎樣的心情與我們一同旅行至今。

伊絲的手輕輕地撫摸諾特的頭。

「我知道你一直思念著我喔。」

諾特止不住嗚咽。他將身體靠在伊絲纖細的肩膀上，不輕彈的男兒淚涕零如雨。

「能見面真是太好了——但是……」

伊絲依舊面帶微笑，她推開諾特的肩膀，稍微保持距離。

「你們應該不是可以待在這種地方的人。」

伊絲這麼說道後，面向了這邊。即使是在從天空流洩出來的灰色光芒與熔岩發出的紅色光芒之中，她的褐色眼眸也跟潔絲一樣美麗地閃耀著。從五年的歲月中走散的那身影，跟妹妹潔絲看起來也像是雙胞胎姊妹。

「潔絲、豬先生，諾特先生就拜託你們了。」

過於沉重的氣氛讓我跟潔絲都說不出話來。

諾特彷彿看不見我們的存在一般，他牢牢抓住伊絲的肩膀。

「妳在說什麼啊？我不會回去。我們一直在一起吧。」

伊絲重新面向諾特，緩緩地搖了搖頭。

「我是來向你道別的，因為一直沒機會說出口。你不回去的話，我就傷腦筋了。」

諾特就那樣張著嘴啞口無言。伊絲溫柔地編織話語。

「諾特先生不能跟我在一起。」

雖然溫柔，卻是斬釘截鐵的語調。

「我已經是死者。在諾特先生心裡的我，就是我的全部嘍。」

「我……我根本不懂妳在說什麼。」

間隔可以思考一陣子的時間後，伊絲換了個說法。

「留在這邊就表示諾特先生會死掉。」

諾特沒有放開抓住伊絲肩膀的手。

「……那樣就行了。如果是為了妳，我死掉也無所謂。」

「不可以。」

與溫柔卻堅定的語調相反，我看見一抹淚水滑過伊絲的臉頰。

「伊絲，為什麼……」

「因為還不到那個時候。」

散發著赤紅光芒的熔岩在遠處噴出，地鳴搖晃著我們。不知不覺間，熔岩已經靠近到我們站著的岩石了。

對於看來一頭霧水的諾特，伊絲語速略快地宣告：

「這個世界——深世界是許多願望在互相推擠的同時成形的場所。一般情況下，從盡頭島跳進來時就會被各種思念給抹消，甚至無法存在喔。只有人的思念能夠對抗人的思念。諾特先生會在這裡，是強烈希望你存在的人現在也確實存在的證據。」

她的手制止似的貼在諾特胸前。

「……存在一個深愛著你，沒有你就活不下去的人。」

是誰就不用多說了吧。

「請你好好地珍惜那個人。」

諾特沒有承諾也沒有反駁，只是愣愣地注視著伊絲的臉。

我忽然想起了馬奎斯。只因為不被任何人所愛，無法離開牢房裡的孤獨國王。

我看向身旁的潔絲。潔絲也看著我。我們也同樣不是馬奎斯和伊絲所說的法則的例外吧。

我們此刻能存在於這裡，換言之就是那麼回事。

無論如何都必須回去才行。而且要帶著諾特回去。

我感受到熱氣而轉過頭看，只見沒那麼黏稠的熔岩在閃耀著鮮紅光輝的同時流動過來，開始包圍我們所站的岩石。

無論接下來要怎麼做，所剩時間都已經不多了。雖然知道會嚴重打擾他們，我仍向伊絲提出一直感到在意的疑問。

（請問……在琉玻利的墳場和王都引導我們的……那個人是妳嗎？）

伊絲看向這邊，像在惡作劇似的露出微笑。那僅僅一瞬間的表情讓我差點走火入魔地著迷了。感覺現在好像能理解諾特靠在潔絲胸前哭泣的理由。

「不，不是我。」

果然沒錯。伊絲的答案就某種意義來說跟我預料的一樣。

——我想要幫助主人你們的思念，跟你們需要協助的要求碰巧吻合，因此我才會在這裡誕生。

如果相信荷堤斯所說的話，照理說我們還有一個應該相遇的人。

「看來有一位強烈地盼望你們三人能平安結束旅程的人物呢。」

聽到伊絲這番話，潔絲在一旁倒抽了口氣。

不可能忘記。雖說期間短暫，但跟我們三人一同旅行過的那名少女。

我們並不是只因為我們自己才能活下來。還有為我們著想、盼望著未來，比我們先走一步的人們在。我們活在那前方的世界。

伊絲的褐色眼眸看向我，看向潔絲，然後又回到諾特身上。

「活著是非常痛苦的事。不過，等死了之後才盼望想活著，是更加痛苦、更加難過的事喔。」

大顆的淚珠從伊絲的眼裡掉落下來。

「要選擇活下去。那就是你們的冒險故事的結局。」

諾特看起來已經連反駁的力氣都不剩了。

「可是我一直……」

「我很喜歡你喔。」

伊絲用溫柔的微笑打斷諾特不成話語的話。

兩人暫時一言不發地互相對視。不，說不定他們是用內心的聲音在交談。

「豬先生。」

潔絲蹲下來，看向了我。

「稍微轉頭看向後面吧。」

她輕輕地將手貼在我耳朵後面一帶，我就那樣任憑擺布地轉頭看向後面。大量的熔岩從火山噴出，可以看見灼熱的光芒覆蓋住整座島嶼。

潔絲從旁邊用像在玩「猜猜我是誰？」的訣竅按住我的眼睛。被少女纖細的手指覆蓋，豬廣闊的視野變得一片漆黑。

在撼動大地的重低音前面，響起熔岩轟隆轟隆、啪哩啪哩的爆裂聲。正當我在黑暗之中感到不安時，可以微弱地聽見一個聲音。是潔絲的手脈搏在跳動的聲音。感覺好像有點快的那種節奏，讓我有種不可思議的安心感。

潔絲的手忽然放開，用紅與黑描繪的地獄世界映照在視網膜上。我轉頭一看，只見諾特好像已經看開了一樣，他跟伊絲手牽著手，面向對面——面向大海那邊。

在火山灰飛舞的世界中，大海泰然自若地掀起波浪。

「我要回去。」

諾特悄聲地這麼說了。

「這裡很美麗。雖然美麗，卻是個爛到不行的世界。」

是什麼改變了諾特的心境呢？我走近他身旁，只見沾滿灰的臉看向這邊。明亮的眼白與藍色眼眸依舊清澈。是擦拭了嘴巴嗎？只有嘴唇附近的髒汙變淡了。

諾特看向我跟潔絲，然後低頭看向大海那邊。這裡是以磐石為底的陡峭懸崖。其他方向被熔岩包圍，我們剩餘的唯一一條路，就是從這個懸崖上跳入海中。

（這就是出口啊。）

回答我問題的是伊絲。

「無論何時，都要選擇活下去。在有人等你歸來的世界。」

拚命抵抗、不斷掙扎、感到絕望，儘管如此，還是賭上些微的可能性一直活下去。

為了選擇活著，從懸崖上跳下去。

我心想以故事的結局來說，沒有比這更明確的答案了。

（走吧。雖然爛到不行卻很美麗的世界在等著我們。）

我們在傍晚的海濱醒來。嘴巴好鹹。全身濕漉漉的，從海上吹來的風讓豬肉顫抖。我用豬腳站了起來。

在黑色細沙的海灘，波浪發出嘩啦嘩啦聲，平穩地湧上岸又退回。天空的顏色從鮮明的橘色趨向沉穩的藏青色，是自然地變遷的漸層。美麗的普通天空。

我們回到梅斯特利亞了嗎？

衣服因為濕掉而黏在肌膚上的潔絲，在我身旁揉著眼睛。

「齁！」

我試圖向她搭話，像個阿宅的叫聲隨即從嘴裡冒出。

「嗯齁齁……」

我無法用豬的嘴巴說話。畢竟最根本的構造就與人類不一樣，這是理所當然的。除非是在深世界。

「豬……先生……」

潔絲停止擰乾頭髮，戰戰兢兢地朝我伸出手。

潔絲的手輕輕碰上我的臉頰肉。潔絲的表情立刻明亮起來。

「太好了……………！」

潔絲飛撲到我身上，那股氣勢讓我不禁以為自己遭到襲擊了。她用力地緊抱著我。含蓄的胸部毫不留情地壓在我的脖子一帶。

既然已經脫離深世界了，這種會強烈反映出我願望的幸運色狼因果律應該早就沒了才對。

（……胸部碰到了喔。）

「我故意的。」

聽到她用含淚的聲音這麼說，我心想這句台詞居然真實存在嗎？不禁有種奇妙的感動。

「太好了，真的太好了……」

要確定已經從深世界回來還太早嘍——我沒辦法說出這樣的話。

（謝謝妳啊。）

潔絲去接觸被說是禁忌領域的靈術，經歷危險的深世界之旅，把理應已經死亡的我帶回到這裡來。把胸部壓在我身上的這名少女，達成了恐怕自拜提絲以來沒有任何人成功過，甚至可以說是奇蹟的事情。

我一邊被潔絲磨蹭著臉頰，同時側目看向諾特。諾特毫不在乎海水從頭髮滴落，獨自一人癱坐在地，他像在發呆似的一邊看著大海，一邊碰觸自己的嘴唇。

他在膝上抱著兩把劍。握柄使用了伊絲骨頭的雙劍。雙劍的利刃反射著逐漸沉入海裡的夕陽，看起來鮮紅地閃耀著。

四處不見伊絲的身影。只有我們三人漂流到不知是哪裡的海岸。

（這裡是哪裡呢？）

潔絲總算放開我，東張西望地環顧周圍。朝西的海岸線上是一望無際的黑沙海灘。內陸那邊長著茂密的松樹，看不見前方。水平線筆直地延伸出去，那邊也沒有線索。

不曉得我們人在哪裡。只不過無論哪裡都看不到荒謬的景色這點，讓我感到非常高興。

「……是哪裡都無妨，只要跟豬先生在一起的話。」

潔絲只說了這些，便露出笑容。

然後我知道那是她的真心話。

（說得也是，是哪裡都無妨啊。）

我也由衷地這麼說了。

到從願望構成的深世界冒險後，我明白了一件事情。

潔絲真的是打從心底，甚至就連在潛意識中都對我沒有更多要求。

只有一件事例外——就是希望我一直陪伴著她。

我之所以沒看過潔絲的牙城之中，是因為潔絲希望能跟我一直待在一起。她並不是瞞著我願望。

當然，假如我是人類模樣，也會有方便的地方吧。我在深世界能用嘴巴說話，說不定就是因為願望的影響。

不過，那些事並非本質。

我就連在深世界也依然是隻豬，是因為除了我們能在一起這件事外，沒有更多的奢望。無論故事結局是什麼，只要能待在一起就行了──我們由衷地這麼認為。

嗶咿咿──響起鳥叫聲，我看向上方。只見大型猛禽在我們上空彷彿畫圓似的盤旋。猛禽盤旋幾圈後，又簡短地嗶了一聲，然後回到大海那邊，回到西邊的天空。

「是鳥先生呢。」

（是蒼鷹嗎？）

就在我們聊著這些時，諾特嘿咻一聲地站了起來。他霍地指著猛禽飛向的前方，也就是夕陽那邊。

「來了啊。」

耀眼的光芒讓我瞇細眼睛看向那邊。可以看到一個黑影以開始沉入水平線對面的夕陽為背景浮在海上。

看來有一艘船正朝這邊前進。

船在海面上拋錨停泊，一艘小型艇急急忙忙地開向這邊。諾特在雙劍上點亮火光揮動，便見小型艇讓魔法的白光在上空彷彿煙火一樣散開。潔絲也用同樣的魔法回應。

「潔絲！」

在海岸邊一走下小型艇，修拉維斯便一邊踩得海水嘩啦嘩啦濺起，同時跑向了這邊。

修拉維斯毫不顧忌旁人的眼光，打算抱緊潔絲，但又作罷了。不知該往哪去的雙手搭到潔絲的雙肩上。修拉維斯稍微露出微笑並調整好呼吸後，才總算察覺到似的看向諾特跟我。

「諾特……還有豬也是，你們能平安歸來實在太好了。」

他在我面前蹲下，用粗壯的手撫摸我的頭。他看來很有精神，我放心了。

（你不用摸摸潔絲嗎？）

我稍微摻雜著諷刺這麼說道，修拉維斯隨即露出認真的表情。

「我不會撫摸跟自己對等的人……」

喂！你是把我當成什麼可愛的豬先生了吧！！！

「開玩笑的。」

（別用認真的表情開玩笑啦。）

修拉維斯一臉滿足似的笑了笑後，走向諾特那邊——但他停住了。

因為諾特正被慢了些跑過來的嬌小影子突擊。

瑟蕾絲緊抱住諾特，就那樣用頭磨蹭著他的胸口，哇哇大哭了起來。這感覺溫馨的光景讓我的臉頰肉不禁放鬆下來。潔絲和修拉維斯也看著那邊，露出溫暖的笑容。

曾經一同前往盡頭島的同伴們陸陸續續地從小型艇上走下來。

從容不迫地走過來的黑豬。揮著大斧登場的伊茲涅。一臉疲憊地扛著十字弓的約書。朝這邊揮手的巴特。用不穩的步伐在海濱上走著的奴莉絲。感到自豪似的挺胸行進的山豬。

在所有人的注目之中，諾特抓住瑟蕾絲的肩膀，好好地與她面對面。

「是我不好，妳別哭了。」

這時我發現了。經歷深世界之旅後，應當渾身是傷的諾特的身體，現在傷口都已經漂亮地癒合了。

諾特霍地將上半身前彎，吻了瑟蕾絲的臉頰。他是笨拙還是正確地瞄準了呢？他吻上去的位置看起來幾乎是瑟蕾絲的嘴唇邊。瑟蕾絲突然停止哭泣。

——真是的，我認為那種行為應該受到條例懲罰呢。

黑豬一邊從鼻子發出哼聲一邊靠近過來。似乎是潔絲幫忙轉播對話。

你好意思說？我忍住想這麼吐槽的衝動，與黑豬面對面。

（能平安地再次見面，真是太好了。）

——是啊。託你的福，這邊的作戰成功了。這個國家已經是屬於我們的東西了。

在那種語調中滲出的一抹危險感覺，也因為黑豬用臉頰磨蹭我而消失了。我想起人類時代的薩農那張鬍子臉，感到戰慄。快住手。

修拉維斯像是忽然注意到，東張西望地環顧周圍。

「這麼說來，父親大人呢？」

是已經先回去了嗎？——那雙綠色眼眸彷彿想這麼問似的看向潔絲。

「那個……」

潔絲看來難以啟齒，因此我發出呼齁的聲音向修拉維斯傳達。

（抱歉。雖然我們竭盡了全力，但還是沒能把他帶回來這邊。）

王子的雙眼有一瞬間驚訝地瞠大。

「那是……他已經死了的意思嗎？」

我緩緩地點了點頭。

意外地是他的臉立刻顯露出放棄的神情。

我以為他會更加驚訝或更加悲傷的，但修拉維斯反倒對我們露出微笑。

「雖然遺憾，但光是你們能活著回來就足夠了。別介意。」

你的感想就這樣真的好嗎？雖然這麼心想了一下，但我什麼也說不出來。

潔絲像是忍不住想說些什麼般地開口：

「可是修拉維斯先生，馬奎斯大人他……」

她的話語像迷路似的中斷了。我們什麼也不能說。

「在他的身體被暗中活躍的術師奪走時，我就有所覺悟了。雖然損失很大，但就算沒有父親大人的力量，如果是我們一定能重新來過。」

啊——我這麼心想。那句話並沒有錯。

就連身為兒子的修拉維斯盼望的都不是馬奎斯本人，而是馬奎斯的力量。

修拉維斯一臉不可思議地看著我們的反應，我將視線從他身上移開，看向傍晚的海岸。

是不知什麼時候跌倒了嗎？兼人與右半身被海水弄濕的奴莉絲一同來到這邊。

——既然國王不在，表示你們另外帶回了卸下項圈的方法嗎？

山豬輪流看向我跟潔絲。

對了。兼人最大的目的始終是卸下奴莉絲的項圈。

奴莉絲天真無邪地看著我們，她的脖子上依然戴著在傍晚天空下黯淡發光的銀製項圈。

我尷尬地向兼人傳達：

（真的很抱歉。當時沒有餘力想到這些。馬奎斯說了「還有其他卸下項圈的方法」。只要努力尋找，一定……………）

一定怎麼樣呢？我實在找不到接下來可以說的話。

「真的很對不起！」

潔絲在我身旁拚命道歉。

山豬的剛毛倒豎起來。我以為他會生氣，兼人的話語卻意外地沉穩。

——既然有其他方法（道路），只要去找出來就行了。請你們幫忙找喔。

修拉維斯點頭同意兼人的話。

「這次的作戰目標終歸是打倒最凶殘的國王。畢竟達成了這個目標，姑且先滿足於成果吧。卸下項圈的鑰匙魔法也是，並不會因為父親大人消失就永遠喪失。魔法就是魔法。或許很困難，但一定能找到解除的方法。」

修拉維斯這麼說，用粗壯的手溫柔地拍了拍仍然感到過意不去似的潔絲肩膀。

「鬥爭已經結束了。不需要著急。只要大家一起把問題一個一個解決掉就行了。」

從我們所在的送行島回到梅斯特利亞本土的海上旅行，非常安穩、平和且舒適。雖然感到疲憊，但要睡也睡不著，於是我和潔絲一起來到甲板上。彷彿連內心都會被吸走的滿天星空。我心想星星的數量果然還是不要太多比較美麗啊。就跟胸部的大小一樣。

「魔法就是魔法。或許很困難，但一定能找到解除的方法。」

潔絲小聲地說出修拉維斯的發言。

「一想到這次跨越過的難關，就覺得外貌的差異或是居住的世界不同這些事，好像都有辦法解決。」

（是啊。）

還殘留著許多該做的事情。不過，如果是跟潔絲一起，只要與同伴協力合作，感覺就跟潔絲說的一樣，好像總有辦法解決。

（一起跨越吧。）

「嗯，要一直在一起喔。」

無論是有雲或是被藍天給妨礙，星星總是會在遙遠的彼端一如往常地閃爍著。我心想如果能像那些星星一樣一直不變就好了。

「哇啊，豬先生，請您看一下！」

潔絲指著夜空的一角。

在黑色天空中，有一抹宛如以鉛筆劃過的明亮線條。

（那是什麼啊，彗星嗎？）

「天曉得……可是，很漂亮呢。」

在我們看著的時候，那抹線條逐漸拉長。當我察覺到看來那似乎不是彗星時，原本只有一抹的線條開始分支。白色的光線出現在天空各處，伸長後又分支，像這樣不斷增殖。

那簡直就像夜空逐漸產生龜裂般的光景。

光是長長地分支已經無法滿足了嗎？光線還變得愈來愈粗。沒多久後，可以看見白色光芒的真面目。

是被高密度的星星掩蓋的星空。

梅斯特利亞的美麗夜空被打碎，感覺很瘋狂的星空從縫隙間露出。

「這是……」

（不妙啊，去叫醒修拉維斯他們吧。）

我們用跑的回到船艙。

這種現象跟我們在深世界看過的光景一樣。在深世界時從縫隙間露出這邊的天空，從這邊則是露出深世界的天空。

簡直就像兩個世界接下來要互相融合一般。

（該不會……）

我慢了些才察覺到那聲音是從自己的嘴裡發出來。

我一邊跟潔絲一起飛奔，一邊思考著。

我們似乎搞出了什麼不得了的事情。

某個夜晚，於明亮的房間

玻璃球體裝了五顏六色的彩色水，在透明的圓筒中浸泡著油。有六顆球體浮在上面，另外還有四顆球體沉在底下。

左右它們命運的是圓筒內的油之密度。比重大於油的球體會沉入底下，比重小於油的球體則會因為浮力往上浮起到水面附近。

氣溫一旦升高，油便會膨脹，油的密度就會變小，因此會有更多球體沉入底下。應用這種原理製作出來的就是這個伽利略溫度計。

目前浮起的最下面一顆球體掛著「攝氏二十二度」的牌子。也就是說可以知道這個房間的室溫大約是二十二度。不過，看到就擺在旁邊的電子鐘顯示著「攝氏二十點六度」的數值，可以推測出這個時髦的溫度計不是當成溫度計在使用，終究只是負責當個擺飾而已吧。

在沒什麼東西的院長室裡，淨是一些這種得不到回報的家具。從來沒看過裡面插著花的江戶切子的單支花瓶。沒人掛上大衣的黑檀木衣帽架。還有在書桌上不是朝向椅子那邊，而是朝向沙發那邊擺放的全家福照。

照片上拍的是我的家人。父親與我還有妹妹圍著病床上的母親。溫柔的母親在拍完這張照片

的兩個月後過世，現在妹妹也因為同樣的疾病一睡不起。妹妹已經活不久了。現在甚至也不會回應任何話語了。

被留下的只有工作狂的父親與心理有病的長女。我們面對面坐在沙發上。看到面前一臉疲憊不堪的父親，我想起了那場惡夢。

開端是攝取了過量安眠藥。

回過神時，我已經在陌生城鎮郊外的陌生牧場了。看到自己映照在池塘水面的臉變成豬的時候，我認真地懷疑起這該不會是我一直把自己當母豬看待而遭到天譴，被迫轉生成豬了吧。我無法忍受自己是一隻豬。

因為聽說溺死很痛苦，我想比較快的方法大概是吃毒草或從高處跳下來。就憑豬的身體實在沒什麼選項。不巧的是我沒有關於毒草的知識，於是我四處尋找適合的地方。

不知何故，我能夠理解那個異國土地的語言。雖然是活了二十年來從未見過也從未聽過的語言體系，但不知什麼原因，我能夠閱讀那種語言，也能聽懂他們說的話。

所以我知道了那個少女的名字叫做布蕾絲。她在夜晚的森林中被粗野的男人們強暴。男人們叫她豬，毆打著她。

布蕾絲的年齡跟妹妹差不多。她戴著沒有接縫的銀製項圈，項圈還被人用鎖鍊繫著。我什麼也辦不到。我只是一直從草叢裡旁觀著。

在男人們抽著像香菸的東西休息的期間，布蕾絲也沒有要逃跑的樣子，她雙膝跪地，在胸前緊握著手，只是專注地對星空祈禱。

——請救救我布蕾絲，求求您。

縱然少女沒有開口，感覺也聽見了少女的聲音。

那時我以為是自己聽錯了，但現在我能明白。她是在向我求助——用傳達思念的心之力，向藉由祈禱之力被拉到這世界的我求助。

但我什麼也沒做。結果布蕾絲被男人們給拖走，消失無蹤了。

等待著逃避的我的，是一成不變的現實，以及叫做薩農的人傳來的私訊。

我點開他傳送過來的連結，閱讀一篇奇怪標題的網路小說，讓我不寒而慄。

小說裡描寫著我見死不救的少女的最後一刻。我對照了在看那篇小說前寫下的夢日記，所以並不是我捏造了記憶。那場夢並不是單純的夢。

我心想她的死亡必須有所回報才行。

所以我也贊同了三個眼鏡阿宅過於異想天開的計畫，協助了他們。

然後那三人目前也在這間醫院的一個角落沉睡著。明明身體毫無異常，但在已經過了三個月以上的現在也還沒有醒來。倘若對照某個基準，是不折不扣的植物人狀態。

根據父親所說，最近他們的生命徵象愈來愈不穩定。如果妳知道些什麼，拜託告訴我吧——

對於父親已經從命令變成懇求的要求，我還是一貫主張「我什麼都不知道，也不清楚」。

冷氣很強的院長室的空氣，冷到難以想像是剛過七夕的夏日夜晚。

「希望至少有一件事能順利進行」——我寫在短冊上的願望完全沒有會實現的跡象。

雖然蘿莉波先生那篇小說好像通過了他報名的新人賞的第一階段評選……

但他本人沒有醒來的話，那也是毫無意義的事。

嘟嚕嚕嚕嚕嚕嚕嚕。

因沉默而冷到冰點的空氣，被大音量的電子聲打破了。

父親迅速地站了起來，用熟練的動作拿起話筒。

「院長室。」

與父親沒有抑揚頓挫的聲音形成對比，話筒另一頭的聲音感覺十分激動且混亂的樣子，甚至連我都能偷聽到。

『令嬡她！溜出去跑到屋頂……這到底怎麼回事……』

是在說妹妹病房的事嗎？是誰溜了出去，屋頂又怎麼了呢？

在偷聽陷入慌亂的護理師說的話時，我逐漸明白**醒來的似乎是我妹妹**這點。原以為再也不會醒來的我妹妹。

我立刻離開院長室，跑到了屋頂。

希望至少有一件事——是我的祈禱傳達給上天了嗎？

屋頂十分廣闊，被高高的柵欄圍住。雖然位於市中心，卻能清楚地看見星空。

妹妹穿著長袍式的病人服，雙膝跪在平坦的地板上。一臉困惑的女性護理師注意到這邊，轉頭看向我。

看到妹妹的樣子，我不禁倒抽了一口氣。

她在胸前緊握著雙手，眼睛望向星空。只見她流下淚水，露出了微笑。

後記（第五次）

好久不見，我是逆井卓馬。

從第二集以後一直有四頁可以寫後記，想不到這次居然也有四頁可以自由發揮。不曉得各位讀者是否看到厭煩了呢？

雖然每次寫後記時都在煩惱這樣實在太長篇大論了吧，但誰教我是個看到那裡有頁數，就忍不住想寫滿的貪婪豬先生……

我打從心底覺得幸好自己成了小說家，而不是校長。

那麼接下來可以再讓我長篇大論一下嗎？（不行）

雖然很突然，但我喜歡神社和寺廟。

倘若生活圈裡有神社或寺廟，我大多會去造訪一次；在旅途中看到的話，也會忍不住順路去參觀。一邊享受有鳥居的風景和參拜道路的寧靜，一邊走向香油錢箱，投入百圓硬幣並參拜。然後再次漫無目的地在神社或寺廟境內徘徊——這就是我的慣例行程。

要說我喜歡神社和寺廟的什麼地方，果然還是那種氛圍吧。

即使坐落於街上，也只有那裡彷彿樹林一般，或者才心想有寬闊的道路和大型建築整齊地配置在那裡，就發現角落擺放著有一點不可思議的石造物，或是飄散著古老木材的香氣，又或者有巨木被寶貝地守護著……

神社佛寺具備著一種彷彿時間停止流動、彷彿異空間一般的情趣。

然後，在思考為何會這樣的理由時，在我腦海中浮現的就是「祈禱」。

非常概略地來說，神社和寺廟就是祈禱的場所。難得前來一趟卻沒有參拜就打道回府的人應該很少吧（夜晚的試膽活動另當別論）。造訪此地的人們縱然程度輕重不同，但內心都隱藏著某些願望，來向神佛祈禱。

正因為是為了祈禱而打造、為了祈禱存在的場所，才會遠離這個社會急遽的變化，散發出跟我們平常生活的世界略微不同的氛圍吧。

也因此每次造訪的時候，我都能放鬆地去面對自己的願望。

自從得知寫故事的樂趣後過了十多年，我一直希望自己可以成為小說家，到神社或寺廟參拜時總是祈禱這個願望能夠成真。也就是這樣才有現在的我。

豬先生以前也曾經說過，結果能實現願望的，或許還是自己本身也說不定。不過，確實地把願望用言語表達出來，然後有時獻上祈禱，我認為是一種有意義的行為。

因為這麼做能讓願望變得更清晰可見、更加堅定穩固。

本次描寫的就是這種願望與祈禱的故事。

祈禱一定會得到回報。即使願望並沒有完美地實現，我相信一直隱藏在內心的思念，總有一天會以某種形式實現。

難以置信的讀者請務必在閱讀完內文後，觀看這本書的封底。

那麼，託各位的福，豬肝系列也得以順利地持續下去。

我想閱讀到最後的讀者應該察覺到了，故事預定今後也會繼續下去。雖然豬肝每一集的內容都非常戲劇性，但我在第六集也想持續挑戰，希望能夠寫出出乎各位讀者的預料，但又符合各位讀者期待的愉快故事。

這個系列能夠走到多遠的地方呢？實際上沒有人知道這點。不過，豬先生與潔絲妹咩的關係最終會變成怎麼樣呢？這部分我打算有始有終地寫完。

希望各位讀者今後也能多加支持。

最後，有個令人開心的消息！

由みなみ老師繪製的豬肝漫畫版單行本第二集（在這本書送到大家手上時）發售中（註：此指日文版發行進度）！！！

故事是從兩人離開最初的城鎮基爾多利，到達山中村落巴普薩斯這邊開始，瑟蕾絲、諾特還有那隻阿狗將會首次登場。

我想一路陪伴本作品走到第五集的讀者一定能夠明白，在故事進展至此的現今回顧那段時期，無論哪個插曲都相當震撼心靈。身為原作者的我也總是一邊確認みなみ老師的原稿，一邊沉浸在寧靜的感傷中。

漫畫還是一樣棒得無可挑剔。我一邊唸著瑟蕾絲妹咩～一邊看漫畫。

感覺到掛在牆壁上的潔絲掛軸用銳利的視線看向這邊，恐怕是我的錯覺吧。

請各位也務必嘗試看看！

（說到掛軸讓我想起來了，有個令人開心的消息，就是豬肝發售了周邊，而且使用了遠坂あさぎ老師的插圖！種類十分豐富，有掛軸、橡膠桌墊、枕頭套、時鐘等。這部分也請大家務必確認一下消息（註：此指日本發售情況）！）

不小心又寫了一大堆，但能像這樣愉快地寫著後記，都是多虧了與出版相關的各位人士，還有陪伴本作品走到現在的各位讀者。無論怎麼感謝也感謝不完。最後在此致上由衷的謝意。真的很謝謝各位的支持。

那麼接下來也請多多指教！

二〇二一年九月　逆井卓馬

聲優廣播的幕前幕後 1～3 待續

作者：二月公　插畫：さばみぞれ

「「絕對不會輸給妳！」」
由想有所突破的聲優們主持的廣播，再度ON AIR！

　　隨著日常恢復平靜，夜澄目前的煩惱是——沒有工作！就在她窮途末路時，居然獲得了在夕陽主演的神代動畫中扮演女主角宿敵的機會！她幹勁十足，然而沒能持續多久……一流水準的高牆便毫不留情地阻擋在她面前——

各 **NT$240~250/HK$80~83**

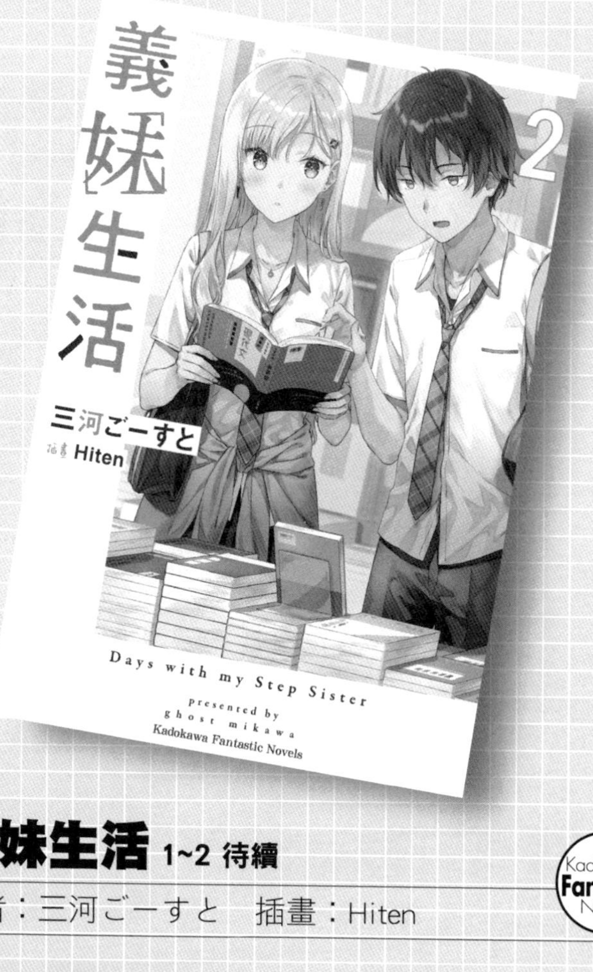

義妹生活 2

三河ごーすと

插畫 Hiten

Days with my Step Sister

presented by ghost mikawa

Kadokawa Fantastic Novels

義妹生活 1~2 待續

作者：三河ごーすと　插畫：Hiten

緩慢但確實的變化徵兆——
描繪兄妹真實樣貌的戀愛生活小說第二集！

適逢定期測驗，沙季為了不拿手的科目苦惱，想幫助她的悠太為她整頓念書環境、尋找能夠集中精神的音樂。就在此時，悠太的打工前輩——美女大學生讀賣栞找他約會。聽到這件事，浮上沙季心頭的「某種感情」是⋯⋯？

各 **NT$200/HK$67**

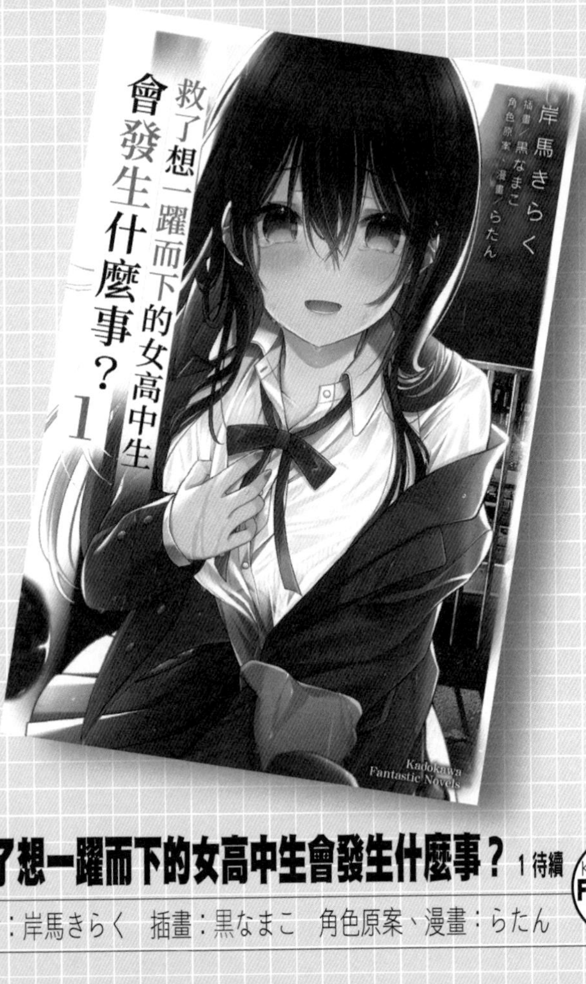

救了想一躍而下的女高中生會發生什麼事？ 1 待續

Kadokawa Fantastic Novels

作者：岸馬きらく　插畫：黒なまこ　角色原案、漫畫：らたん

與墜入絕望深淵的女高中生，
共譜暖洋洋的同居生活。

為了維持優待生資格，結城祐介的生活只有讀書和打工。某天心中猛烈興起「想要女朋友」念頭的他，發現有個少女想從大樓屋頂一躍而下。「與其要輕生，不如當我的女朋友吧。」「咦？」在這場奇妙的相遇後，兩人展開了全新的日常與戀愛……

NT$220/HK$73

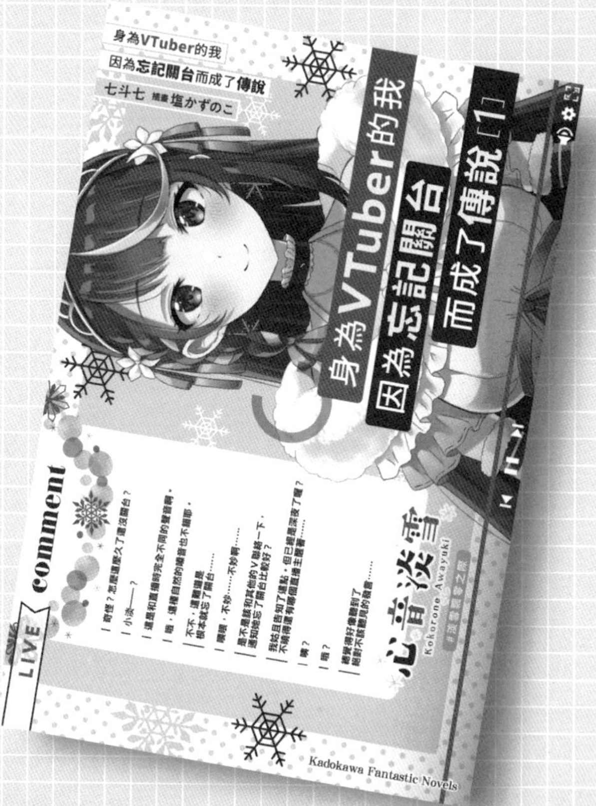

身為VTuber的我因為忘記關台而成了傳說 1 待續

作者：七斗七　插畫：塩かずのこ

中之人與螢幕形象的
巨大反差＝衝突美？

Live-ON三期生，以「清秀」為賣點的VTuber心音淡雪，因為忘記關台而把真面目暴露得一覽無遺！沒想到隔天非但沒鬧得雞飛狗跳，甚至因為反差效果而大紅大紫！結果——「好咧！來加把勁直播啦——！」放縱自我的她，就這樣衝上了超人氣VTuber之路？

NT$200/HK$67

國家圖書館出版品預行編目資料

豬肝記得煮熟再吃/逆井卓馬作；一杞譯. -- 初版. --
臺北市：臺灣角川股份有限公司, 2022.04-
冊；　公分
譯自：豚のレバーは加熱しろ
ISBN 978-626-321-349-4(第4冊：平裝). --
ISBN 978-626-321-675-4(第5冊：平裝)

861.57　　111001905

Kadokawa
Fantastic
Novels

豬肝記得煮熟再吃 第5次

（原著名：豚のレバーは加熱しろ（5回目））

2022年8月10日　初版第1刷發行

作　　者：逆井卓馬
插　　畫：遠坂あさぎ
譯　　者：一杞

發 行 人：岩崎剛人
總 編 輯：蔡佩芬
編　　輯：邱瓈萱
美術設計：莊捷寧
印　　務：李明修（主任）、張加恩（主任）、張凱棋

發 行 所：台灣角川股份有限公司
地　　址：104台北市中山區松江路223號3樓
電　　話：（02）2515-3000
傳　　真：（02）2515-0033
網　　址：www.kadokawa.com.tw
劃撥帳戶：台灣角川股份有限公司
劃撥帳號：19487412
法律顧問：有澤法律事務所
製　　版：尚騰印刷事業有限公司
ＩＳＢＮ：978-626-321-675-4